L. Steph

Berühr mich

L. Steph

Berühr mich

Roman

Impressum

Stephanie Lugitsch
Rehbach 21
A-8083 St. Stefan im Rosental
E-Mail:
l.steph@gmx.at

Lektorat & Korrektorat
Claudia Heinen/SKS-Heinen

Cover
Nadine Kapp/Booklover Coverdesign
Bildmaterial: Fotolia

IBSN: 978-1535196543

Für R.
Weil du immer an meiner Seite bist.

EINS

Es ist mitten in der Nacht und ich kann wieder einmal nicht einschlafen. Manches passiert einfach aus gutem Grund, auch wenn man es am Anfang nicht versteht oder besser gesagt, nicht verstehen will. Den ganzen Tag über hat mein Handy geläutet, aber ich wollte mit keinem reden. Egal, wer angerufen hat, ich habe einfach jeden weggedrückt und dann eine Nachricht versendet mit dem Inhalt, dass es mir gut ginge. Jeder wusste, dass ich mich in meiner Wohnung verschanzte und mich selbst bemitleidete, allerdings waren sie froh, dass sie überhaupt ein Lebenszeichen von mir hörten.

»Verdammt, Sophie, reiß dich zusammen!«, schimpfe ich mit mir selbst. »So kann es doch nicht weitergehen.«

Zu meinen Gunsten hatte ich heute früh einen kleinen Erfolg. Für mich der größte in den letzten zwei Wochen. Denn mein Spiegelbild ist nicht schreiend weggelaufen wie die Tage zuvor und ich musste tatsächlich feststellen, dass ich nicht mehr wie ein unterernährter Zombie mit Drogenproblemen aussah. Die ein, zwei Stunden Schlaf hatten meinem Äußeren wirklich gutgetan. Jedoch gleicht mein Inneres weiterhin einem Trümmerhaufen.

Nun, Stunden später, sitze ich zusammengerollt auf meinem Bett, starre aus dem Fenster und beobachte die Sterne. Ich stelle vermehrt fest, dass Sterne beobachten ein Hobby von mir wurde. Sie können sehr beruhigend sein und helfen beim Nachdenken. Wieder einmal schweifen meine Gedanken in meine Vergangenheit. Dahin, wo ich noch klein und tapfer war, zumindest tapferer als heute.

Meine Eltern hatten es mit mir nie leicht. Mit vier Jahren war ich schon sehr oft im Krankenhaus. Dennoch war ich immer ein glückliches Kind und hatte eine wunderschöne Kindheit. Vor acht Jahren aber änderte sich mein Leben schlagartig. Aus heiterem Himmel wurde mir schwindelig und ich brach zusammen. Laut meiner Schwester war ich angeblich dreißig Minuten bewusstlos, ich glaube allerdings, dass es gerade einmal fünf Minuten waren. Natürlich brachte meine Mum mich ins Krankenhaus und es folgten unzählige Untersuchungen. Ich kann mich noch genau erinnern, was der Arzt zu meiner Mum sagte, als die Diagnose feststand. »Bei Ihrer Tochter hat sich neben der Lunge Flüssigkeit angesammelt, man kann es mit Medikamenten behandeln ... jedoch ist es bei Sophie schon sehr weit fortgeschritten ... ich kann Ihnen nicht versprechen, dass die Medikamente wirken ... falls das der Fall sein sollte, dann wird Ihre Tochter ...« Der Arzt brach ab, aber meine Mum und ich wussten genau, was er damit gemeint hatte. Keiner von beiden hatte je mitbekommen, dass ich das mitangehört habe, und meine Mum weiß bis heute nicht Bescheid.

Nun bin ich zweiundzwanzig Jahre, im Grunde auch kerngesund. Aber die Diagnose, die ich vor vierzehn Tagen erhalten habe, zerfetzte meine Zukunftspläne in tausend Stücke. Nichts ist mehr so, wie ich es mir immer gewünscht habe. Nichts wird mehr nach Plan laufen.

Das Piepen meines Handys reißt mich aus meiner Vergangenheit. Eigentlich kann das nur eine Person sein, die so spät noch schreibt, und ich habe recht. Jana, meine beste Freundin.

»Hey, bist du noch wach?«

Ich überlege, ob ich antworten soll, aber bevor ich mich entscheiden kann, piept mein Handy erneut.

»Ich weiß, dass du wach bist, ich bin in circa 10 Minuten bei dir!«

Rasch schreibe ich ihr zurück.

»Warum bist du in 10 Minuten hier?? Hast du schon mal auf die Uhr geschaut??«

»Typisch Jana!«, schimpfe ich verärgert vor mich hin, lasse mich zurückfallen und drücke mir das Kissen auf das Gesicht. Es ist unnötig, aufzustehen, damit ich ihr aufsperren kann, sie hat sowieso einen Schlüssel zu meiner Wohnung und so wie ich sie kenne, hat sie diesen auch dabei. Sekunden später höre ich schon, wie meine Freundin die Tür aufsperrt.

»Mein liebes Fräulein, ich verstehe, dass du Zeit für dich brauchst, aber jetzt ist vorbei mit Trübsal blasen. Seit du vor gut zwei Wochen aus dem Krankenhaus entlassen wurdest, verkriechst du dich immer mehr«, schimpft sie schon bei der Eingangstür und stürmt ins Schlafzimmer.

»Herrgott noch mal, was willst du? Hast du eigentlich schon mal auf die Uhr geschaut? Es ist viertel nach 11«, murre ich ein wenig unfreundlich. Sofort meldet sich mein schlechtes Gewissen, ich weiß, dass sie es im Grunde nur gut meint.

Jana setzt sich neben mich und nimmt mir das Kissen weg, ich halte meine Augen jedoch weiterhin geschlossen.

»Ich weiß, bestimmt ist das alles sehr schlimm für dich und ich verstehe auch, dass du noch nicht bereit bist, um mit mir darüber zu reden. Allerdings bringt es nichts, wenn du dich tagelang verkriechst.« Aus ihrer Stimme höre ich ein wenig Mitleid heraus, dennoch lässt sie mir die Zeit, die ich brauche, um zu antworten.

»Ja, du hast ja recht«, gebe ich zu. Als ich die Augen wieder öffne, erscheint eine perfekt gestylte Jana vor mir. Verblüfft starre ich sie an.

»Jana? Warum bist du so hergerichtet?«, frage ich sie. Oje, ich habe da so eine Vorahnung und die bewahrheitet sich im selben Moment. So schnell kann ich gar nicht reagieren, wie sie aufspringt und zu meinem Kleiderschrank geht.

»Weil wir jetzt ein bisschen feiern gehen. Irgendwer muss dich ja wieder auf Vordermann bringen«, lacht sie und beginnt, meine Klamotten zu durchwühlen. Na toll.

»Ähm, okay«, stöhne ich und verdrehe die Augen. Es macht keinen Sinn, ihr zu widersprechen. Sie labert mich so lange voll, bis ich schließlich nachgebe. Warum also nicht gleich einwilligen? Außerdem hat sie irgendwie recht, ich brauche dringend Ablenkung.

Jana hält in ihrer Bewegung inne und dreht sich zu mir um. Ihrem Gesichtsausdruck zufolge hat sie damit nicht gerechnet.

»Das war ja jetzt sehr einfach. Du willst gar nicht wissen, was ich mir alles beim Herfahren ausgedacht habe, damit ich dich dazu bringe, dass du mit mir mitkommst.« Sie zuckt mit ihren Schultern und wirft weiterhin Kleider auf das Bett.

Nach einer Stunde bin ich endlich fertig hergerichtet. Meine langen braunen Haare trage ich offen und bin leicht geschminkt. Jana hat mich überredet, roten Lippenstift zu verwenden, weil es gut zu meinem Outfit passe. Ich habe mich für mein schwarzes Lieblingskleid entschieden, weil es sich perfekt an meine Kurven schmiegt und es kaschiert Stellen, die kaschiert werden müssen.

Während ich mich hergerichtet habe, hat Jana für uns eine Flasche Sekt geöffnet und ein Taxi an meine Adresse bestellt. Als es an der Tür klingelt, atme ich nochmals tief durch, trinke den letzten Schluck des Sekts aus und schlüpfe in die High Heels. Beide stehen wir vor dem großen Wandspiegel im Flur und betrachten uns. Jana hat ihre langen blonden Haare zu einem strengen Pferdeschwanz zusammengebunden und ist etwas mehr geschminkt als ich, aber ihr steht das.

»Wow, wir schauen einfach Hammer aus.« Ich muss ihr recht geben. Zum ersten Mal, seit ich aus dem Krankenhaus entlassen wurde, fühle ich mich in meiner Haut wohl.

Meine Freundin versucht alles, um mich abzulenken. Daher erzählt sie mir während der Taxifahrt, dass sie über ein Internetportal einen Typen kennengelernt hat. Sofort hat sie meine volle Aufmerksamkeit. Aaron ist sechsundzwanzig Jahre alt und war mehrere Jahre als Soldat im Ausland tätig, ist jetzt allerdings wieder zurück in Österreich. Sie ist ganz begeistert von ihm und redet ohne Punkt und Komma. Sie so zu erleben, sieht man selten. Das gleicht fast an ein Wunder.

Ihr macht es überhaupt nichts aus, mit fremden Männern übers Internet zu schreiben, ich würde mich so was nicht trauen. Man weiß ja nie, wer auf der anderen Seite sitzt. Eigentlich habe ich ja ein gesundes Selbstbewusstsein, nur so eines wie sie nicht. Dafür beneide ich sie sehr. Ich muss zugeben, manchmal wünsche ich mir, ein wenig so zu sein wie sie.

»Was wollen die Ladys trinken?«, ruft uns der Barkeeper über den Tresen zu.

»Zwei Cosmopolitan!«, antwortet Jana genauso lautstark. Es ist genau die richtige Menge an Leuten anwesend. Es gibt kein Gedränge und man muss nicht lange auf ein Getränk warten. Der Club hat einen gewissen Status, passende Kleidung und passendes Verhalten sind Gesetz. Wer sich nicht daran halten kann, fliegt hochkant raus. Da kennen die Türsteher keine Gnade.

Jana hat mich, nachdem ich nach Graz gezogen bin, auf die besten Floors der Stadt gezerrt. Schlussendlich landen wir aber immer hier, im P.N.Y. Club. Mittlerweile kennt man uns schon, sodass wir nie bei der langen Menschenschlange am Eingang anstehen müssen. Gott sei Dank, denn manche warten eine Ewigkeit oder kommen erst gar nicht rein.

»Ladys.« Der Barkeeper stellt die Getränke vor uns ab und ich greife nach meinem.

»Auf den Neuanfang!«, ruft mir meine Freundin zu und hält mir ihr Glas hin. Zuerst bin ich ein wenig skeptisch und mir ist vollkommen klar, dass ich die letzten zwei Wochen nicht einfach vergessen kann, allerdings muss ich ihr vollkommen recht geben. Ich muss nach vorne blicken, ob ich nun will oder nicht. Daher stoße ich mit ihrem Glas zusammen.

»Auf den Neuanfang«, sage ich ebenfalls, jedoch mehr zu mir als zu ihr. Mit einem Zug kippe ich den Cocktail runter.

Während sie für Nachschub sorgt, schweift mein Blick durch die Massen. Die Tanzfläche ist ziemlich voll und ich beschließe, später mit Jana darauf zu verschwinden. Sie hat bestimmt nichts dagegen, da sie Tanzen liebt. Ich lasse meine Augen weiter gleiten und bemerke einen

Mann, der in meine Richtung schaut. Er sitzt auf einem dieser schwarzen Ledersofas im VIP-Bereich und wendet nicht einmal den Blick von mir ab. Vermutlich bilde ich mir das auch nur ein, er ist viel zu weit weg, damit ich es einschätzen kann. Außerdem macht sich der Alkohol langsam bemerkbar. Ich hätte die Flasche Sekt zu Hause nicht fast alleine trinken sollen.

Da ich nicht will, dass er denkt, dass ich ihn anstarre, wende ich mich wieder meiner Freundin zu. Jana drückt mir den neuen Cocktail in die Hand und überrumpelt mich damit, sodass ich fast das Glas fallen lasse, verhindere es aber noch gerade so.

»Ex oder Sex mit dem Ex!«, schreit sie mir wieder zu. Erneut kippen wir den Drink auf ex runter. Das wäre ein viel zu hohes Risiko, Sex mit meinem Ex? Lieber nicht! Mit dem bin ich fertig.

Der Cocktail ist so stark, dass ich meinen Mund verziehe und angewidert schaue. Jana, dieses Biest, streckt mir frech die Zunge entgegen und amüsiert sich wegen mir. Woraufhin ich ihr einen spielerisch wütenden Blick zuwerfe und das Glas auf den Tresen abstelle. Ohne es überhaupt zu bemerken, richten sich meine Augen automatisch wieder Richtung VIP-Bereich. Der Mann ist jedoch verschwunden und irgendwie bin ich darüber enttäuscht.

Als aus den Boxen einer meiner Lieblingssongs ertönt, ergreife ich die Gelegenheit, um ein wenig zu tanzen. Ich rufe Jana zu und deute mit dem Kopf Richtung Tanzfläche, um ihr mitzuteilen, was ich vorhabe. Obwohl sie anfangs etwas verblüfft ist, willigt sie ein und folgt mir dann. Kaum sind wir auf der Fläche angekommen, lasse ich mich prompt vom Beat führen, bewege die Hüften dazu, strecke die Hände in die Höhe und schalte alles um mich herum aus. Ich tauche in meine eigene Welt ein. In einer Welt, in der alles perfekt ist. In der es mir gut geht und ich das haben kann, was ich mir so sehr wünsche.

Plötzlich spüre ich Hände, die sich um mein Becken schlingen. Ich will gerade etwas dagegen unternehmen, da höre ich Jana aufkreischen. Was ist denn jetzt los?

»Oh mein Gott!«, schreit sie neben mir und hüpft aufgeregt auf und ab. »Schau mal, wer da ist!« Und geht mit ausgestreckten Armen an mir vorbei.

Ich drehe mich um und schaue in ein allzu bekanntes Gesicht. Luc und Jana umarmen sich gerade. Ich bin vor Freude sprachlos und entsetzt zugleich. Luc, mein bester Freund und alter Schulkollege, steht vor mir. Träume ich etwa?

»Na, wie geht's dir?«, ruft er mir zu und zerrt mich direkt in die Arme. Sofort spüre ich, wie sich die Tränen in meinen Augen ansammeln. Fest umklammere ich ihn, weil ich meinen besten Freund so sehr vermisst habe.

Nach einer viel zu kurzen Umarmung lässt er mich wieder los. Endlich finde ich meine Stimme wieder.

»Na ja, bis jetzt ging es mir noch einigermaßen gut«, scherze ich und drücke ihn erneut an mich. Ich kann einfach nicht glauben, dass er vor mir steht.

Es ist schon eine Weile her, dass ich Luc gesehen habe, da er vor einem halben Jahr aus beruflichen Gründen nach Seattle gezogen ist. Für uns drei war es die erste Trennung. Seit der Schulzeit waren wir unzertrennlich, auch wenn Luc zwei Schulstufen über Jana und mir war. Wir haben dennoch alles zusammen gemacht. Der Tag seiner Abreise war einer der schlimmsten Tage in meinem Leben.

Anfangs haben wir sehr viel E-Mail-Kontakt gehabt und haben oft geskypt, was wegen der Zeitverschiebung nicht immer gut ging. Tief im Inneren hatte ich Angst, wir würden uns aus den Augen verlieren. Umso mehr freue ich mich, Luc endlich wiederzusehen.

Wehmütig lasse ich ihn wieder aus meiner Umarmung und bemerke erst jetzt die beiden Männer hinter ihm.

»Das sind Richard und Mike«, stellt er uns die beiden anderen Männer vor. Mike kommt mir irgendwie bekannt vor, kann ihn jedoch nicht zuordnen.

Jana und ich reichen den beiden unsere Hände und stellen uns freundlich vor. Auf unser Wiedersehen beschließen wir, es uns an einem Tisch gemütlich zu machen. Das muss schließlich gefeiert werden. Luc, Jana und ich sind wieder vereint und hoffentlich für eine lange Zeit.

»Luc hat mir schon sehr viel von euch erzählt«, sagt Richard und nimmt neben mir Platz.

»Oje, das hat meist nichts Gutes zu bedeuten«, lache ich.

»Nein, überhaupt nicht, ich wusste gleich, wer von euch beiden wer ist. Er redet ständig über euch. Als Mike damals verkündet hat, dass er ein Büro in Österreich eröffnen wolle, schlug er sofort Graz vor. Er hat euch wirklich vermisst, das hat man gemerkt.«

Jetzt wird mir einiges klar. Das sind Lucs Arbeitskollegen, oder besser gesagt ein Kollege und sein Chef. Aber was hat er gerade gesagt? Ein Büro in Graz? Anscheinend habe ich schon lange nicht mehr mit meinem besten Freund geredet, sonst würde ich so was wissen. Einen Augenblick lang bin ich darüber geknickt, aber die Freude, dass er wieder hier ist, überragt dann doch, daher konzentriere ich mich auf das Gespräch mit Richard.

Er scheint sehr nett zu sein, eher ein ruhigerer Typ. Er ist nicht viel größer als ich. Ich schätze ihn so um die 1,73 m ein, was gut zu seinem athletischen Körperbau passt. Man merkt, dass er auf sein Äußeres achtet. Die dunkelblonden Haare sind perfekt gestylt und seine Gesichtszüge sanft. Unwillkürlich frage ich mich, ob er eine Gesichtscreme verwendet und wenn ja, welche?

»Arbeitest du auch in Graz, also, wenn ihr das Büro eröffnet habt?«, frage ich ihn und nippe an meinem Sekt weiter.

»Ja. Ich bin mitgekommen, da mich in Seattle nichts gehalten hat«, erklärt er mir. Richard und ich unterhalten uns noch eine Weile. Er erzählt mir über seine Reisen und wie Seattle so ist. Ich beschließe, irgendwann mal dorthin zu fliegen. Er hat definitiv meine Neugier geweckt.

Am Rande bekomme ich nur mit, dass Luc und Jana sich unterhalten, während Mike nur dasitzt und an seinem Bier nippt. Es kommt mir so vor, als würde er mich beobachten. Allerdings ist mein Urteilsvermögen vielleicht ein wenig angeknackst, denn ich habe schon einiges intus. Wahrscheinlich bilde ich mir seine Blicke nur ein und dennoch wandern meine Augen immer wieder zu ihm hinüber. Irgendwas liegt in der Luft, das mich zwingt, ihn anzuschauen. Vielleicht, weil er so arrogant wirkt?

Manchmal hat er sich kurz mit meinen beiden Freunden unterhalten. Jedoch war er an längeren Gesprächen nicht interessiert. Und obwohl ich Mike nicht kenne, weiß ich, dass er der typische Bad Boy ist. Er ist verboten gut aussehend und hat das gewisse Etwas. Kurzum, er ist ein Mann, mit dem man angeben kann, jedoch kein Mann für Beziehungen. Und ich muss zugeben, irgendwie stört es mich.

Nach meinem keine Ahnung wievielten Glas wird mir allmählich schwummrig.

»Ich gehe mal frische Luft schnappen«, sage ich konzentriert zu Richard und stehe taumelnd auf. Beinah muss ich mich wo abstützen, um nicht wieder zurückzusinken, kann mich aber gerade noch fangen. Richard erhebt sich sofort.

»Soll ich dich begleiten?«, fragt er mich und berührt mich am Arm.

»Nein, nein. Es geht schon. Danke, ich bin gleich wieder zurück.« Ich fühle richtig, wie sich meine Wangen rot verfärben und bin dankbar, dass es im Club so dunkel ist. Hoffentlich denkt er nicht falsch von mir.

John, der Türsteher, lächelt mich an, als er mich entdeckt, und macht mir die Tür auf. Ich muss schrecklich aussehen. Gott, wie peinlich mir das ist. Hoffentlich ist meine Wimperntusche oder der Lippenstift nicht verschmiert.

Eigentlich habe ich nicht viel getrunken, aber auf leeren Magen schlägt Alkohol schneller an. Zumindest versuche ich, mir das einzureden. Weil vor dem Eingang einiges los ist, beschließe ich, auf der Parkbank auf der anderen Straßenseite Platz zu nehmen. Meine Füße tun so weh, als hätte ich stundenlang durchgetanzt, dabei habe ich die meiste Zeit gesessen.

»Du solltest nicht so viel Alkohol trinken«, ertönt hinter mir eine männliche Stimme. Der Klang verpasst mir eine Gänsehaut. Ich bleibe wie angewurzelt stehen. Mike! Ich weiß nicht warum, aber ich weiß, dass er es ist. Sofort wird mir am ganzen Körper heiß. Als ich mich umdrehe, steht ein breitschultriger, mindestens 1,85 m großer Mann vor mir. Mit einer Hand fährt er sich gerade durch das dunkle Haar und schaut mir geradewegs in die Augen.

Sein schwarzes, enges Shirt schmiegt sich an seinen Oberkörper, sodass man genau erkennt, wie muskulös er ist, und seine dunkelblaue Jeans sitzt perfekt auf den Hüften. Bei dem Anblick durchfährt mich ein angenehmes Gefühl. Komischerweise verspüre ich den Drang, ihn zu berühren, seine harten Brustmuskeln anzufassen, seine Haut unter meinen Fingern spüren. Okay, der Alkohol tut mir definitiv nicht gut, denn so was will ich eigentlich nie.

»Und schon gar nicht solltest du hier draußen alleine herumspazieren«, ermahnt er mich mürrisch. Gott, diese Stimme. Sexy, verrucht, arrogant.

Verdammt, was ist nur los mit mir?

Ich versuche, mich auf das Wesentliche zu konzentrieren, und unterdrücke dieses Gefühl, das neu für mich ist. Wir haben den ganzen Abend kein einziges Wort miteinander gesprochen und jetzt will er mir sagen, was ich machen darf und was nicht?

Mit einer Kopfbewegung deutet er in dieselbe Richtung, in die ich gerade gehen wollte. »Setz dich auf die Parkbank. Ich begleite dich«, befiehlt er mir mit dem gleichen mürrischen Ton wie vorhin. Was ist sein Problem? Er benimmt sich wie ein Arsch.

Da es sowieso mein Plan war und ich wirklich keine Nerven habe, mich einem sozusagen fremden, aber verdammt heißen Arschloch zu widersetzen, willige ich ein. Sein Befehlston ist mir jedoch nicht entgangen, daher straffe ich die Schultern, hebe das Kinn und stolziere in Richtung Parkbank. Dicht gefolgt von Mike.

Sobald wir Platz genommen haben, legt sich eine peinliche Stille über uns. Es fühlt sich komisch an, wie wir nur so dasitzen und vor uns hin starren. Als wären wir kleine Kinder, die nicht wissen, was wir miteinander reden sollen. Das Gefühl, das ich nicht kenne, spüre ich immer noch und es gelingt mir überhaupt nicht, es zu unterdrücken. Wie Blitze durchfährt es mich und der Drang, ihn zu berühren, ist deutlicher denn je. Deswegen versuche ich, mich abzulenken, und gehe meinem neuen Hobby nach. Ich starre in den Himmel, um die Sterne zu beobachten. Lächerlich, oder?

Wieso ist er mir nach draußen gefolgt? Die ganze Nacht haben wir nur bei der Begrüßung miteinander gesprochen und eben hat er mit mir geredet, als wäre ich ein ungezogenes Kind. Was für ein arrogantes Arschloch. Noch nie hat jemand so mit mir gesprochen und es nervt mich zutiefst. Allerdings frage ich mich schon die ganze Zeit, wo ich ihn schon einmal gesehen habe.

»An was denkst du?«, ertönt seine tiefe Stimme und unterbricht meine Gedanken.

»Wer, ich?« Ich starre Mike verwirrt an, während mir mein Unterbewusstsein einen festen Arschtritt verpasst. Natürlich meint er mich, es ist ja sonst keiner hier.

Anscheinend amüsiert ihn meine Verwirrung, denn er muss sichtlich sein Lachen zurückhalten.

»Ja, Sophie, ich meine dich.«

»Ich ... ähm ... eigentlich ...«, stottere ich. Was ist nur los mit mir? Sonst bin ich ja auch nicht so.

»Du fragst dich, warum ich dir nach draußen gefolgt bin«, unterbricht er mich.

Was? Woher weiß er das? Habe ich etwa laut gedacht? Oh mein Gott, bin ich wirklich so betrunken? Okay, cool bleiben, sage ich zu mir selbst.

»Ja! Ja, du hast recht. Warum bist du mir nach draußen gefolgt? Immerhin brauche ich keinen Aufpasser«, antworte ich ihm so selbstbewusst, wie es mir nur möglich ist.

»Ich wollte dir ein wenig Gesellschaft leisten, aber wenn du das nicht möchtest, kann ich dich gerne alleine lassen«, sagt er und verwirrt mich nur noch mehr. Zuerst so mürrisch, arrogant und jetzt so? Am besten ich antworte nicht. Verdammt, dieser Mann bringt mich komplett aus dem Konzept.

Nachdem ich etwas die frische Luft genossen habe, versuche ich erneut, mit Mike ein wenig Small Talk zu halten. Was nicht so einfach ist. Denn ich weiß nicht, über was ich mit ihm reden könnte. Daher frage ich ihn einfach, wie lange die anderen und er schon in der Stadt sind. Ich kann Mike überhaupt nicht einschätzen. Er strahlt eine Arroganz aus, die für mindestens zehn weitere Männer reichen würde. Kurz gesagt, er ist ein Bad Boy schlechthin. Ein Mann, von dem sich eine Frau fernhalten sollte. Von dem ich mich fernhalte sollte. Jedoch werde ich das Gefühl nicht los, dass das alles nur Fassade ist, dass er eigentlich ganz anders ist, wenn man ihn richtig kennt.

»So ungefähr einen Monat.«

»WAS? So lange schon? Luc hat mir nie etwas gesagt.« Ich bin verwirrt. Wieso hat Luc mich nicht angerufen und mir Bescheid gegeben? Oder wenigstens eine Mail geschrieben?

Er mustert mich kurz und zuckt dann mit der Schulter. Wieder legt sich diese peinliche Stille über uns.

Als Mike erneut das Wort ergreifen will, wird er von Janas Lachen, das man schon von Weitem hören kann, unterbrochen.

»Heeey, da seid ihr ja«, schreit sie über den halben Weg. Im Schlepptau Luc und Richard.

»Kommt ihr mit? Wir ziehen weiter in die Blue Bar«, fragt Luc uns beide. Mir tun immer noch die Füße weh und die schlaflosen Nächte in der letzten Zeit machen sich auch bemerkbar. Während Mike schon längst eingewilligt hat, warten alle nur noch auf meine Antwort.

»Nein, ich werde nach Hause fahren, ich bin mehr als erledigt.«

»Ach komm schon, Sophie«, schmollt mein bester Freund an meiner Schulter.

»Nein, Luc, wirklich. Ich will nur noch ins Bett. Wir holen das nach, versprochen.«

»Okay. Okay. Aber wenn was ist, dann melde dich.« Kurz nicke ich. Zum Abschied umarmt er mich und flüstert mir »Ich habe dich vermisst« ins Ohr. Ich merke, wie sich die Tränen erneut aufbauen, denn ich habe diesen Mann auch so wahnsinnig vermisst. Für mich ist er wie ein Bruder, den ich nie hatte und mir immer gewünscht habe. Er ist ein Teil von mir.

Jana gibt mir einen Kuss auf die Wange und ermahnt mich, dass ich mich morgen bei ihr melden soll. Richard umarmt mich leicht und Mike nickt nur in meine Richtung, als ich in das Taxi steige.

ZWEI

Am nächsten Morgen wache ich mit höllischen Kopfschmerzen auf und bin noch immer total müde. Ein Blick auf die Uhr verrät mir, dass ich über zehn Stunden geschlafen habe. Man sollte meinen, nach so viel Schlaf sollte ich ausgeschlafen sein, mein Körper macht mir jedoch einen Strich durch die Rechnung.

Ich wälze mich aus meinem Bett und mache mich auf den Weg in die Küche. Ein angenehmes Geräusch ertönt, als ich die Kaffeemaschine starte. Jana hat mir vor Kurzem eine ultramoderne Kapselkaffeemaschine von Nespresso gekauft. Sie meinte, ich brauche so was unbedingt. Ich glaube jedoch, sie hat sie mir nur gekauft, weil ich mit meiner alten Maschine keinen anständigen Kaffee hinbekommen habe. Was zugegeben auch stimmt. Na ja, zu meiner Verteidigung, ich habe bis vor Kurzem auch nie wirklich Kaffee getrunken. Ich war eher immer der Heiße-Schokoladen-Fan, aber seit ich diese Maschine habe, verschlinge ich ihn förmlich.

Während ich meinen Kaffee ein wenig abkühlen lasse, springe ich unter die Dusche. Jana hat gestern recht gehabt, ich muss wieder ins Leben zurück starten. Ich kann mich nicht weiterhin verkriechen und hoffen, dass alles wieder gut wird. Denn das wird nicht passieren. Auch wenn ich hier in meinen eigenen vier Wänden bleibe, bleibt trotzdem meine Diagnose und der Schmerz, sie verschwindet deswegen nicht. Gut es stimmt, das Ganze nagt immer noch an mir und wenn ich daran denke, kommen mir immer noch die Tränen, nur kann ich nicht die ganze Zeit Trübsal blasen. Ich muss nach vorne schauen. So schwer es am Anfang auch sein wird. Allerdings bin ich eine Kämpferin und wenn das heißt, dass ich meine Gefühle in den Hintergrund stellen muss, dann mache ich das auch.

Im Club haben Jana und ich auf den »Neuanfang« angestoßen und ich werde das auch so umsetzen.

Nach der Dusche setze ich mich mit meinem inzwischen abgekühlten Kaffee auf den Balkon und schreibe Jana eine WhatsApp-Nachricht.

»Hey, melde dich, wenn du wach bist! Kuss S.«

Ich kann mir nur zu gut vorstellen, dass sie gestern noch ewig mit den anderen unterwegs war. Jana als beste Freundin zu haben, ist wie ein Geschenk, egal, was ist, ich kann immer auf sie zählen und dafür liebe ich sie.

Einen Moment überlege ich auch, meine Mum anzurufen, schiebe es allerdings noch auf. Sie löchert mich nur mit Fragen, die ich nicht beantworten will, dafür bin ich einfach noch nicht bereit. Ich genehmige mir einen großen Schluck von meinem Kaffee und denke darüber nach, wie ich zurück ins Leben finden soll. Vierzehn Tage habe ich mich verkrochen, damit ist jetzt Schluss. Und der beste Weg, in einen normalen Alltag zu starten, ist wieder in die Arbeit zu gehen. Daher wähle ich die Nummer von meinem Chef. Schon nach dem zweiten Mal klingeln hebt er ab.

»Hey Wolfgang, Sophie hier.«

»Oh hey. Wie geht es dir?«, fragt er etwas schlaftrunken. Anscheinend habe ich ihn geweckt.

»Danke, mir geht es ... ähm ... besser ... eigentlich wollte ich dir nur Bescheid geben, dass ich morgen wieder zur Arbeit komme.«

»Sophie ... du weißt, du kannst ruhig noch zu Hause bleiben. Das ist vollkommen okay. Ich verstehe deine Situation, wirklich, mach dir wegen der Arbeit keinen Stress.« Ich höre ein wenig Mitleid aus seiner Stimme, aber das will ich nicht. Ganz im Gegenteil. Ich will, dass er mich weiterhin normal behandelt. Wolfgang ist der beste Chef, den man sich wünschen kann. Er sorgt sich um seine Mitarbeiter und tut so gut es geht, alles um deren Wohl und das schätze ich besonders an ihm.

»Ja, ich weiß und dafür danke ich dir auch. Ich kann nur nicht so weitermachen, verstehst du? Ich meine, das Leben geht schließlich weiter.« Ich sage es mehr zu mir selbst als zu ihm.

»Okay, wenn du das sagst, dann glaube ich dir. Um ehrlich zu sein, geht es in der Firma drunter und drüber. Gott, bin ich froh, dass du wiederkommst«, lacht er am anderen Ende der Leitung und ich stimme mit ein.

»Das kann ich mir vorstellen, ohne mich bist du total aufgeschmissen«, scherze ich. »Wir sehen uns morgen wieder. Bis dann, ciao.«

»Ja da hast du recht. Ciao, bis morgen«, höre ich ihn noch sagen und dann ist die Leitung auch schon tot.

Danach genieße ich die Stille auf meinem Balkon, trinke meinen Kaffee und lehne mich nach hinten. Es ist Sonntag, Jana schläft noch, also was soll ich heute noch machen?

Im Badezimmer streiche ich mir eine Gesichtsmaske für Feuchtigkeit ins Gesicht und schmeiße mich dann mit einem Buch auf die Couch. Nichts ist an einem Sonntag besser als ein Beautytag und ein guter Roman. Bücher zu lesen ist meine größte Leidenschaft. Diese Dinger verschlinge ich wie ein Raubtier seine Beute.

Ich schwebe mit den Gedanken gerade auf Wolke sieben und bin ganz in meinem Element, als ich ein Klopfen an der Tür wahrnehme. Kurz wiege ich ab, ob ich das Klopfen vielleicht ignorieren soll, rapple mich dann doch dazu auf. Warum muss so was immer an einer spannenden Stelle passieren?

Mit dem Buch in der Hand schleppe ich mich zur Tür und bete, dass niemand Wichtiges davorsteht, und hoffe inständig, dass derjenige gleich wieder verschwindet. Doch als ich die Tür öffne, wird mir mit einem Mal klar, dass mein stummes Gebet nicht erhört wurde.

»Was willst du denn hier?«, quieke ich ein wenig zu hoch. Prompt breitet sich dasselbe Gefühl wie letzte Nacht in mir aus. Wieso kommt es immer, wenn er in meiner Nähe ist?

Mike mustert mich von Kopf bis Fuß und kann sich ein Lächeln nicht verkneifen. Wundert mich eigentlich nicht. Würde mir jemand so die Tür öffnen, müsste ich auch grinsen. Mein T-Shirt ist mir drei Nummern zu groß und die Leggins hat zwei große Löcher. Und als wäre das nicht schon genug, habe ich auch noch meine pinken Hello-Kitty-Flauschsocken an. Peinlicher geht es nicht mehr.

Er dagegen sieht umwerfend aus. Seine breiten Schultern kommen bei dem weißen, engen Shirt richtig zur Geltung und die ausgewaschene schwarze Jeans sitzt wieder perfekt auf seinen Hüften. Kurz gesagt, er sieht Hammer aus.

»Hallo erst mal«, erwidert er mit seinem leicht amerikanischen Akzent. »Kann ich vielleicht reinkommen?« NEIN! Oh mein Gott, keine gute Idee.

»Ja natürlich. Komm rein« Meine guten Manieren siegen allerdings. Ich mache die Tür weiter auf, damit Mike eintreten kann. Er zieht seine Schuhe aus und folgt mir dann ins Wohnzimmer.

»Woher weißt du eigentlich, wo ich wohne?«, will ich von ihm wissen. »Soweit ich mich erinnere, habe ich es dir nicht gesagt!«, ergänze ich meine Frage.

»Ja, da hast du recht, aber ich bin dir gestern nach Hause gefolgt, als du ins Taxi gestiegen bist«, sagt er und schaut sich weiterhin im Wohnbereich um.

»Was? Spinnst du oder was?«, keife ich ihn an. Das darf doch nicht wahr sein, hat er einen Knall? Was bildet sich dieser Arsch eigentlich ein? Ist er ein Stalker oder einfach nur zu feige, mich zu fragen, oder was? Okay Sophie, beruhig dich, mit dem wirst du fertig. Tief durchatmen.

Mike bricht plötzlich in Gelächter aus und ich verstehe gar nichts mehr.

»Oh Gott, dein Blick eben, unbezahlbar.« Und erst jetzt merke ich, dass er nur einen blöden Scherz gemacht hat. Gott, bin ich erleichtert, heutzutage weiß man nie.

»Jana war so nett und hat es mir gesagt«, klärt er mich auf. Die Tatsache, dass er wissen wollte, wo ich wohne, zaubert mir ein dümmliches Lächeln ins Gesicht. Verdammt, wieso freu ich mich so stark darüber?

»Du bist so ein Vollpfosten, Mike«, murre ich, steige jedoch in sein Lachen mit ein.

»Eigentlich wollte ich dich fragen, ob du vielleicht Lust hast, mir ein wenig die Stadt zu zeigen?«, fragt er und richtet seinen Blick auf mich. Ich merke direkt, wie sehr er hofft, dass ich einwillige. Kurz überlege ich. Ich habe ja selbst gesagt – Neuanfang. Vielleicht ist er ja nicht so übel und ich habe mich gestern tatsächlich getäuscht in ihm. Außerdem will ich diesen Mann, auf irgendeine Art und Weise, kennenlernen.

»Okay, warum nicht. Gib mir zehn Minuten.« Schnell renne ich in das Schlafzimmer und schnappe mir die Jeans, die auf meinem Stuhl liegt, und fische mir ein schlichtes Shirt aus dem Kleiderschrank heraus. Erst als ich mich im Badezimmer ein wenig schminken will, wird mir bewusst, dass ich noch immer meine Feuchtigkeitsmaske auf meinem Gesicht habe.

»Oh mein Gott!«, quieke ich und wische mir schnell das schmierige Zeug aus dem Gesicht. Vage höre ich sein Lachen aus dem Wohnzimmer. Na toll, und ich dachte, meine Klamotten waren das Schlimmste.

Als ich wieder das Wohnzimmer betrete und diesmal ohne Gesichtsmaske, steht Mike am Fenster. Automatisch wandern meine Augen zu seinem Po und ich betrachte ihn genau. Verdammt, was ist nur los mit mir?

Sobald er mich bemerkt hat, wendet er sich zu mir um und lächelt mich an. »Perfekt, dann können wir ja los«, sagt er und kommt auf mich zu. Zusammen verlassen wir die Wohnung.

Unterwegs erzähle ich ihm einiges über die Sehenswürdigkeiten, die ein Muss sind, wenn man schon mal in Graz ist und erst recht, wenn man hier wohnt. Währenddessen ignoriere ich so gut ich kann das Kribbeln in mir.

Nach einer mehrstündigen Sightseeingtour quer durch Graz gönnen wir uns eine Pause und setzen uns auf einer der Betonbänke am Hauptplatz.

»Hast du Hunger?«, fragt Mike mich. Noch bevor ich überhaupt antworten kann, knurrt mein Bauch so deutlich, dass selbst er es hören kann.

Lächelnd korrigiert er sich. »Gut, anscheinend hast du einen riesen Hunger und ich weiß auch schon wohin. Es ist gleich um die Ecke.«

Nach gefühlten hundert Seitenstraßen sind wir endlich an unserem Ziel angekommen und ich kann es kaum glauben, dass hier ein kleines Restaurant ist, das ich noch nicht kenne.

»Et voilà! Willkommen im ›Bella Italia‹, Miss Mayer.« Mit einer drehenden Handbewegung und einer kleinen Kniebeuge präsentiert Mike mir das kleine, hübsche Restaurant. Die Geste ist so witzig, dass ich mir mit meiner Hand den Mund zuhalten muss, um nicht laut loszulachen.

»Das nennst du also um die Ecke?« Fragend schaue ich ihn an und verkneife mir das Grinsen.

Er hebt seine Hände, so als würde ich ihn mit einer Waffe bedrohen. »Okay, ich gebe es ja zu. Ich habe mich ein wenig verlaufen.« Und dann ist es um uns geschehen, beide brechen wir in lautes Gelächter aus.

Als wir das Restaurant betreten, wird Mike von einem kleinen, grauhaarigen Mann mit italienischen Akzent begrüßt.

»Buona sera, Signor Spenc.« Er hält Mike die Hand hin, die er ergreift und begrüßt ihn ebenfalls. »Guten Abend, Guido.«

So wie es aussieht, ist er kein Unbekannter hier.

»Darf ich vorstellen, das ist Sophie.« Mike tritt neben mich und legt mir die Hand auf den Rücken. Die kleine Berührung verpasst mir einen angenehmen Stromschlag und unter seiner Hand kribbelt es, als würden tausend Ameisen über meine Haut laufen.

Herrgott, warum reagiere ich so auf ihn? Was macht er nur mit mir?

Guido wischt sich beide Hände an der Schürze ab, wie es aussieht, ist er der Koch hier, und kommt auf mich zu. Er nimmt meine Hand und gibt mir einen Kuss auf den Handrücken.

»Signorina, es ist mir eine Ehre.« Ich erwidere seine Begrüßung mit einem höflichen: »Guten Abend.«

An einem Fenstertisch nehmen wir Platz. Mike bestellt für uns Wein und zweimal Risotto mit Pilzen. Rasch verschwindet Guido und bringt uns gleich darauf den Wein, den ich nur zu gern empfange, und genehmige mir einen großen Schluck. Ich brauche das jetzt, weil ich meine Reaktion auf Mike nicht verstehen kann. In meinem Kopf überschlagen sich meine Gedanken. Was ist das für ein Gefühl? Wieso bekomme ich es in seiner Nähe? Und vor allem, warum fühlt es sich so verdammt gut an?

»Das wird das beste Risotto sein, das du je gegessen hast. Es ist einfach verdammt gut«, erklingt Mikes Stimme überzeugend und auf seinen sexy Lippen erschein ein verschmitztes Lächeln.

»Ähm ... ja ... Also ich meine ... ich lass mich überraschen«, stammle ich vor mich hin. Plötzlich steigt mir die Hitze ins Gesicht und meine Wangen glühen förmlich. Ich fühle mich auf frischer Tat ertappt, als hätte er meine Gedanken gelesen. Aus Verlegenheit wende ich mich von ihm ab und starre aus dem Fenster.

Wenige Minuten später wird uns von einer Kellnerin das Essen serviert. Sie würdigt mich keines Blickes, ihre Konzentration ist voll und ganz auf Mike gerichtet. Okay, ein wenig kann ich sie verstehen. Ihn muss man einfach anstarren. Selbst mir ist es letzte Nacht so ergangen. Er dagegen beachtet sie nicht einmal und komischerweise freue ich mich darüber.

Schweigend verspeisen wir unser Risotto. Jedoch bemerke ich, wie seine Augen mehrmals auf mir ruhen. Ich stattdessen fixiere voll und ganz mein Essen. Mittlerweile habe ich einen ganz anderen Eindruck von Mike. Ist das etwa sein wahres Gesicht? Habe ich mich nicht getäuscht, als ich dachte, es wäre alles nur Fassade? Gestern war er so arrogant und herrisch. Heute dagegen, keine Ahnung, er ist einfach anders. Ich habe die Zeit mit ihm wirklich genossen und hoffe zugleich, dass sie noch länger anhält.

Eine Stunde später und mit vollgegessenem Bauch schlendern wir nebeneinander durch die Herrengasse. Inzwischen ist es dunkel geworden und die eigentlich sehr lebhafte Einkaufsstraße wirkt wie ausgestorben. Nur vereinzelt treffen wir auf Gleichgesinnte, die den angenehmen Abend ebenfalls genießen.

»Vielen Dank für die Einladung. Das musste aber wirklich nicht sein.«

»Sei nicht albern, Sophie, das war das Mindeste«, winkt er mit seiner Hand ab. Ich hasse es, wenn ich jemandem was schuldig bin, beschließe allerdings, es auf sich beruhen zu lassen. Lieber genieße ich noch den schönen Moment mit ihm.

Ich hebe meinen Kopf und schaue ihn an, weil mir plötzlich etwas einfällt. »Hast du vielleicht noch Zeit?«

Mike kneift die Augen zusammen, zwischen den Brauen bildet sich eine kleine Falte. In seinem Gesicht kann man direkt erkennen, wie sich ein Fragezeichen bildet. Er hat überhaupt keine Ahnung, auf was ich jetzt hinauswill. Bevor er widersprechen kann, greife ich nach seiner Hand, ignoriere das angenehme Gefühl, das mich durchfließt, und laufe mit ihm in die Richtung meines Zieles.

Minuten später und ein wenig außer Atem sind wir am Uhrturm angekommen. Vor uns erstreckt sich ein Meer voller Lichter. Graz bei Nacht ist atemberaubend und Mike ist anscheinend der gleichen Meinung. Sein Gesichtsausdruck ist einfach wunderschön und seine Augen funkeln, als er sie über die Stadt schweifen lässt. Ich wende mich von ihm ab, weil ich ihm Zeit geben will, damit er alles in sich aufnehmen kann. Er soll das Ambiente fühlen, genauso wie ich es immer fühle, wenn ich hier oben bin. Mir ist klar, dass jede Stadt bei Nacht wunderschön ist. Allerdings hat Graz die gewisse Stille und das macht es zu etwas Besonderem.

Als ich meine Aufmerksamkeit wieder auf den Mann neben mir richte, sehe ich, wie er sich gerade mit einer Hand über die Wange wischt, und merke eine gewisse Zufriedenheit. Als hätte er gerade mit etwas abgeschlossen, das ihn schon lange beschäftigt. Erneut spielt sich in mir das gleiche seltsame Gefühl von vorhin ab, nur dass ich es diesmal in meiner Brustgegend spüre. Mike bemerkt, wie ich ihn anstarre, und tritt lächelnd neben mich.

»Danke«, flüstert er mit einem Lächeln. Ich nicke nur. Irgendwie habe ich das Gefühl, dass er mir für etwas ganz anderes dankt als für den heutigen Tag.

Er dreht mich so zu sich, sodass ich den Kopf in den Nacken legen muss, damit ich ihn ansehen kann. Noch immer lächelt er mich an. Dann umfasst er mein Gesicht mit beiden Händen. Mit seinen dunkelbraunen, fast schwarzen, funkelnden Augen mustert er meine Lippen und dann küsst er mich. Einfach so, ohne Vorwarnung.

Seine Zunge neckt meine Unterlippe, bis ich ihr Einlass gewähre. Eine Hand wandert meinen Rücken entlang, während er die andere in mein Haar vergräbt. Fest drückt er mich an seinen muskulösen Körper und mein Unterleib zieht sich vor Erregung zusammen. Auch ihm ergeht es gleich. Seine Erektion spüre ich deutlich an meinem Bauch.

Ich stehe ganz steif da und kann mich nicht bewegen, so überrumpelt bin ich von dieser Situation und von diesem Gefühl, das ich noch nie im Leben gefühlt habe. Und mit einem Mal wird mir bewusst, was es damit auf sich hat. Ich sehne mich nach seiner Berührung, egal auf welche Art und Weise. Wenn er mich berührt, bricht etwas in mir aus. Was das zu bedeuten hat, weiß ich nicht genau und im Moment ist es mir mehr als egal. Ich will es einfach nur fühlen und genießen.

Unser Atem wird vor Verlangen immer stockender und die Luft um uns ist deutlich erhitzt. Seine weichen Lippen liebkosen mich und seine Zunge tanzt mit meiner. Fordernd. Arrogant. Herzhaft.

»Sophie«, krächzt er zwischen den einzelnen Küssen. Und dieses eine Wort reicht, damit sich meine Hände in Bewegung setzen. Mike drückt mich an die halbhohe Betonmauer, packt mich an den Hüften und hebt mich hoch. Nicht ein einziges Mal unterbrechen wir unseren leidenschaftlichen Kuss. Er platziert sich zwischen meinen gespreizten Beinen und drückt seine Härte an mich. In meinem Ohr höre ich laut und deutlich den Puls pochen, der bestimmt viel zu hoch ist und trotzdem kann ich nicht aufhören. Meine Hände wandern unter sein T-Shirt und ich bohre meine Fingernägel in seinen

Rücken. Gott, seine Haut fühlt sich wundervoll an und seine Muskeln sind deutlich angespannt. Meinen Verstand habe ich längst verloren, alles, was jetzt zählt, ist, dass ich ihn hier und jetzt will.

Sein Mund wandert meinen Hals entlang und dann wieder rauf Richtung Ohrläppchen, um daran verführerisch zu knabbern. Er hat sofort meine empfindlichste Stelle entdeckt und nutzt diese prompt aus. Ich lasse den Kopf in den Nacken fallen, schlinge die Beine um seine Hüften und drücke ihn fest an mich.

»Oh Gott, Mike«, stöhne ich.

An meinem Ohr beginnt er zu schnurren. »Ich will dich spüren, dich ficken, bis du nicht mehr weißt, wer du bist«, und setzt seine Folter weiter fort.

Seine Neckereien verpassen mir Stromschläge und seine Küsse bringen meine Haut zum Brennen. Ich bekomme keinen Ton raus und kann mir nicht erklären, warum ich so auf Mike reagiere. Ist es seine Arroganz? Oder einfach, weil er mich nimmt, so wie er will. Um ehrlich zu sein, ich habe keine Ahnung. Ich kann es mir nicht erklären und er soll einfach genau damit weitermachen.

Abrupt löst er sich plötzlich von mir und erst jetzt bemerke ich, dass sich eine kleine Gruppe zu uns gesellt hat. Von der Peinlichkeit berührt, merke ich, wie ich erröte, und vergrabe das Gesicht in meinen Händen. Mike nimmt sie wieder weg und zwingt mich, ihn anzuschauen. Das Knistern in der Luft ist spürbarer denn je. Was macht er nur mit mir?

»Lange hätte ich mich nicht mehr zurückhalten können«, sagt er und grinst mich spitzbübisch an.

Anscheinend ist ihm nichts peinlich und das ist mir umso peinlicher. Er nimmt mich in den Arm und mein Kopf ruht auf seiner Brust. Schweigend genießen wir die

Atmosphäre. An meinem Ohr höre ich sein Herz pochen und in meinem Kopf rattert es nur so von Gedanken. Ich kann es nicht bestreiten, was eben passiert ist, hat mich total aus der Bahn geworfen. Aber am meisten frage ich mich, warum ich bei ihm solche Stromstöße bekomme, wenn er mich berührt.

»Komm ... fahren wir nach Hause«, sagt er und hebt mich wieder von der Mauer. Auf dem Weg nach unten ruft Mike ein Taxi an und gibt unseren Standort durch, kurz darauf fährt es auch schon vor. Im Wagen schweigen wir uns an, weil jeder in sich gekehrt ist und ich auch weiß nicht, was ich sagen soll. Ich bin einfach zu überwältigt von dem Ereignis, das gerade eben passiert ist.

Sobald der Wagen vor meinem Wohngebäude hält, bezahlt Mike den Taxifahrer und wir steigen beide aus. Fest entschlossen greift er nach meiner Hand und zieht mich in Richtung meiner Wohnung im zweiten Stock. Mein verloren geglaubter Verstand kehrt zurück und hält mich von dem ab, was ich eigentlich am meisten will.

»Warte!«, zwinge ich mir über die Lippen. »Ich ... Ich kann das nicht!« Mike dreht sich zu mir um, lässt meine Hand los und fährt sich durch sein perfektes, zerzaustes Haar. Wie gern würde ich meine Finger darin vergraben.

Er tritt einen Schritt auf mich zu und dann wieder weg. Ich beobachte ihn eine Weile und sehe genau, wie er mit sich selbst kämpft. Er will mich genauso sehr wie ich ihn.

Mein ganzer Körper zittert vor Erregung und ich muss mehrmals schwer schlucken, als ich ihm die Hand auf seine Brust lege. Augenblicklich versteift er sich. Mein Herz beginnt zu rasen.

»Du hast recht. Es tut mir leid, Sophie«, stößt er schnaufend aus. Doch seine Haltung verrät mir etwas ganz anderes.

»Danke für den schönen Nachmittag«, lächle ich ihn an, küsse ihn auf die Wange und wende mich von ihm ab. Obwohl sich jede Faser meines Körpers weigert, zwinge ich mich, die Treppen raufzugehen.

Als ich in der Wohnung ankomme, atme ich erst mal tief durch. In meinem Körper lodert immer noch das Feuer, das er entflammt hat.

»Das war die richtige Entscheidung!«, rufe ich mir in Erinnerung. Eine kalte Dusche wird mich sicher wieder auf klare Gedanken bringen und ich begebe mich ins Badezimmer. Zwanzig Minuten später werde ich eines Besseren belehrt. Gedankenverloren setze ich mich in die Küchennische und lasse den Tag nochmals Revue passieren. Das war also mein Neuanfang und ich muss über mich selbst lachen. Na toll.

Als ich gerade in mein Schlafzimmer gehen will, hämmert es lautstark an meiner Tür und wie erwartet steht Mike davor. Er hat sich mit beiden Händen an den Türrahmen gestemmt und seine Augen lodern vor Erregung. Sein Anblick selbst ist purer Sex und zwischen meinen Beinen entflammt das angenehme Gefühl neu. Jeder Unterdrückungsversuch ist zwecklos.

»Mike ...«

Schwer atmend und mit zusammengekniffenen Augen schneidet er mir das Wort ab. »Halt den Mund.« Er drückt sich vom Türrahmen weg und macht einen Schritt auf mich zu. Mit seiner muskulösen Hand fährt er mir in den Nacken und zieht mich an sich. Seine perfekten, weichen Lippen treffen meine und mein Verstand verabschiedet sich erneut. Obwohl ich versuche, meine Hände unter Kontrolle zu bekommen, machen sie doch, was sie wollen und schlingen sich um seinen Hals.

»Wenn du glaubst ...«, brummt er zwischen den einzelnen Küssen, »dass ich einfach so verschwinde ... hast du dich geschnitten ...«

Mit einem Ruck hebt Mike mich hoch und ich schlinge meine Beine um seine Hüften. Mit seinem Fuß tritt er die Tür zu, trägt mich problemlos in die Küche und setzt mich auf der Küchenarbeitsplatte ab, an der ich davor noch gesessen habe. Seine Hände wandern zu meinen Brüsten, die er sanft, aber fordernd knetet. Unsere Zungen tanzen miteinander, als hätten wir das schon tausendmal miteinander gemacht.

»Ich ... Oh Gott ...«, wimmere ich zwischendurch. Keine Ahnung, was ich eigentlich sagen will.

Meine Hände lege ich auf seine Brust und bewege sie langsam hinab zum Saum seines Shirts. Ich greife danach und ziehe es über den Kopf. Der einzige Gedanke, den ich habe, ist, dass ich ihn will.

Jetzt. Sofort. Auf der Stelle.

Mike nimmt mein Gesicht in die Hände und schaut mich mit festem Blick an, so als würde er um Erlaubnis bitten.

»Vertraust du mir? Ich habe keinerlei Krankheiten«, flüstert er. Und ich weiß nicht, warum, aber ich vertraue ihm.

Kaum merklich nicke ich. »Ich auch nicht.« Er nickt ebenfalls und vertraut auch mir.

Dann lehne ich mich vor, um an seiner Unterlippe zu saugen, sodass er an meinen Lippen stöhnt. Währenddessen knöpft Mike mein Nachthemd auf und streift es mir von den Schultern. Ich lasse meinen Mund nach unten zu seiner harten, rasierten Brust wandern und spüre deutlich, wie sein Herz rast. Unwillkürlich muss ich lächeln.

Mit den Händen fahre ich über seine Bauchmuskeln, hinunter zu seiner Jeans, um seinen Schwanz aus dem Gefängnis zu befreien. Seine Härte ist einfach überwältigend und ich ziehe bei dem Anblick scharf die Luft ein. Im gleichen Augenblick wird mir bewusst, wie bereit er für mich ist, genauso wie ich für ihn. Mike wickelt mein Haar um seine Hand, zieht mich leicht zurück, sodass ich den Kopf in den Nacken legen muss.

Er weiß genau, was er tut. Und die Tatsache, dass er mich nimmt, wie er will, ist arrogant, männlich und verführerisch zugleich.

Mein Atem kommt immer schwerer und ich presse Mike meine nackten Brüste entgegen. Seine Lippen erkunden meinen Hals, gehen hinab zu meinem Schlüsselbein, bis er an einem meiner harten Nippel angelangt ist. Mit der Zunge neckt er sie, beißt und saugt daran.

»Du schmeckst so gut.« Seine raue Stimme treibt meine Lust weiter nach oben, bis an die Spitze.

Ich schlinge die Arme um ihn und ziehe fest an seinen Haaren. Ein Schauer durchfährt meinen Körper, als er mit der anderen Hand mein inzwischen feuchtes Höschen auf die Seite schiebt. Zuerst drängt er nur einen Finger in mich, bewegt ihn kurz und dann nimmt er einen zweiten dazu.

»Ah ... Mike!«, ächze ich laut auf und bohre ihm meine Nägel in die Schulter.

»Schau mich an«, befiehlt er mir barsch. Meine Augen öffnen sich automatisch und blicken geradewegs in seine.

Selbstbewusst sind auch seine auf mich gerichtet. Kein einziges Mal wendet er sich von mir ab und ich tue es ihm fest entschlossen gleich. Obwohl ich das noch nie zuvor gemacht habe, denn bisher hatte ich nur Sex im Dunkeln.

»Du bist so verdammt heiß, Sophie! Ich will dich kommen hören«, stöhnt er. Mikes Finger bewegen sich immer fester und schneller in mir. Intensiv massiert er mich und berührt sanft meinen G-Punkt. Gott, fühlt sich das gut an.

Genüsslich verkrampft sich mein Unterleib und ich drohe gleich zu explodieren.

Mike reizt mich einen Moment noch weiter, bis er seine Finger aus mir herauszieht und sie in seinen Mund schiebt.

»Mmh ... so gut«, flüstert er und saugt weiterhin an seinen Fingern. Danach küsst er mich kurz, sodass ich an seinen Lippen meinen süßen Saft schmecken kann. Noch nie konnte ich mich selbst kosten, ein Erlebnis, das mich noch mehr erregt. Er platziert seinen pulsierenden Schwanz an meinem heißen Eingang und dringt mit einem festen Stoß in mich ein.

Oh Gott!

Einen kurzen Moment hält Mike inne, dann fängt er an, sich zu bewegen.

»Heilige Scheiße, du bist so verdammt eng.« Ich spreize die Beine weiter, damit er noch mehr in mich eindringen kann. Leicht zieht er sich zurück, nur um noch fester zuzustoßen. Seine Hände ruhen auf meinen Hüften und halten mich fest. Mit angenehmem Rhythmus bewegt er sich in mir weiter. Sein Stöhnen ist Musik in meinen Ohren und ich schließe die Augen, um jedes Gefühl und jeden Klang in mich aufzunehmen. Es ist immer noch sehr eng, aber es ist einfach überwältigend.

Bis jetzt hatte ich nur zärtlichen Sex, aber mit Mike ist es anders. Noch nie konnte ich so was erleben. So intensiv. So verführerisch. So heiß.

Prompt spüre ich, wie sich der Orgasmus in mir aufbäumt, und versuche, ihn so gut es geht, zurückzuhalten. Fest kralle ich meine Finger in seinen Rücken.

»Komm für mich, Sophie. Ich will meinen Namen aus deinem Mund hören«, erklingt seine raue Stimme.

Wie auf Kommando lasse ich den Kopf in den Nacken fallen und rufe stöhnend Mikes Namen. Im gleichen Augenblick ergießt er sich in mir und stößt ein lautes, seufzendes Geräusch aus.

DREI

Fünf Minuten, bevor mein Wecker ertönt, wache ich auf, greife danach und stelle ihn aus. Ich kann es kaum glauben, neben mir liegt Mike und zu meinem Glück ist er nur bis zur Hälfte zugedeckt. Sein Anblick allein reicht und ich kann mir ein kurzzeitiges Grinsen nicht verkneifen. Ich betrachte sein wunderschönes Profil und fahre zögerlich mit dem Finger seine harten Bauchmuskeln entlang. Nach wie vor spüre ich das Beben zwischen meinen Schenkeln. Diese Nacht war einfach wow. Bestimmt wird sie mir lange im Gedächtnis bleiben.

So gut es geht, schleiche ich mich aus dem Schlafzimmer. In der Küche koche ich mir einen Kaffee und gehe dann ins Badezimmer.

Eine Weile starre ich mein Spiegelbild an und das schlechte Gewissen holt mich abrupt ein. Wie lange bin ich Single? Zwei Wochen? Ich könnte mir selbst eine Ohrfeige verpassen. Zudem ist das Lucs Chef. Wenn er das erfährt, köpft er mich.

»Gott, Sophie, wie blöd bist du?«, schimpfe ich gegen den Spiegel und versuche, ein Schnaufen zu unterdrücken, scheitere jedoch kläglich.

Während ich mich für die Arbeit herrichte, wandern meine Gedanken zu dem Sex mit Mike. Ist es schlimm, wenn ich diesen einfach verdammt gut fand? Es war etwas anderes, nicht so wie ich es sonst kenne. Schon alleine, dass wir uns beobachteten, machte es zu etwas Besonderem und vor allem intensiver. Alleine wenn ich nur daran denke, durchfährt mich eine wohltuende Gänsehaut. Ich bin nicht prüde, nur so was wie letzte Nacht habe ich noch nie in meinem Leben erlebt. Zugegeben, es war der beste Sex, den ich je hatte.

Ich sehe Mike deutlich vor mir. Seine Augen, die mich immer wieder musterten. Die starken Arme, die sich genommen haben, was sie wollten, und seine raue Stimme, heilige Scheiße, diese Stimme allein verschafft mir schon den Orgasmus meines Lebens. Schon der Gedanke alleine reicht, um das Beben zwischen meinen Schenkeln heftiger werden zu lassen.

Nachdem ich es endlich geschafft habe, mich für die Arbeit fertig zu machen, lehne ich nun mit der Kaffeetasse in der Hand am Türrahmen meines Schlafzimmers. Die angenehme, warme Flüssigkeit fließt meine Kehle hinunter und hinterlässt eine herrliche Wärme. Mike hat sich gewendet und ich habe eine wunderbare Sicht auf seinen nackten, knackigen Hintern. Ich muss zugeben, an so einen Anblick könnte ich mich wirklich gewöhnen. Während ich die Aussicht genieße, schlürfe ich weiterhin meinen Kaffee und wiege gedanklich ab, was ich nun mit Mike tun soll.

Soll ich oder soll ich nicht? Diese Frage stelle ich mir schon zum hundertsten Mal, seit ich hier stehe. Okay, ich tu es, ich wecke ihn auf.

Fest entschlossen gehe ich zu ihm hin und bleibe knapp vor ihm stehen. Erneut stelle ich mir die Frage, ob ich ihn nun wirklich wecken soll oder vielleicht doch nicht. Auf einer Seite möchte ich mich von ihm verabschieden und ihm zeigen, wie sehr ich die Nacht mit ihm genossen habe, und auf der anderen Seite will ich ihm nicht mehr unter die Augen treten. Ich schnaufe, genervt über mich selbst, die Luft aus und blicke auf die Uhr, die mir verrät, dass ich eigentlich schon längst zur Arbeit losmuss. Ich sollte an meinem ersten Tag, nach zwei Wochen, nicht zu spät kommen. Kurzerhand beschließe ich, Mike nicht zu wecken, und wende mich ein wenig wehmütig von ihm ab. Ich muss zugeben, ich hätte gerne seine Lippen auf meinen gespürt und sei es nur für einen kurzen Moment.

Ich trinke den letzten Rest von meinem Kaffee aus, schnappe mir die Jacke und verlasse die Wohnung. Dabei lasse ich die Tür lautstark zufallen.

Okay, wahrscheinlich habe ich ihn doch geweckt.

»Guten Morgen«, begrüße ich Sina.

»Oh hey ... Na alles klar?« Sie kommt von ihrem Empfangstresen vor und schlingt mir voller Freude ihre Arme um den Hals. Sie ist der Sonnenschein in unserer Firma. Egal, wie stressig es ist, sie strahlt immer.

»Ich bin froh, dass du wieder hier bist.«

»Ja danke. Das bin ich auch«, strahle ich sie an. Es ist die Wahrheit und die Ablenkung wird mir guttun.

»Wie wäre es? Kaffee und Croissants? Und in fünfzehn Minuten dann bei dir im Büro?«, fragt sie mich. Bevor ich überhaupt etwas erwidern kann, schnappt sie sich ihre Tasche und verlässt das Gebäude. Montag früh treffen wir beide uns immer mit Kaffee und kleinem Snack in meinem Büro. Mit Klatsch und Tratsch starten wir dann in die neue Arbeitswoche. Das war von Anfang an unser Ritual, und das wird sich so schnell nicht ändern.

Zwanzig Minuten später sitzen wir schon mit unserem Frühstück an meinem Schreibtisch. Selten habe ich so viel gelacht wie in diesem Moment. Sina bringt mich gerade auf den neusten Stand und ich wundere mich, was in zwei Wochen alles passieren kann.

»Ja, und Abby, du weißt, die von der Personalabteilung, hat was mit Lorenz von der IT-Abteilung«, erzählt sie mir und ich werde hellhörig.

»Warte! Die Abby, die mit Karl verheiratet ist?«, frage ich erstaunt.

»Ja, genau die. Das Beste kommt allerdings noch.« Sina hüpft aufgeregt auf ihrem Stuhl auf und ab und wedelt mit ihrem Croissant vor meinem Gesicht herum. Lachend schüttele ich den Kopf. Sie ist so aufgekratzt, als wäre das die Nachricht des Jahrhunderts.

»Und zwar, letzte Woche, ich glaube, es war am Mittwoch, da war Lorenz bei Abby im Büro und die beiden hatten Sex. Verstehst du? Ich meine ... eine Etage über ihr hat ihr Mann sein Büro«, flüstert sie, als könnte uns jemand hören.

Fassungslos starre ich sie an. Ich kann nicht glauben, was sie mir eben erzählt hat. Abby hat immer von ihrem Mann geschwärmt. Nein, mehr als das, sie hat ihn vergöttert. Oder war das alles nur Schein?

»Woher weißt du das alles?«, frage ich sie. Sina zuckt mit ihren perfekt gezupften Augenbrauen und grinst mich an. Oje, ich ahne Schlimmes.

»Na ja, er hat die beiden in flagranti erwischt und ist durchgedreht, verständlicherweise.« Mir klappt der Mund auf. Ich bin wirklich sprachlos. Armer Karl. So was hat echt niemand verdient.

Wir quatschen noch ein bisschen über dies und das und trinken unseren Kaffee. Danach machen wir uns an die Arbeit. Ich kann nicht glauben, was man in vierzehn Tagen alles verpassen kann.

Mehrere Kunden warten auf meinen Rückruf, die ich nach und nach abarbeite. Natürlich bleibe ich immer freundlich, aber manchmal könnte ich echt durchdrehen. So habe ich mir den ersten Arbeitstag definitiv nicht vorgestellt. Am liebsten würde ich mich wieder neben Mike kuscheln und seine Wärme genießen, denn die Kunden nerven mich heute wirklich. So wie jetzt gerade, wo mir der Kunde die Ohren voll jammert, nur weil die Baufirma zwei Tage im Verzug ist. Er wünscht eine Entschädigung und dass wir ihm mit den Kosten entgegenkommen. Als ich ihn dann ein wenig beruhigen konnte und ihm eine Lösung angeboten habe, legt er auf. Lautstark knalle ich den Hörer auf den Apparat und vergrabe das Gesicht in den Händen. Schweinerei, was sich manche Leute einbilden. Nur gut, dass ich für jedes noch so kleine Problem eine Lösung habe.

Während ich noch mit den letzten wartenden Kunden telefoniere, schweifen meine Gedanken zu Mike. Ich denke daran, wie er mich an den Hüften gepackt hat. Seine raue Stimme. Seine Küsse. Und prompt wird mir mit einem Mal warm und kalt zugleich. Kann es wirklich sein, dass eine einzige Person so eine Wirkung auf mich hat? Mit Stefan war ich drei Jahre zusammen und dieses Gefühl hatte ich nie bei ihm. Schon alleine beim Gedanken, was Mike gestern mit mir angestellt hat, drücken sich meine Nippel gegen den BH.

Konzentriere dich auf deine Arbeit, ermahne ich mich gedanklich selbst und versuche, die Aufmerksamkeit auf den Kunden, der am anderen Ende der Leitung ist, zu richten. Als ich dann wieder aufgelegt habe, studiere ich meinen Terminkalender. Für einen meiner Kunden habe ich später noch einen Außentermin für die Begutachtung eines potenziellen Grundstückes. Ich hole die dazugehörigen Unterlagen heraus und vertiefe mich in das Projekt, sodass ich gar nicht mitbekomme, wie mein Chef das Büro betritt.

»Erde an Sophie«, wedelt Wolfgang mit der Hand vor meinem Gesicht herum.

»Hey«, begrüße ich ihn. »Sorry, ich war ganz vertieft in dem Angebot.« Er kommt zu mir und begrüßt mich mit Küsschen links und rechts. Wolfgang ist nicht nur mein Chef, nein, er ist auch einer meiner engsten Freunde. Wir haben uns in einer Bar kennengelernt und angefreundet, bis er mir dann, aus heiterem Himmel, einen Job angeboten hat und ich einwilligte. Was die beste Entscheidung war, die ich je getroffen habe.

»Ich will dich auch gar nicht lange aufhalten. Ich wollte dir nur Bescheid geben, dass wir einen Termin um fünfzehn Uhr haben. Neues Projekt. Bürogestaltung, das ganze Pipapo eben. Du weißt, was ich meine«, informiert er mich. Ich nicke kurz und gebe ihm zu verstehen, dass ich verstanden habe, und trage es in den Terminkalender ein. Bevor er mein Büro verlässt, dreht er sich nochmals um. »Schön, dass du wieder da bist.« Dass er es ernst meint, merke ich sofort.

Nachdem ich von dem Außendienst zurück bin, sitze ich mit einer Tasse Kaffee am Schreibtisch und beantworte die zahlreichen E-Mails in meinem Posteingang. Ein Klopfen reißt mich aus meiner Trance. Im selben Moment geht die Tür auf und mein Chef lugt herein.

»Bist du dann so weit?«, fragt er mich.

»Ja. Komme schon.« Ich hole einen Notizblock samt Stift aus der Schublade und begebe mich zu meinem Chef.

»Weißt du schon was Genaueres?«, frage ich ihn, während wir zum Meeting gehen.

»Nein, nur, dass es sich um eine Investmentfirma handelt. Aja, und dass sie mit uns zusammenarbeiten möchten.«

Ich bin irritiert. »Was meinst du mit zusammenarbeiten?«

»Sofern ich das verstanden habe, möchte die Firma in andere Firmen investieren. Mit neuem Logo, neues Konzept und das ganze Drumherum«, erklärt er mir.

»Ah, okay ... Und sie möchten, dass wir die Firmenlogos entwerfen und die Bürogestaltung machen?«

»Ja, ich denke mal, so wird es sein. Mehr weiß ich auch nicht, das erfahren wir heute.« Wolfgang öffnet mir die Tür zum Seminarraum und lässt mir den Vortritt. Als ich sehe, wer im Raum ist, bleibe ich wie angewurzelt stehen und mein Herz macht einen Satz.

Mike! Er sitzt am anderen Tischende. Als auch er mich sieht, steht er auf und lächelt mich verschmitzt an. Und wieder zieht sich in meiner Bauchregion alles liebevoll zusammen. Erst als mich jemand am Arm berührt, löst sich meine Starre. Luc steht neben mir.

»Na? Überrascht?«, begrüßt er mich mit einem Kuss auf die Wange. Ich kann nur nicken, denn mir hat es die Sprache verschlagen. Nie im Leben hätte ich damit gerechnet. Vage bemerke ich, dass Mike nicht darüber erfreut ist, wie mich mein bester Freund begrüßt. Eigentlich kann es ihm egal sein und mir, wie er sich dabei fühlt, allerdings melden sich Schuldgefühle.

»Kennt ihr euch?«, fragt mich mein Chef, der zwischen Luc und mir hin und her schaut.

»Ähm ... ja, das ist mein bester Freund, Luc. Und das ist mein Chef, Herr Müller«, stelle ich beide miteinander vor.

»Wolfgang, nennen Sie mich bitte Wolfgang.« Beide schütteln sich die Hände.

Ich gehe zu Richard hinüber und begrüße ihn ebenfalls. Als Mike mir die Hand reicht, muss ich als Erstes schwer schlucken, bevor ich sie ergreife. Auf einer Seite freue ich mich, ihn zu sehen, auf der anderen ist es mir nach der gemeinsamen Nacht unangenehm.

Ich versuche, mich so professionell, wie es mir nur möglich ist, zu verhalten, und nehme gegenüber von ihm Platz. Auf seinen Lippen erscheint ein spitzbübisches Lächeln und ich weiß im selben Moment, dass er gerade an dasselbe denkt wie ich. Sofort breitet sich ein Kribbeln in meiner Magengegend aus und wirft mich total aus der Bahn. Na toll, das Meeting kann ja heiter werden.

Schon von der ersten Sekunde an muss ich mich zwingen, ihn nicht anzustarren, allerdings kann ich die Augen einfach nicht von ihm abwenden. Mike ist der perfekte Geschäftsmann. Allein sein Anzug strahlt aus, dass er alles bekommt, was er will. Egal, in welcher Kategorie. Er war in seiner Freizeitkleidung schon rattenscharf, aber im Anzug, puh ... gäbe es eine Skala von eins bis zehn, schlägt er sie mit zigtausend Punkten. Zum Glück habe ich mich heute Morgen für den schwarzen Rock sowie für die rote Bluse mit Ausschnitt entschieden, sonst würde ich mich wirklich fehl am Platz fühlen.

Nachdem die Besprechung begonnen hat, informiert uns Mike, was er alles in Auftrag geben will, und ich mache einen Besichtigungstermin seiner Büroräume aus, damit wir die Einzelheiten besprechen können. Luc und Richard haben einige Ideen, die ich berücksichtigen werde, und ich schreibe mir alles genau auf.

So gut ich kann, versuche ich, Mikes Blicken auszuweichen. Allerdings gelingt es mir nicht immer und wenn er mich mal hat, dann hat er mich. Mit seinen dunkelbraunen Augen mustert er mich und zieht mich quasi damit aus. Obwohl ich komplett angezogen bin, fühle ich mich nackt und das nur wegen ihm. Und als ich noch dabei zusehen muss, wie er sich über die Unterlippe leckt, beginnt meine Haut heftig zu kribbeln. Die Hitze überkommt mich und ich kann nicht anders, als die Beine zusammenzupressen. Jede Faser in mir schreit nach ihm. Es ist die reinste Qual und zugleich eine bittersüße Verführung. Obwohl wir nicht alleine sind, ist der Moment intimer denn je und Mike erregt mich von Sekunde zu Sekunde immer mehr.

Was macht er nur mit mir? Wie kann er mir das nur antun hier vor all den anderen?

Als er mich dann auch noch unter dem Tisch mit seinem Fuß berührt, schnappe ich fast nach Luft. An seinem Gesichtsausdruck erkenne ich, dass auch er das wilde Knistern spürt und mit sich selbst kämpft. Qualvoll langsam wandert er mit seinem Fuß mein Bein hinauf. Jegliche Luft entweicht aus dem Raum und für einen kurzen Moment ist es tatsächlich so, als wären wir allein. Ich presse die Finger um die Armlehne und konzentriere mich darauf, dass ich ruhig atme. Er genießt es, dass er so eine Wirkung auf mich hat, und nutzt es aus, dass er mit mir spielen kann. Und Gott, er spielt verdammt gut.

Plötzlich ist sein Fuß wieder weg. Mike setzt sich aufrecht hin, lenkt die Aufmerksamkeit zu den anderen und steigt in deren Diskussion mit ein. Während er von der einen Sekunde auf die andere wieder ganz der Geschäftsmann ist, versuche ich, meinen Körper zu beruhigen. Mir ist unerklärlich, wie er so schnell umschalten kann. Ich lehne mich zurück, ignoriere meine Gedanken, die nach mehr schreien, und beobachte die Männer bei der Arbeit.

Mike hat es wieder einmal geschafft, mich aus dem Konzept zu bringen. Innerlich verfluche ich mich dafür. Jedoch muss ich zugeben, dass ich mir wünsche, er würde alle aus dem Raum schmeißen und mich dann nehmen, wie er will. Ich möchte seine Lippen auf meiner Haut spüren und seine Hände, die mich sanft streicheln. Ich will, dass er mir klarmacht, dass mir gleich Hören und Sehen vergeht. Und obwohl ich eigentlich nicht auf Dirty Talk stehe, wünsche ich mir genau das. Ich will, dass er mir mit seiner rauen Stimme ins Ohr flüstert und ja, ja ich will, dass er sich in meine allzu feuchte Spalte drängt. Ich will die gestrige Nacht noch mal erleben.

»Möchtest du auch einen Kaffee?« Mein Chef reißt mich aus meinem erotischen Tagtraum. Ein Blick auf die Uhr verrät mir, dass schon zwei Stunden vergangen sind, seitdem wir mit dem Meeting angefangen haben. Prompt merke ich, wie meine Wangen erröten. Verdammt.

»Ja, ähm ... ich gehe schon. Bleib du hier.« Peinlich berührt verlasse ich den Raum. Ich brauche definitiv frische Luft zum Atmen und Abstand von Mike, damit ich mich beruhigen kann.

Sobald ich die Küche erreicht habe, starte ich die Maschine und stelle mich, während der Kaffee gemahlen wird, mit geschlossenen Augen ans Fenster, um wirklich frische Luft zu schnappen.

Gott, wie kann ich nur so was denken? Was ist nur los mit mir? Vor ein paar Tagen habe ich noch wie ein Häufchen Elend im Bett gelegen. Habe die Nächte durchgeweint und am Tag war meine Hauptbeschäftigung, mich selbst zu bemitleiden. Und jetzt? Jetzt dreht sich jeder einzelne Gedanke um diesen einen Mann. Gott verdammt. Ich kann wirklich nur hoffen, dass keiner was bemerkt hat.

»Ich weiß genau, an was du gedacht hast«, ertönt Mikes Stimme hinter mir. Mein Körper reagiert wie auf Kommando. Okay, tief durchatmen und am besten so tun, als würde ich nicht wissen, was er damit meint. Als ich ihn erblicke, steht er genauso im Türrahmen wie letzte Nacht.

Sex pur.

Na toll, denke ich und unterdrücke ein Schnaufen.

»Was meinst du?« Ich versuche, dabei nicht allzu erregt zu klingen, und weiche seinen dunklen Augen aus. Kurz schmunzelt er arrogant und kommt auf mich zu. Nur wenige Zentimeter vor mir bleibt er stehen. Er schiebt zwei Finger unter mein Kinn und drückt meinen Kopf leicht nach oben, sodass ich seinen Atem an der Wange spüre.

»Du hast daran gedacht, wie ich dich gefickt habe.« Widerwillig schlucke ich laut. Damit bestätige ich ihm, wie recht er doch hat. »Daran, wie ich dich gestern Nacht zum Stöhnen gebracht habe. Wie ich mich in dir versenkt habe«, sagt er mit rauer leiser Stimme neben meinem Ohr. Mit der anderen Hand nimmt er eine von meinen Händen und führt sie an seinen Schritt. »Merkst du, wie hart ich bin? Von der Sekunde an, als du den Seminarraum betreten hast, wurde ich so hart, dass es schmerzt«, schnurrt er weiter. Ich bin wie erstarrt und bin von der Tatsache überrumpelt, dass sein Schwanz tatsächlich hart wie Stein ist. Habe ich wirklich diese Wirkung auf ihn?

Seine Lippen fahren meinen Hals entlang, währenddessen beginnt er, mit meiner Hand sein steinhartes Glied zu massieren. Selbst durch die Hose merke ich, wie er pocht und zuckt. Ein jämmerlicher Laut kommt aus meiner Kehle und ich beiße mir fest auf die Lippen, um einen weiteren zu unterdrücken. Inzwischen spüre ich, wie mein Höschen klitschnass ist, weil ich so erregt bin.

Als ich meine Hand, ohne dass ich es eigentlich will, fester an seinen Schritt presse, knurrt er an meinem Ohr auf und mich durchfährt es wie ein Blitz. Was macht er bloß mit mir?

»Ich will meine Zunge in deine feuchte Höhle versenken. Dich noch mehr kosten. Dich reizen«, ächzt er und schiebt seine Hand in meinen Rock. Fest packt er meinen Arsch.

Längst habe ich vergessen, wo wir eigentlich sind, und reibe wie in Trance an seinem Schwanz. Meine Beine drücke ich vor Verlangen nach ihm zusammen und möchte ihn gerade bitten, dass er mich erlöst, als er sich plötzlich von mir abwendet und sich stattdessen auf den Stuhl setzt. Kurz darauf betritt Luc die Büroküche. Fassungslos starre ich meinen besten Freund an.

»Ist alles okay bei dir? Du siehst aus, als hättest du ein Gespenst gesehen.« Luc lehnt sich an die Küchenzeile und wirft mir einen besorgten Blick zu. Wenn er nur wüsste.

»Es ... Mir geht es gut, ich brauchte nur frische Luft«, stottere ich. Hoffentlich glaubt er mir das auch. Sein besorgter Gesichtsausdruck sagt mir allerdings das Gegenteil, nimmt aber meine Antwort so hin. Fürs Erste. Ich versuche, mich und meinen Körper ein wenig zu beruhigen, und hoffe, dass Luc keine weiteren Fragen stellt. Mike hingegen schnappt sich zwei Kaffeetassen und verlässt die Küche mit einem dümmlichen Grinsen. Böse blicke ich ihm nach. Mit einem Mal überkommt mich die

Wut und ich schimpfe gedanklich vor mich hin. Wie kann er mich nur in diese Situation bringen? Was denkt sich dieser Scheißkerl eigentlich?

»Ist wirklich alles in Ordnung?«, fragt mich mein bester Freund erneut.

»Ja, Luc. Ich ... Ach keine Ahnung. Aber es ist wirklich alles gut«, bestätige ich ihm mit einer Umarmung. »Komm ... lass uns wieder zurückgehen. Die anderen warten sicher schon auf uns.« Bevor wir die Küche verlassen, schnappe ich mir noch die restlichen zwei Kaffeetassen. Luc folgt mir stumm.

Nach weiteren zwei Stunden verlassen wir alle zusammen den Seminarraum. Für mich waren es die längsten zwei Stunden seit Langem. Die Luft im Raum knisterte nach unserem kleinen Ereignis stärker denn je, jedoch blieben weitere Berührungen aus.

Ich fühle mich total hin- und hergerissen und das Dröhnen in meinem Kopf macht es nicht besser. Mein erster Arbeitstag war viel zu anstrengend. Ich bin total platt und fühle mich, als hätte ich mehrere Tage durchgearbeitet, und dann kommt da noch Mike und stellt meinen Tag völlig auf den Kopf. Auf eine gewisse Art und Weise fühle ich mich zu ihm hingezogen. Was für mich unerklärlich ist. Denn normalerweise halte ich mich von solchen Typen fern. Bei Mike jedoch ist es anders. Er gibt mir von einer Sekunde auf die andere das Gefühl, sexy und wunderschön zu sein. Er baut mein Selbstbewusstsein auf und holt mich aus meinem Schneckenhaus, ohne dass er eigentlich viel macht.

Seufzend öffne ich die Tür nach draußen und die Männer folgen mir hinaus. Ich sollte mir wirklich keine Gedanken darüber machen. So was wie gestern und heute darf nicht noch einmal passieren, auch wenn mein Körper anderer Meinung ist. Er ist Lucs Chef, also muss ich mich von ihm fernhalten. Na ja, es ist leichter gesagt als getan. Mike zieht mich magisch an und die Zusammenarbeit zwischen uns wird das Ganze noch mehr erschweren.

Während die anderen sich noch unterhalten, verabschiede ich mich von allen, woraufhin mir Luc nahelegt, dass ich mich immer bei ihm melden kann, was ich sehr schätze. Anscheinend weiß er mehr, als ich ihm erzählt habe, und ich weiß, dass ich irgendwann mit ihm über meinen Krankenhausaufenthalt reden muss, genauso wie mit den anderen. Und das bereitet mir noch mehr Kopfschmerzen.

Gerade als ich um die Ecke biegen will, berührt mich jemand am Arm. Vor Schreck fahre ich zusammen, erhole mich aber schnell, als ich sehe, wer es ist.

»Ich kann dich nach Hause bringen, wenn du willst«, bietet Mike mir an. Obwohl ich weiß, dass es keine gute Idee ist, willige ich ein und folge ihm. Allerdings nehme ich mir vor, die Gelegenheit zu nutzen, um das, was heute und gestern passiert ist, anzusprechen.

Nach wenigen Schritten bleibt er vor einem dunklen Kombi stehen, sperrt ihn über Funk auf und öffnet mir die Autotür. Ich bedanke mich und setze mich in den A6 hinein. Mit einem Stoß schlägt er die Autotür zu, umrundet den Wagen und steigt auf der Fahrerseite ein.

Sein Gang alleine gehört verboten. So arrogant und selbstsicher. Mir ist nicht entgangen, dass sich die drei Mädels umgedreht haben, als sie an ihm vorbeigegangen sind. Natürlich kann ich die drei nur zu gut verstehen. Nach Mike muss man sich einfach umdrehen.

Er startet den Audi und das Radio erklingt in einer angenehmen Lautstärke. Mit Leichtigkeit fädelt er sich in den Verkehr ein und konzentriert sich voll und ganz drauf.

Summend singe ich das Lied mit, meine Gedanken fahren jedoch Achterbahn. Wie soll ich nur anfangen? Wenn ich ehrlich bin, will ich nicht, dass er damit aufhört, denn es fühlt sich einfach nur gut an. Aber es darf nicht sein, er ist der Chef meines besten Freundes und es ist besser, wenn ich es jetzt beende, bevor es dann zu spät ist.

»Mike?«, ertönt meine Stimme im Fahrzeug.

»Ja, Sophie? Was ist?« Kurz schaut er zu mir und wendet sich dann wieder dem Verkehr zu. Was ich nicht so schlecht finde. So kann ich mich ebenfalls auf das konzentrieren, was ich sagen will.

»Können wir damit aufhören?« Okay, mir wird schlecht.

»Was meinst du?« Er wirkt überrascht, anscheinend hat er nicht damit gerechnet. Obwohl er ganz genau weiß, was ich meine, stellt er sich dumm. Hörbar schnaufe ich und rolle mit den Augen, weil er mich zwingt, es auszusprechen.

»Das heute in der Büroküche und gestern. Wir dürfen das nicht.« Okay, nun ist mir richtig schlecht. Unsicherheit steigt in mir auf und mein Magen beginnt, sich zu überschlagen.

»Und wieso nicht?«, erkundigt er sich. Gute Frage ... ich weiß es nicht. Es fühlt sich nicht falsch an, ganz im Gegenteil. Mike weckt in mir Dinge, von denen ich bisher nichts wusste.

Ich denke kurz darüber nach, was ich darauf antworten kann, jedoch fällt mir nichts dazu ein. Verdammt.

»Weil ... Weil ... Es ist einfach so. Ganz einfach«, schnauze ich ihn an. Na toll, gut gemacht.

Als ich zu ihm rüberschiele, bekomme ich mit, wie er fest das Lenkrad umklammert, seine Fingerknöchel sind vom Druck weiß. Im Wagen ist es bis auf die Stimme aus dem Radio still. Er ist angespannt, das sieht man. Daher versuche ich, es ihm zu erklären.

»Mike, ich ... ich habe eine sehr schwere Zeit hinter mir ... das alles habe ich noch nicht verarbeitet. Bitte sag niemanden was ... Ich ...«, flüstere ich zittrig. Die Tränen, die versuchen, aus meinen Augen zu kullern, unterdrücke ich. Vergeblich.

Er bleibt mit dem Wagen vor meiner Wohnung stehen, stellt den Motor ab und wendet sich mir zu. Endlich erklingt seine Stimme und die Stimmung zwischen uns entspannt sich ein klein wenig.

»Dass du eine schlimme Zeit hinter dir hast, weiß ich. Jana hat letztens Luc etwas erzählt, jedoch habe ich nicht weiter zugehört, es ist schließlich deine Sache. Aber, Sophie, du sollst wissen, dass ich nichts Schlimmes vorhabe, im Gegenteil.« Mit warmherzigem Blick schaut er mich an. Ich kenne ihn zwar noch nicht lange, allerdings habe ich das Gefühl, dass er die Wahrheit sagt.

»Bitte, hab keine Angst, lass dich auf mich ein«, bittet er mich. Innerlich zucke ich zusammen. Angst? Ist es wirklich so, dass ich Angst habe? Habe ich Angst, dass mir das nochmals passiert? Angst, dass wieder ein Mann wegrennt? Dass Mike wegrennt?

Da ich nichts von mir gebe, spricht er einfühlsam weiter. »Ich kann dir nichts versprechen, aber ich werde alles versuchen und alles tun, was in meiner Macht steht, dass es dir an nichts fehlt. Wenn ich dich sehe, muss ich dich einfach berühren, anders kann ich gar nicht. Allein, wenn du den Raum betrittst, werde ich schon hart und ich glaube, das heute war Beweis genug. Ich verzehre mich nach dir, mehr als ich zugeben will.« Mike legt die Hand auf meinen Oberschenkel, das Gefühl, das ich immer bekomme, wenn er mich berührt, bestätigt mir nur, wie sehr ich ihn will. Und doch treiben mir seine Worte die Röte ins Gesicht.

Meint er das ernst? Begehrt er mich wirklich so wie ich ihn? Oder sagt er es nur, weil er mich nochmals ins Bett bekommen will.

»Aber ...«, weiter komme ich nicht, denn ich spüre sofort seine wundervollen Lippen auf meinen. Leicht knabbert er daran und seine Zunge umspielt die meine. Seine Hand legt er sanft auf meine Wange und mir entschlüpft ein leises Stöhnen. Ich kann nicht anders. Es ist so wunderschön, diesen Mann zu küssen.

»Es gibt kein ›aber‹. Lass mich dich verwöhnen, sei mein«, flüstert Mike kurz und küsst mich weiter.

Sei mein? Hat er das gerade wirklich gesagt oder bin ich von dem wunderschönen Gefühl vernebelt, sodass ich halluziniere?

VIER

Wir sitzen noch eine Weile küssend im Auto. Es fühlt sich an, als wäre ich wieder ein Teenager, der gerade von seinem ersten Date nach Hause gebracht wird. Zwischen meinen Schenkeln brodelt eine angenehme Hitze und ich wünsche mir nichts sehnlicher, als ihn genau dort zu spüren. Allerdings bleibt es beim Küssen und irgendwann kommt auch der Abschied. Leider.

Mike steigt aus dem Auto aus, umrundet es und öffnet mir die Autotür. Dann begleitet er mich noch bis zur Eingangstür.

»Okay. Ich lasse mich auf das Ganze ein. Fürs Erste jedoch halten wir es geheim«, bitte ich ihn. Etwas Lockeres zwischen uns wird mich bestimmt ein wenig ablenken. Er schafft es ja jetzt schon, mich auf andere Gedanken zu bringen. Aber ob das wohl eine gute Idee ist?

Mike umklammert mein Gesicht mit beiden Händen und küsst mich zärtlich.

»Also ist das unser kleines Geheimnis?« Fragend zieht er seine Augenbrauen nach oben und grinst mich spitzbübisch an. Zustimmend nicke ich. Danach küsst er mich erneut und ich schmelze dahin. Irgendwie kommt es immer anders, als man denkt. Wenn mir das jemand vor ein paar Tagen erzählt hätte, hätte ich ihn für verrückt erklärt.

Sobald wir uns verabschiedet haben, gehe ich rauf in meine Wohnung und verschwinde ins Badezimmer, um mir ein warmes Bad zu gönnen. Ich drehe den Wasserhahn auf eine angenehme Temperatur und gebe Schaumbadmittel hinein. Mit einem Glas Rotwein und entspannender Musik lege ich mich in die Badewanne. Wie so oft an diesem Tag wandern meine Gedanken zu Mike. Ich frage mich, was er wohl gerade macht und ob er auch an mich denkt so wie ich an ihn.

»Du spinnst, Sophie«, sage ich zu mir selbst und rolle mit den Augen. Es ist gerade einmal eine halbe Stunde her, dass wir uns verabschiedet haben. Verdammt, dieser Mann bringt mich total durcheinander.

Ich lasse die letzten Tag Revue passieren und bin von den Ereignissen einfach überwältigt. Hätte ich meinen Neuanfang geplant, hätte er sich bestimmt nicht so abgespielt. Ob es wohl eine gute Idee war, mich auf ihn einzulassen? Zugegeben, es fühlt sich nicht wie ein Fehler an, aber was ist, wenn es einer ist? Was ist, wenn ich wieder auf die Schnauze fliege?

Hörbar ziehe ich die Luft ein und stoße sie genauso lautstark wieder aus. Ich frage mich, ob ich jemals wieder eine ernsthafte Beziehung führen kann.

Ein Piepen holt mich aus den Gedanken zurück. Ich trockne meine Hände an einem Handtuch ab und nehme das Handy in die Hand.

»Hey Sophie. Wie geht es dir? Sorry, ich war von Samstag noch total down. Kuss J.«

Oje, Jana hat mal wieder übertrieben. Sie betrunken zu erleben, ist entweder richtig lustig oder total anstrengend.

Entweder sie lacht oder weint und jammert. Wobei ja manchmal beides witzig ist.

»Hey. Sicher besser als dir. War heute wieder arbeiten. Du weißt ja, Neuanfang. S.«, antworte ich ihr.

Prompt schreibt sie zurück »Haha ... Das kannst du laut sagen. So viel habe ich schon lang nicht mehr getrunken. Was machst du gerade? Schön, dass du wieder zur Arbeit gehst, ich bin stolz auf dich. J.«

»Lieg in der Badewanne und gönne mir ein Glas Rotwein. Ja, es hätte ja nicht so weitergehen können. S.« Gleich flippt sie aus.

»Du bist so ein BIEST. Ich beneide dich. Ich will deine Badewanne haben. Ach, was rede ich da, ich will deine Wohnung haben. Ich gehe mal lieber schlafen, muss morgen früh raus, Gute Nacht. Kuss, J.«

Jana liebt meine Wohnung, aber am meisten das Badezimmer. So oft hat sie schon bei mir übernachtet, dabei war sie die meiste Zeit in diesem einen Raum. Einmal bin ich nach Hause gekommen und Jana lag in meiner Badewanne. Natürlich hatte sie mir Bescheid gegeben, allerdings hatte ich es damals total vergessen. Ich dachte in dem Moment, als ich sie in der Wanne sah, ich sterbe, so sehr habe ich mich erschrocken.

Ich will mein Handy gerade wieder beiseitelegen, da ertönt es erneut.

»Guten Abend, schöne Frau. Ich würde gerne wissen, was du gerade machst«, schreibt mir eine unbekannte Nummer. Mike! Ich weiß nicht warum, aber das kann nur er sein, der mir so was schreibt. Sofort antworte ich ihm. »Liege in der Badewanne, höre Musik und trinke Rotwein. Und du? S.« Ich lege das

Handy auf die kleine Glasvitrine neben der Badewanne und tauche dann unter Wasser. Anscheinend denkt er doch an mich und meine Freude darüber überwältigt mich selbst.

Sobald ich im Badezimmer fertig bin, ziehe ich mir meine Schlafsachen an und lege mich mit einem Buch ins Bett. Mike hat mir nicht mehr geantwortet und ich muss zugeben, ich mache mir Sorgen. Ich rufe mir mehrmals in Erinnerung, dass zwischen Mike und mir nichts Ernstes ist, sondern nur Sex. Jedoch schaue ich alle zehn Minuten auf mein Handy und das, obwohl es auf laut eingestellt ist. Und jedes Mal werde ich aufs Neue enttäuscht.

Den restlichen Abend vertiefe ich mich in meinen Roman. Eine Geschichte, in der alles perfekt ist. Mit Liebe und Drama. Mehrmals ertappe ich mich dabei, wie mich das Buch zu Tränen rührt, dann wiederum lache ich wie eine Verrückte.

Kurz bevor ich schlafen gehe, kontrolliere ich nochmals mein Handy in der Hoffnung, dass ich nur etwas verpasst habe, aber da ist noch immer nichts angekommen. Mit einem unguten Gefühl schlafe ich ein.

»Du kannst keinen Mann glücklich machen. Keiner kann dich mehr lieben«, sagt ein Mann zu mir. Wieso? Wieso sagt er das? Glaubt er etwa, ich hätte mir das ausgesucht?

»Sobald du jemanden davon erzählst, wird dich jeder Mann verlassen. So wie es Stefan gemacht hat«, wirft er mir boshaft hinterher. Wieso tritt er so auf mir herum? Ich kann nichts machen. Bin wie gelähmt von dem, was er mir an den Kopf wirft. Ich will ihn anschreien, aber nichts kommt aus meinem Hals. Kein Piep.

Er kommt auf mich zu und schubst mich so stark, dass ich hinfalle. Diesen Mann kenne ich nicht einmal. Aber er hat recht.

Kein Mann wird mich je wieder wollen, ich kann keinen mehr glücklich machen.
Keiner wird mich mehr lieben können.
Sein Lachen hallt durch meine Ohren.
»Deine Familie und Freunde werden dich verstoßen! Vielleicht nicht gleich, aber irgendwann!«, schreit er mich an. Tränen laufen über mein Gesicht. Ich kann …

Vor Schreck fahre ich hoch. Hastig entwirre ich meine Beine aus der Bettdecke und laufe ins Badezimmer. Mit einem feuchten Handtuch wische ich mir meine verschwitzte Stirn ab und gleite an der Wand hinunter. Ich vergrabe mein Gesicht in beiden Händen und lasse meinen Tränen freien Lauf. Dass das alles nur ein Traum, ein schlechter Albtraum war, weiß ich, allerdings fühlt es sich so verdammt real an. Hat der Mann wirklich recht? Werde ich nie mehr wieder einen Mann glücklich machen können? Oder werde ich jemals wieder glücklich werden? Wird das wirklich zutreffen? Wird mich meine Familie verstoßen? Oder die anderen?

Ich kann nicht sagen, wie lange ich schon am Boden sitze, ich habe jegliches Zeitgefühl verloren. Meine Glieder fühlen sich wie Steinbrocken an, als ich wieder aufstehe. Schwer schleppe ich mich wieder ins Bett. Womit habe ich das alles nur verdient? Und wieder bin ich an dem Punkt angekommen, wo ich vor vierzehn Tagen war. Heulend in meinem Bett.

Total erschöpft wache ich auf. Meine Augen brennen wie Feuer und sind so stark angeschwollen, dass ich sie fast nicht aufbekomme. Die restliche Nacht bin ich immer wieder aufgewacht, nur damit ich mich weiterhin in den Schlaf weinen konnte.

Mit aller Kraft richte ich mich für die Arbeit her. Am liebsten würde ich im Bett bleiben, jedoch will ich nicht schon wieder weitere Tage im Büro fehlen. Ich muss stark sein, stark für mich selbst und den Mann aus dem Traum einfach in den Hintergrund drängen. Leichter gesagt als getan.

Ich wasche mir das Gesicht mit kaltem Wasser ab, in der Hoffnung, dass es was hilft. Mit Make-up versuche ich, mich aufzupeppen. Auf der Wetter-App checke ich, wie das Wetter heute noch so wird, und entscheide mich für ein Kleid in einem Roséton und weiße, hohe Pumps. Nach zwei Espresso hintereinander fühle ich mich immer noch nicht besser. Ich gebe wirklich mein Bestes, um frisch auszusehen. Scheitere jedoch kläglich und verlasse schlecht gelaunt meine Wohnung.

In der Straßenbahn ist es bis zum letzten Rand voll. Es wird geschubst, gedrängelt und auf den Füßen herumgetreten.

»Pass doch auf!« wird mir ins eine Ohr geschrien. »Selber, du Arschloch!« ins andere. Der heutige Tag ist echt nicht auf meiner Seite und er fängt gerade erst einmal an. Immer und immer wieder kommen mir die Worte hoch, die ich geträumt habe. Und wieder muss ich die Tränen zurückhalten, was ich diesmal, Gott sei Dank, schaffe.

Als ich in der Firma ankomme, ist schon längst Hochbetrieb. Leute laufen wie aufgezogen durch die Gänge, andere wiederum tippen lautstark auf der Tastatur herum.

Sinas Stimme ertönt neben mir. »Guten Morgen«, singt sie fast. Gut gelaunt wie eh und je. Bevor ich etwas erwidern kann, plappert sie schon weiter. »Ich musste dir einen Termin zwischenschieben, ist auch schon in deinem

Onlineterminkalender eingetragen. Außerdem haben wir drei Präsentationen, bei denen du anwesend sein musst, die habe ich mit deiner Farbe im Kalender markiert. Wolfgang ist heute den ganzen Tag außer Haus und ...« Sie bricht ab und berührt mich am Arm. Anscheinend hat sie erst jetzt mitbekommen, wie mein Zustand ist, was mich nicht wundert, sie war ja geradezu vertieft in ihrem iPad. »Sophie? Ist alles in Ordnung bei dir?« Ihre Stimme klingt besorgt.

»Ja, ich hab nur schlecht geschlafen und bin erschöpft. Sonst ist alles okay«, versuche ich, sie zu beruhigen. Ich möchte nicht, dass sich andere um mich Sorgen machen. Keiner weiß direkt, was bei den Untersuchungen rausgekommen ist, außer mir und meinem Exfreund, der mich aufgrund dessen verlassen hat.

»Soll ich ein oder zwei Termine verschieben?«, fragt sie mich weiterhin besorgt.

»Danke, Sina. Aber das brauchst du wirklich nicht tun. Ich schaffe das schon.«

Ich wende mich von ihr ab, spüre jedoch ihren Blick immer noch in meinem Rücken. Sobald ich dann mein Büro erreicht habe, husche ich hinein und lehne mich an die geschlossene Tür. Wieder einmal muss ich die Tränen, die über mich kommen wollen, unterdrücken. Zurzeit bin ich einfach nah am Wasser gebaut, viel zu nahe.

Bevor ich überhaupt zum Arbeiten komme, klopft es an der Tür, gleich darauf tritt ein Kollege ein.

»Hallo. Ich brauche eine Unterschrift. Wolfgang ist ja nicht hier.« Noel gibt mir das Dokument. Ich überfliege es kurz und unterschreibe dann. »Schön, dass du wieder da bist. Wolfgang war unerträglich«, lächelt er mich an.

»Danke. Ja, ich kenne ihn. Aber du weißt ja, dass er das nicht böse meint.« Der Computer ist in der Zwischenzeit hochgefahren, sodass ich die ersten Mails lesen kann. Noel will gerade das Büro verlassen, als ich ihn aufhalte. »Schickst du mir bitte ein PDF? Ich muss es ablegen«, äußere ich noch, woraufhin er nickt und danach verschwindet.

Nachdem ich den halben Vormittag damit verbracht habe, die neuen Aufträge auf die Mitarbeiter aufzuteilen, schaue ich das erste Mal seit der Früh wieder auf mein Handy. Und tatsächlich signalisiert mir der Bildschirmschoner eine angekommene SMS von Mike.

»Guten Morgen, Schönheit. Es tut mir leid, gestern ist ein Notfall dazwischengekommen. Hoffentlich hattest du einen angenehmen Abend in der Badewanne. Ich freue mich auf unsere Termine heute. Denk an dich, Kuss M!«

Prompt erhellt sich meine Miene. Er denkt an mich? Ja okay, ich denke auch an ihn, ständig. Gestern Abend, als er nicht geantwortet hat, das hat sich echt schrecklich angefühlt, so als würde etwas fehlen. So was habe ich noch nie zuvor gefühlt. Am liebsten wäre ich zu ihm gefahren oder hätte ihn angerufen. Habe es natürlich nicht getan. Ich will ja nicht als Verrückte dastehen. Zudem weiß ich nicht einmal, wo er wohnt.

Aber was heißt da Notfall? Hoffentlich ist nichts Schlimmes passiert. Und was meint er mit Terminen? Wir haben heute ja nur einen. Außer ... Schnell check ich den Kalender. Dachte ich es mir doch. Der Termin, den Sina dazwischengeschoben hat, ist mit Mike. Wie auf Knopfdruck beginne ich, wie ein Honigkuchenpferd zu grinsen.

»Guten Morgen. Ich hatte einen angenehmen Abend, danke. Ein Notfall? Hoffentlich nichts

Schlimmes? Hab eben den Kalender gecheckt. Um was geht es bei dem Termin? Freu mich auch schon. Kuss S.«, schreibe ich ihm zurück.

Eigentlich hasse ich es, jemandem etwas vorzulügen, allerdings ist zwischen uns nichts Ernstes und ich kenne ihn noch nicht lange, daher muss er ja nicht alles wissen. Dennoch habe ich Gewissensbisse. Schnell lenke ich mich von dem Ganzen ab.

Um was wird es wohl bei diesem Termin gehen? Sina hat nichts erläutert. Es steht nur Termin mit Mike Spenc um 11:30 Uhr Dauer ca. eine Stunde bis eineinhalb – weiter nichts. Komisch.

Ich starre meinen Bildschirm noch eine Weile an und lese mehrmals den Eintrag, in der Hoffnung, daraus schlau zu werden. Jedoch ohne Erfolg. Auch wenn es nur was Geschäftliches ist, ich freue mich auf Mike.

Mein erster Termin für heute fängt in wenigen Minuten an. Projektbesprechung einer Modemarke. Als ich sehe, mit wem der Termin ist, läuft ein unwohler Schauer mein Rückgrat hinab. Dennoch muss ich da hin. Ich hole mir die Unterlagen dafür aus dem Schrank und mache mich auf den Weg in den Seminarraum. Da das Team schon alles aufgebaut hat, kann die Probe vor der eigentlichen Besprechung beginnen. Ich setze mich auf den Stuhl, dort, wo später der Chef der Modemarke sitzen wird und die Kollegen beginnen mit dem Vortrag. Anfangs höre ich noch aufmerksam zu, doch dann bin ich mit den Gedanken bei Mike. Auch wenn ich erst ein Mal mit ihm geschlafen habe, weiß ich, dass es immer so intensiv sein wird. Er hat einfach diese Wirkung auf mich, die sonst keiner bisher hatte. Seine Berührungen fühlen sich wie angenehme Stromschläge an, und das nicht nur manchmal, nein, sondern immer.

»Sollen wir etwas umdisponieren?«, fragt mich einer der Teamkollegen. Oh mein Gott! Ich habe dank Mike nur vereinzelt etwas mitbekommen. Na großartig. Gut, dass es eines unserer besten Teams ist, somit kann ich denen vertrauen, dass sie es professionell vortragen.

»War im Großen und Ganzen sehr gut. Kann man so lassen«, antworte ich, in der Hoffnung nichts Dummes zu sagen. »Macht noch kurz Pause. Ich bereite alles Weitere vor und dann wird der Kunde bestimmt schon da sein«, erläutere ich ihnen noch. Daraufhin verlassen meine Kollegen den Raum und ich atme tief durch. Ich muss mich echt zusammenreißen, Wolfgang köpft mich, wenn ich Blödsinn mache. In solchen Situationen hasse ich es, seine Vertretung zu sein.

»Konzentriere dich auf das Meeting«, ermahne ich mich selbst. Wenn es nur so einfach wäre. Ich wähle Sinas Nummer, um ihr mitzuteilen, Knabbergebäck vorzubereiten. Danach verteile ich auf dem Tisch die Notizblöcke und Kugelschreiber sowie Gläser. Gleich darauf kommt Sina mit mehreren kleinen Schüsseln herein.

»Hoffentlich reicht das. Ich habe von jeder Sorte etwas genommen«, sagt sie ein wenig unbeholfen, weil ihr die Sachen fast aus den Armen fallen. Nickend bestätige ich ihr, dass es perfekt sei. Bei jedem Platz, den ich vorbereitet habe, stellt sie eine Schüssel hin. Sie redet kein Wort, sehr ungewöhnlich für Sina. Natürlich fallen mir ihre Blicke, die sie mir zuwirft, auf.

»Was ist los, Sina?«

»Nichts.« Sie wendet sich von mir ab. So, so, sie will also nicht mit der Sprache rausrücken. Eigentlich kann ich es mir schon denken. Ich gehe zu ihr hinüber. »Sag schon. Mittlerweile kenne ich dich. Also?«, fordere ich sie auf, meine Frage zu beantworten. Mir kommt es vor, als würden mich alle wie Porzellan behandeln. Als wäre ich zerbrechlich oder so. Verdammt noch mal, so was muss wirklich nicht sein. Ich bin immer noch die Gleiche.

»Na ja ...«, fängt Sina an. »Ich mach mir Sorgen um dich. Ich meine, ich hab dich noch nie so erlebt. So durch den Wind. Wieso redest du nicht mit mir? Wir reden doch sonst auch über alles. Ich will nicht, dass es dir schlecht geht.« Unschuldig schaut sie mich an und in ihren Augen schimmern die Tränen. Mein Gott, jetzt fühle ich mich schlecht. Es soll sich doch keiner wegen mir Sorgen machen. Ich kann nicht anders, als sie in den Arm zu nehmen.

»Hey. Das ist schon okay. Mir geht es gut. Wirklich. Nimm es mir nicht übel, aber ich will zurzeit mit keinem darüber reden. Noch nicht. Das hat wirklich nichts mit dir zu tun, auch Jana weiß nichts«, erkläre ich ihr.

Jana, Luc und Sina sind meine engsten Freunde. Ihr vertraue ich genauso viel wie den anderen beiden. Obwohl ich sie erst kenne, seit ich hier arbeite, fühlt es sich dennoch an, als würde ich sie mindestens so lange kennen wie die beiden anderen. Anscheinend ist sie mit meiner Antwort zufrieden, das schlechte Gewissen plagt mich trotzdem. Ich bin aber dennoch froh, dass ich sie milde stimmen konnte. Sie drückt mich herzlich an sich, küsst mich auf die Wange und wünscht mir noch viel Glück für die Präsentation, dann verlässt sie den Seminarraum. Sina kennt den Kunden nur zu gut, das Glück kann ich gut gebrauchen.

Bevor das Meeting beginnt, schaue ich auf mein Handy und wieder zeigt es mir eine Nachricht von Mike an.

»Nichts, um was du dir Gedanken machen musst. Ich würde noch gern ein paar Kleinigkeiten besprechen, mehr nicht. Sitze in einem sterbenslangweiligen Meeting und muss an den Sex mit dir denken. M.«

Der Satz »muss an den Sex mit dir denken« lässt prompt alle Muskeln in mir zusammenziehen und zaubert mir ein Lächeln ins Gesicht. Mike ist nicht einmal in der Nähe und dennoch durchströmt mich die Freude und Erregung. Das schafft nur er. Unglaublich.

»Okay, wo genau muss ich hin? Hab auch gleich ein Meeting mit einem unerträglichen Kunden. Denk auch an dich. Kuss S.«

Mein Handy piept nur Sekunden später.

»Ich hol dich ab. Meeting also? Falls du Ablenkung brauchst, sag Bescheid. ;) Kuss M.«

Er holt mich ab? Nun ja, vielleicht liegt es ja auf dem Weg. Aber was meint er mit Ablenkung? Sofort hat er meine Neugier geweckt.

»Ablenkung? Was genau darf ich darunter verstehen? S.«

Die Uhr auf meinem Handy signalisiert mir, dass der Kunde mit seiner Crew jeden Augenblick eintreffen wird. Sicherheitshalber nehme ich das Telefon mit, ich bin gespannt auf seine Antwort.

Sina sitzt nicht auf ihrem Platz, also setze ich mich auf den Stuhl hinter den Empfangstresen. Gleich darauf vibriert mein Handy erneut und ich öffne gespannt die angekommene SMS.

»Ich würde dich viel lieber hier auf diesem Tisch vor mir ficken. Dich um den Verstand bringen. Deine wundervollen, weichen Lippen auf meinen spüren und dir zeigen, wie sehr ich mich nach dir sehne. Gott, Sophie, ich bin so hart, allein bei dem Gedanken, dich zu ficken. M.«

Meine Nippel drücken sich sofort gegen den BH und zwischen meinen Schenkel sammelt sich die Nässe an. Am liebsten würde ich zu ihm laufen, nur um den Druck, den er immer wieder hervorruft, zu lindern. Wie funktioniert so was? Wieso hat Mike so eine Wirkung auf mich? Bei niemandem zuvor war es so wie bei ihm.

Einen Moment zögere ich mit meiner Antwort, doch meine Neugier auf weitere Nachrichten überwiegt, und ich drücke auf Senden.

»Oh Mike. Nichts lieber als das. Meine Nippel sind bei deinen Worten hart wie Beton. Ich würde nichts lieber machen, als deinen pulsierenden Schwanz mit meinem Mund zu umrunden, an ihm saugen, dich necken und mich dann von dir verführen lassen. Kuss S.«

Ein angenehmer Schauer durchfährt jede Faser meines Körpers und meine Wangen glühen förmlich vor Verlegenheit. So was habe ich noch nie zuvor einem Mann geschrieben. Mich hat noch niemand über SMS angemacht, geschweige denn ich jemanden.

Plötzlich bemerke ich Sina hinter mir und vor Schreck ziehe ich scharf die Luft ein. Ich merke direkt, wie mir die Röte in die Wangen schießt, und ich kann nur hoffen, dass sie nichts mitbekommen hat.

Damit sie wieder ihren Platz einnehmen kann, stehe ich auf. Im gleichen Moment öffnet sich die Aufzugtür und der Kunde samt Crew betritt den Raum. Die Gier nach Mike dehnt sich mit jedem Schritt, den ich auf den Kunden zumache, aus. Jeder Unterdrückungsversuch ist zwecklos und ich versuche so gut es geht, mich auf das Wesentliche zu konzentrieren. Freundlich begrüße ich ihn mit Assistentin und schüttle deren Hände.

»Guten Tag Herr Schaller, schön, Sie wiederzusehen, Frau Welzer.« Die anderen Mitarbeiter von ihm stehen ein bisschen abseits, so begrüße ich sie nur mit einem schlichten: »Guten Tag.«

Herr Schaller ist Mitte, Ende dreißig, eigentlich sehr gut aussehend, aber nicht der Typ Mann, den ich anziehend finde. Was leider nicht auf Gegenseitigkeit beruht. Immer wenn wir ein Meeting oder ein Geschäftsessen haben, macht er mir unmoralische Angebote, sodass ich am liebsten schreiend davonlaufen würde. Seine Assistentin, Frau Welzer, ist das komplette Gegenteil von mir. Sie vergöttert ihren Chef und würde alles – und mit alles meine ich wirklich alles – für ihn tun. Sie hasst mich abgrundtief, obwohl ich nichts dafür kann.

»Frau Mayer, die Freude ist ganz meinerseits. Sie sehen bezaubernd aus wie eh und je«, begrüßt er mich charmant. Wenn Blicke töten könnten, würde ich auf der Stelle tot umfallen, so verbissen schaut mich seine Assistentin an.

»Vielen Dank«, erwidere ich und setze mein bestes Lächeln auf.

»Hätten Sie gern einen Kaffee oder vielleicht Tee?«, frage ich die beiden.

»Espresso für Herrn Schaller. Für mich nichts, danke«, antwortet Frau Welzer mit bissigem Ton. Ich drehe mich um, verdrehe die Augen und bitte Sina, den Kaffee in den Seminarraum zu bringen.

»Gut, dann können wir anfangen. Bitte folgen Sie mir«, informiere ich alle zusammen.

Der Seminarraum wurde verdunkelt, um einen besseren Blick auf die Leinwand zu haben. Herr Schaller sitzt links neben mir und hat mir den Rücken zugedreht. Er konzentriert sich auf den Kollegen, der vorne die

Präsentation hält. Die anderen sitzen uns gegenüber, außer seiner Assistentin, die sitzt natürlich neben ihm auf der anderen Seite.

Als mein Handy erneut vibriert, hat es sofort meine Aufmerksamkeit. Am Anfang schaffe ich es noch, die Neugier im Zaum zu halten, allerdings scheitere ich schlussendlich. Mit dem Stuhl rücke ich leise zurück, sodass der Kunde nichts mitbekommen kann. Ich öffne die angekommene Nachricht von Mike.

»Deinen Mund um meinen Schwanz? Herrgott, Sophie, willst du meine Hose sprengen? Ich kann es kaum erwarten, bis du es tust. Was machst du nur mit mir? Ich möchte mich in dir versenken. Ich will in dich stoßen. Hart. Und dich an den Rand der Begierde treiben. M.«

Unwillkürlich halte ich die Luft an. Er fragt mich ernsthaft, was ich mit ihm mache? Wohl eher, was er mit mir macht? Ich stelle mir vor, wie ich vor ihm auf die Knie sinke und seine volle Pracht in den Mund nehme, ihn mit meinem Speichel einreiben und soweit ich kann, in mich aufnehme.

Ach du heilige Scheiße. Ich brauche ihn jetzt zwischen meinen Beinen. Er muss meine Lust nach ihm endlich stillen. Meine Unterlippe tut schon weh, weil ich darauf kaue, als wären sie meine Droge. Ich muss mich ablenken. Am besten .... Plötzlich ertönt im Raum ein schallendes Klatschen. Es reißt mich aus meinen Gedanken, und wird immer lauter, als die anderen mit einstimmen. Schnell verstecke ich das Handy und tue es den anderen gleich, damit keiner meine Verwirrung mitbekommt. Mein Herz pocht wie wild, als hätte mich jemand auf frischer Tat ertappt.

»Wunderbar! Sensationell!«, ruft Herr Schaller begeistert. Von der Präsentation habe ich rein gar nichts mitbekommen. Schon das zweite Mal an diesem Tag.

Ich stehe auf, gehe zu den Jalousienschaltern neben dem Fenster und betätige ihn, sodass diese nach oben wandern und den Raum erhellen. Irgendwie muss ich mir Zeit verschaffen, denn ich brauche ein bisschen Luft zum Atmen. Nach dieser Nachricht von Mike ist mein Körper so sehr erhitzt, dass ich am liebsten in eiskaltes Wasser springen würde.

Als ich das Fenster öffne, durchfährt eine angenehme Luft den Raum. Rasch sauge ich sie ein, als wäre dies meine Rettung. Ich bin verrückt, verrückt nach Mike. Alles, was ich tue, um das Gefühl loszuwerden, was er in mir entflammt hat, ist aussichtslos. Inzwischen sind die Jalousien oben und ich muss meinen Platz neben Herrn Schaller wieder einnehmen. Gott, wie schrecklich.

»Sophie, Liebes, ich bin begeistert. Sie haben das toll gemacht«, lobt er mich und tätschelt mein Knie. Ich? Ich habe doch gar nichts gemacht, außer versucht, meine Sucht nach Mike unter Kontrolle zu bringen. Er soll lieber das Team loben.

»Danken Sie nicht mir, sondern meinen Kollegen. Die haben das Projekt erarbeitet.« Seine Aufmerksamkeit ist jedoch nur auf mich gerichtet, die anderen blendet er vollkommen aus. Typisch.

Wir stehen beide auf und erst jetzt bemerke ich, dass der Kaffee, den ich vorher bei Sina bestellt habe, da ist. Ich überlege, wann sie ihn gebracht hat, allerdings fällt es mir nicht ein. War ich wirklich so weggetreten? Ich sollte mich wirklich besser konzentrieren.

»Wann können wir die Einzelheiten besprechen?«, fragt er mich, als wir Richtung Empfang gehen. Heute haben wir nur die Präsentation geführt, den Rest muss Wolfgang machen.

»Dafür ist Herr Müller zuständig. Ich werde mich schlaumachen, welche freien Termine er hat, und informiere Sie heute noch.«

»Ich dachte da eher an ein Abendessen mit Ihnen, Sophie.« Ich unterdrücke ein genervtes Schnaufen. Und los geht es mit dem unmoralischen Angebot.

»Herr Schaller, Sie wissen doch, ich trenne Geschäftliches und Privates«, lehne ich freundlich ab. Innerlich lache ich. Von wegen, und was ist mit Mike? Gott sei Dank sind wir inzwischen am Fahrstuhl angekommen. Daher hoffe ich, ihn sehr bald los zu sein.

»Okay, dann nennen wir es ein geschäftliches Abendessen, nur wir zwei«, versucht er es weiter und deutet mit seinem Finger zwischen uns hin und her.

»Danke für die Einladung. Aber ich war heute nur die Vertretung von Herrn Müller«, lehne ich nochmals dankend ab. Frau Welzer schaut mich währenddessen wütend an, doch die Erleichterung in ihrem Gesicht, als ich ablehne, ist mir nicht entgangen. Mit einem »Bing« öffnet sich die Fahrstuhltür und der Kunde tritt mitsamt Crew ein.

»Irgendwann bekomme ich Sie dazu, dass Sie mit mir essen gehen. Auf Wiedersehen.« Am liebsten würde ich losschreien, immer und immer wieder versucht er es.

»Auf Wiedersehen«, verabschiede ich mich und die Aufzugtür schließt sich. Gott sei Dank.

Sina kann sich ihr Lachen nicht mehr verkneifen und prustet los. »Der gibt wohl nie auf.« Ich gehe zu ihr hin, stütze mich mit den Ellbogen am Pult ab und lege den Kopf in die Hand. Genervt verdrehe ich die Augen und schnaufe.

»Keine Ahnung, was ich noch machen soll. Der bleibt mir an der Backe. Egal, wie viele Körbe der noch einstecken muss. Na ja, die Präsentation haben die Kollegen mit Bravour gemeistert, den Rest muss Wolfgang erledigen.«

»Ach komm schon. Du weißt, ihr habt den längst in der Tasche, so wie die letzten Male auch schon. Der ist alleine wegen dir unser Kunde«, kichert sie und wendet sich wieder dem Computer zu. Das Schlimme daran ist, dass sie vermutlich recht hat. Leider.

FÜNF

Im Büro wirble ich mein Handy in der Hand herum. Mike bringt mich immer so durcheinander. Es fühlt sich so schön an, wie er mir seine Aufmerksamkeit schenkt. Als wäre ich in seinem Leben der Mittelpunkt. Jedoch muss ich zugeben, dass ich mich auf einer gewissen Art und Weise schlecht fühle. Mit Stefan war ich drei Jahre zusammen. Er war meine erste richtige Liebe, aber so was wie bei Mike habe ich bei ihm nie gespürt. Diese Anziehung war nie da, auch nicht am Anfang unserer Beziehung.

Zum Schluss war es nur mehr die Gewohnheit, die mich bei ihm gehalten hat. Ich hatte mir meine Zukunft ausgemalt mit ihm. Verlobung, Hochzeit, Kinder, alt werden. Genau das habe ich mir gewünscht, es wurde allerdings mit einem Mal zerstört. So schlimm die Trennung am Anfang auch war, umso glücklicher bin ich jetzt darüber, denn sonst hätte ich Mike nie kennengelernt. Sofort wandern meine Gedanken wieder zu ihm. Ich ringe mit mir, ob ich ihm zurückschreiben soll, beschließe jedoch, es bleiben zu lassen. Meine liegen gebliebene Arbeit wartet auf mich und langsam muss ich mich hineinknien. In vierzehn Tagen kann sich eine Menge ansammeln und ich habe noch immer nicht alles aufgeholt.

Die Zeit ist wie im Flug vergangen. Meine Uhr signalisiert mir, dass ich gleich den Termin mit Mike habe. Rasch gehe ich zu der Damentoilette, schminke mich nach und betrachte mich dann im kleinen Spiegel. Dank ihm hat sich meine Stimmung gebessert und ich schaue nicht mehr so elend aus wie zuvor. Und allein der Gedanke, dass ich ihn gleich sehen werde, macht mich ganz hibbelig.

Für einen kurzen Moment frage ich mich, ob ich vielleicht doch mehr für ihn empfinde. Verdränge den Gedanken aber sofort. Mehr kann nicht sein ... es darf nicht sein und ich werde es auch nicht zulassen.

Im Büro sammle ich alles zusammen, sperre den Computer und verlasse es dann. Sina ist nicht auf ihrem Platz, somit kann ich mich nicht verabschieden. Auf einen Zettel schreibe ich ihr, dass ich schon weg bin.

Mike wartet auf dem Parkplatz auf mich. Er lehnt gegen seinen Wagen, seine Konzentration ist auf sein Handy gerichtet. Ich bleibe stehen und betrachte ihn einen Moment lang, präge mir jedes noch so kleine Detail ein und genieße einfach seinen Anblick. Mein Herz fängt wild zu hämmern an und in meinem Bauch breitet sich ein wunderschönes Gefühl aus. Ich kann nicht anders als zu lächeln. Mit seinem hellgrauen Anzug schaut er, wie eigentlich immer, atemberaubend aus.

Eine seiner Hände hebt sich und fährt durch seine perfekt gestylten Haare. Diese Geste ist so verdammt heiß an ihm und verpasst mir einen Stromschlag. Wie in Zeitlupe hebt er seinen Kopf, seine dunkelbraunen Augen treffen auf meine und ich kann beobachten, wie seine Lippen zu einem umwerfenden Lächeln werden. Wie auf Kommando schmelze ich dahin.

Meine Pumps klackern, als ich mich wieder in Bewegung setze. Ich kann meine Freude nicht unterdrücken, denn dieser verdammt heiße Mann ist nur wegen mir hier. Ja, nur wegen mir. Ich kann es kaum glauben.

Er stößt sich von seinem Wagen ab und kommt mir mit ein paar Schritten entgegen.

»Hallo meine Liebe«, sagt er charmant. Er berührt mich am Oberarm, küsst mich auf die linke Wange und hinterlässt ein Kribbeln an der Stelle.

»Hallo.« Mehr bekomme ich nicht raus.

»Du siehst atemberaubend aus, Sophie.« Noch immer steht er vor mir und mustert mich von oben bis unten. In seiner Stimme liegt diese gewisse Rauheit, die mich erschaudern lässt. Danach tritt Mike an meine Seite und legt seine Hand an meinen unteren Rücken. So sexy wie möglich bewege ich mich zum Auto. Wie schon beim letzten Mal öffnet er mir die Beifahrertür des Audis und ich steige ein. Wieder beobachte ich ihn, wie er das Auto umrundet und auf der Fahrerseite einsteigt. Kurz lächelt er mich an, startet den Wagen und verlässt den Parkplatz.

»Wohin fahren wir?« Meine Neugier ist geweckt. Wir verlassen die Stadt, also nicht in sein Büro.

»Ich habe eine kleine Überraschung für dich. Keine Angst, ich bringe dich dann wieder zurück«, lächelt er mich an und zwinkert mir zu. Die restliche Fahrt legt sich ein angenehmes Schweigen über uns, nur die Stimme aus dem Radio ist zu hören.

Ich habe keine Ahnung, wo wir sind. Wir sind circa fünfzehn Minuten gefahren, nachdem wir Graz verlassen haben. Der Wagen hält an einem Schotterparkplatz. Rundherum sind nur Bäume und vor uns erstreckt sich eine kilometerlange Wiese. Es ist wunderschön hier. Mike öffnet mir die Tür und ich steige aus. Ich lasse meinen Blick wandern, es ist schön, so was zu sehen, wenn man sonst nur Häuserblocks und Geschäfte sieht.

Mike stellt sich an meine Seite. In der Hand ein Korb und eine Decke.

»Hast du Hunger?« Er hält den Picknickkorb in die Höhe und lächelt mich an. Oh mein Gott. Ich träume, oder? Wie kommt er nur auf so was? Ich nicke, denn ich bin sprachlos, damit habe ich nicht gerechnet. Damit ich besser auf der Wiese gehen kann, ziehe ich mir meine Schuhe aus und ergreife dann seine Hand, die er mir hinhält. Gemeinsam schlendern wir los, um einen geeigneten Platz zu suchen.

»Wollen wir uns hier hinsetzen?« Er zeigt unter einen riesigen Baum.

»Ja, aber nur, wenn wir uns auf die sonnige Seite setzen«, lächle ich ihn an. Es wäre viel zu verschwenderisch, die Sonne nicht zu genießen. Heute ist ein perfektes Wetter für ein Picknick.

Auf der sonnigen Seite des Baumes stellt Mike den Korb ab, breitet die Decke aus und setzt sich hin. Mit der Hand klopft er auf die Decke, um mir zu sagen, dass ich mich neben ihn setzen soll. Ich befolge seine Anweisung nur zu gern und lasse mich neben ihm nieder. Während er im Korb herumkramt, lasse ich meinen Blick über die Wiese gleiten. Die Sonne strahlt auf uns herab und hinterlässt eine wohltuende Wärme auf meiner Haut. Der Geruch von Blumen, Gras und Mike steigt mir in die Nase. Hmm, herrlich.

Mike räuspert sich neben mir. »Es ist nur eine Kleinigkeit, aber ich hoffe, du bist damit zufrieden.« Er überreicht mir eine Schüssel. Darin befindet sich ein bunter Salat mit Hühnerstreifen. Mit einem Mal wird mir bewusst, wie hungrig ich eigentlich bin. Dank meinem Traum habe ich den ganzen Tag keinen Hunger gehabt. Ein dicker Kloß steckte in meinem Hals und hat mir den Appetit verweigert.

»Mmmh perfekt!«, summe ich. Mike lächelt mich an und wendet sich wieder dem Korb zu. Er platziert drei verschiedene Dressings vor uns. Ich entscheide mich für eins und übergieße den Salat damit. Dann überreicht er mir noch ein Brötchen, das ich dankend annehme. Beide genießen wir dann das Essen und die Ruhe.

»Über was wolltest du mit mir reden?«, frage ich ihn, nachdem wir fertig gegessen haben, und trinke einen Schluck Wein, den er natürlich auch mitgebracht hat. Mike hat wirklich an alles gedacht.

»Sei bitte so gut und arbeite nur du an den Projekten, die ich bei euch in Auftrag gebe. Das war es eigentlich schon. Den Rest besprechen wir später im Büro.«

Was? Das war alles? Ist das sein Ernst? Mike bemerkt meine Verwirrung und zuckt mit den Achseln. »Na ja, ich wollte dich einfach sehen. Nachdem ich solche verdammt heißen Nachrichten bekommen habe. Ich konnte einfach nicht mehr warten. Gott, Sophie, ich war so hart und das nur wegen dir und den Nachrichten.« Mike setzt ein Lächeln auf, das mich umhaut, und in meiner Magengegend wird das Kribbeln stärker denn je. Wenn er nur wüsste, wie sehr ich mich nach seinen Berührungen sehne. Wie sehr er mich mit seinen Nachrichten angemacht hat. Herr im Himmel, so was habe ich noch nie erlebt.

Im Augenwinkel bemerke ich, wie er mich anstarrt und sich sein Lächeln nicht verkneifen kann. Er weiß, an was ich denke. Verdammt. Für ihn bin ich ein offenes Buch. Leider. Prompt schießt mir die Röte ins Gesicht und ich wende mich von ihm ab. In seiner Gegenwart bin ich so verlegen, was neu für mich ist. Verlegenheit ist ein Fremdwort für mich. Eigentlich. Denn die Diagnose hat nicht nur meine Zukunft verändert, sondern auch mein Selbstbewusstsein, das wird mir mit einem Mal klar. Urplötzlich bilden sich Tränen in meinen Augen und der Kloß, der sich in meinem Hals gebildet hat, schmerzt. Der Mann aus meinem Traum ist wieder da und zieht mich mit.

Sei stark, rede ich mir ein. Weine nicht vor jemand anderem, ermahne ich mich in Gedanken. Doch es hilft nichts und ich schluchze ungewollt auf.

Mike hört meinen unsicheren Atem sowie mein Schluchzen und reagiert sofort. Er berührt mich am Oberarm und zieht mich an seine Brust. Und dann bricht der Damm, so sehr ich es auch verhindern will. Tränen rinnen mir die Wangen hinab und ich kann sie nicht mehr aufhalten.

»Was ist dir nur widerfahren? Sprich mit mir!«, erklingt seine Stimme an meinem Scheitel, doch ich bekomme keinen Ton raus. So gern ich darüber reden will, so gern ich alles rausschreien würde, weil ich einfach weiß, es würde mir guttun, kann ich es doch nicht. Die Angst, abgestoßen zu werden, ist viel zu groß. Kaum merklich schüttle ich den Kopf, aber Mike versteht, was ich ihm damit sagen will, und gibt mir die Zeit, die ich brauche.

Das pochende Herz in seiner Brust beruhigt mich. Eine Weile bleiben wir so sitzen, keine Ahnung wie viel Zeit vergangen ist. Sanft fährt er mit seiner Hand über meinen Rücken und wiederholt es mehrmals. Ich genieße die rührende Geste von ihm. Danach setze ich mich wieder auf und starre meine Füße an.

»Wenn du darüber reden willst, Sophie, ich bin für dich da. Mach dich bitte nicht fertig.« Seine Stimme ist Balsam für mich. Seine Hand schiebt sich unter mein Kinn, mit leichtem Druck bewegt er mein Gesicht zu sich. Eine Träne kullert mir über die Wange und er wischt sie mit seinem Daumen weg. Dann küsst er mich mit so vielen Emotionen und noch vielem mehr, das ich nicht einordnen kann, und ich bin hin und weg von diesem mehr als leidenschaftlichen Kuss. Zärtlich tanzt seine Zunge mit meiner Ballett. Seine Berührungen sind sanft, als hätte er Angst, dass ich in tausend Stücke zerfallen würde. Und genauso vorsichtig drückt er mich nach hinten, bis sein Körper halb auf meinem liegt.

»Ich will dich«, murmelt er an meinen Lippen, »schon den ganzen Tag sehne ich mich nach dir.«

So sanft und zärtlich, wie es am Anfang war, umso dringlicher und wilder wird er jetzt. Sein Verlangen wird mehr, genauso wie meines. Mikes Bein liegt zwischen meinen. Mit leichtem Druck drückt er es an meine empfindliche Stelle und der Funke wird zum Flächenbrand. Ich will ihn. Habe alles um mich herum vergessen. Egal, wo wir sind, das, was zählt, sind nur wir beide.

Seine Hand hält die meine über meinem Kopf fest. Er küsst mich am Ohr und knabbert leicht daran. Die Traurigkeit, die vorher noch da war, wird jetzt von purer Lust ersetzt. Meine Hüften drücke ich ihm entgegen, um ihm zu zeigen, wie sehr ich ihn will.

»Sophie, shit ...«, keucht er an meinem Hals und wandert weiter nach unten. Seine Lippen küssen mein Dekolleté, seine linke Hand wandert währenddessen unter mein Kleid und drückt mich mehr an sich. Fest reibt er seine Hüften gegen meine, sodass ich seinen harten Schwanz deutlich spüre. Sein Bein presst sich immer mehr an meinen feuchten Eingang. Mir wird immer heißer und das Feuer, das in mir lodert, macht es nur noch unerträglicher.

Mike muss mich erlösen. Jetzt! Sofort! Auf der Stelle. Zuerst meine Gedanken an ihn. Dann seine Nachrichten während des Meetings und jetzt das. Reinste Folter!

Ich beuge mich durch, strecke ihm die Brust entgegen, in der Hoffnung, mein Verlangen nach ihm zu stillen. Aber es ist hoffnungslos, im Gegenteil, es wird nur noch mehr.

Er erkennt meine Bitte um Erlösung, denkt aber nicht mal ansatzweise daran und zieht mit seinen Zähnen den Stoff meines Kleides und den BH hinunter, entblößt somit eine Brust.

»Ich werde dich so lange anheizen, bis du wimmerst. Ich werde dich foltern, so wie du mich heute«, brummt er an meinem Nippel und saugt ihn ein. Wie soll ich das nur aushalten? Herr Gott!

Ich beginne, mich unter ihm zu winden. Ich spüre, wie seine prächtige Erektion an meinem Bein pulsiert. Die Vorfreude, bis er sich in mich schiebt, ist kaum auszuhalten und ich flehe um die Befreiung meiner Qualen. »Oh. Gott. Mike. Bitte.«

Ich spüre, wie er an meiner Brust lächelt und wieder mit seiner Zunge meine Knospe umspielt und einsaugt. Bevor ich überhaupt weiß, wie mir geschieht, schiebt er mein Höschen auf die Seite und dringt mit seinem Finger in mich ein. Ein purer Lustlaut entschlüpft mir aus meiner Kehle. Automatisch spreize ich die Beine, damit er besseren Zugang hat. Ein Finger massiert mit kreisenden Bewegungen meinen empfindlichen Kitzler, während sich zwei weitere immer wieder in mich hineinrammen.

Rein. Raus. Rein. Raus. Immer und immer wieder.

Er weiß, wie er mit seinen Fingern umgehen muss. Wie schon beim letzten Mal trifft er den Punkt in mir, der mich erschaudern und aufkeuchen lässt.

»Du bist so wunderschön, Sophie. Ich kann es kaum erwarten, mich in dich zu drängen und dich kommen zu hören.« Seine Worte reizen mich nur noch mehr und endlich, endlich hat er meine Hände über meinem Kopf losgelassen und ich fahre wie ferngesteuert in sein Haar, ziehe daran und drücke ihn noch fester an mich. Ich beiße ihm in die Unterlippe, weil ich es einfach nicht mehr aushalte. Mein Verstand ist meilenweit entfernt. Mir ist egal, wo wir sind, zurzeit existieren nur wir beide. Dass wir in der Öffentlichkeit sind, habe ich vollkommen ausgeblendet.

Seine linke Hand neckt immer noch meine Spalte und verteilt meine Feuchtigkeit. Ich zwinge mich zum Atmen und auch er ringt um Luft. Ich spüre, wie er den Reißverschluss seiner Anzughose öffnet und sich dann komplett zwischen meine Beine drängt. Wir sind vollständig angezogen und doch haben wir gleich mitten auf einer Wiese in der Öffentlichkeit Sex. Nur der breite Baum schützt uns von den vorbeifahrenden Autos.

Als ich das wieder realisiere, versteife ich mich und schiebe ihn nur widerwillig von meinen Lippen weg. »Mike, wir sind in der Öffentlichkeit. Und ...« Sofort schneidet er mir das Wort ab.

»Sophie. Ich würde niemals zulassen, dass wir erwischt werden. Dass dich so jemand sieht. Niemand außer mir«, sagt er im barschen Ton. Habe ich ihn jetzt verärgert? Nein! Denn in seinen Augen schimmert die Lust und keine Verärgerung. Gott sei Dank.

Sanft führt er seinen Schwanz an meine feuchte Vagina, schiebt ihn allerdings nicht in mich. Noch immer will er mich foltern. Verdammt.

Mit seiner Spitze neckt er mich, ein bisschen rein, dann wieder raus. Über meinen Kitzler, dann wieder runter. Ich werfe meine Beine um seine Hüften, halte es einfach nicht mehr aus, ich brauche die Erlösung und mit einem Mal schiebt er sich in mich und ich schreie auf. Werde ich mich je an seine Größe gewöhnen?

Langsam bewegt er sich, gibt mir die Zeit, die ich brauche, bis ich mich an ihn gewöhnt habe. Sein Atem kommt immer schwerer, genauso wie meiner und mein Orgasmus rückt mit jedem Stoß näher. Er hat sich auf einen Ellbogen abgestützt, mit der anderen massiert er meine entblößte Brust, seine Augen mustern mich eindringlich.

»Deine Enge treibt mich noch in den Wahnsinn. Du treibst mich in den Wahnsinn«, schnurrt er mit einem Grinsen. Durch seine Berührungen, seine Worte und Liebkosungen zerfließe ich wie Lava. Meine Hände wühlen sich unter sein Sakko, fahre mit den Fingernägeln seinen Rücken auf und ab.

Mike packt mich mit einer Hand an den Hüften und mit einem Ruck dreht er sich und ich sitze auf ihm.

»Ah ...!«, kommt es aus unseren Mündern, als ich seinen Schwanz noch weiter in mich aufnehme. Mit seinen Händen signalisiert er mir, mich vor und zurück zu bewegen. Obwohl ich oben bin, führt er mich. Ich werfe den Kopf in den Nacken, schließe die Augen und genieße es in vollen Zügen. Nur vage nehme ich die Autos wahr, die auf der Straße auf und ab fahren. Ich bin vollkommen benebelt von der Lust, die mich umhüllt.

Was macht er nur mit mir? Ich? In der Öffentlichkeit? Oh mein Gott. Aber ich kann und will nicht anders. Jede einzelne Faser meines Körpers will diesen einen Mann.

Mit jeder Bewegung wird mein Stöhnen heftiger, meine Muskeln ziehen sich noch fester um seinen Schwanz zusammen und ich stehe kurz vor dem Absturz. Ich spüre, wie sein Schwanz in mir anschwillt. Es bestätigt mir, dass er auch kurz vor dem Orgasmus steht, und treibt mich nur noch mehr an, Mike schneller zu reiten. Ich hebe mein Becken und lasse es dann wieder sinken. Mal schnell, dann wieder langsamer.

»Oh Mike ... ich ...«, winsle ich und kralle die Fingerspitzen in seine Brust. Er packt mich am Nacken, zieht mich zu sich runter und saugt meine Unterlippen ein. Dann drängt er seine Zunge in meinen Mund. Er bewegt seine Hüften mit mir, wir haben den Rhythmus, den wir wollen. Sein Schwanz reibt sich fest in mir und füllt mich voll und ganz aus. Ich spüre noch, wie er zu zucken beginnt, und dann ist es um mich geschehen. Der Orgasmus, der dicht am Abgrund stand, fällt hinunter und ich stöhne in Mikes Mund hinein.

»FUCK«, kommt es über seine Lippen und ich spüre die wundervolle Wärme in mir, als er sein Sperma in mich pumpt.

Einen Moment bleiben wir so liegen, versuchen, unseren Atem zu beruhigen. Als ich mich wieder gefangen habe, rolle ich mich von ihm hinunter. Die Leere, die ich sofort zwischen den Beinen spüre, ist bedauerlich. Langsam nehme ich die Umgebung wieder wahr und ich kann immer noch nicht glauben, zu was dieser Mann mich treibt. Nämlich zu Dingen, die ich vor Wochen nicht einmal in Erwägung gezogen hätte. Sex in der Öffentlichkeit. Halleluja. Was für eine Erfahrung.

SECHS

Eine Weile liegen wir schweigend auf der Decke. Mein Kopf ruht auf seinem Bauch und folgt den inzwischen ruhigen Atembewegungen. Seine Hand streichelt meinen Kopf und spielt mit den Haaren. Seit Langem habe ich mich nicht mehr so wohl gefühlt wie in diesem Moment und genieße die zärtliche Berührung an meinem Kopf. Die Uhrzeit meines Handys zeigt mir, dass wir noch ungefähr eine halbe Stunde für uns haben. Ich schließe die Augen, damit ich alles nochmals in mich aufnehmen kann. Die Ruhe, die frische Luft, die Überraschung, den Sex und Mike. Plötzlich überkommt mich die Müdigkeit und ich könnte auf der Stelle einschlafen, was leider nicht geht, gleich müssen wir zurück.

»Wir müssen bald aufbrechen«, unterbricht er die Stille, als hätte er meine Gedanken gelesen. Das Einzige, was ich aus meiner Kehle bekomme, ist ein schlichtes »Mhm!«. Ich will noch nicht, sagt mir mein Gefühl. Ich richte mich ein wenig auf, rolle mich auf den Bauch, sodass ich dicht an seinem Kopf bin, und mustere dieses wunderschöne, markante Gesicht. Er grinst mich an, sagt jedoch keinen Ton und ich tue es ihm gleich. In Gedanken wiege ich ab, ob ich ihn küssen soll oder nicht, allerdings siegt mein Verlangen nach ihm. Zärtlich lege ich meine Lippen auf seine und küsse ihn. Er öffnet seinen Mund, damit ich die

Zunge hineinschieben kann. Mit seiner Hand drückt er meinen Kopf fester zu sich. Meine Gier nach ihm wird augenblicklich mehr, das Feuer, das er kurz davor gestillt hat, bricht erneut aus. Ohne Wenn und Aber setze ich mich rittlings auf Mike, ohne mich von seinen weichen Lippen zu lösen, die nach mehr verlangen. Ich kann mir ein Lächeln einfach nicht verkneifen, als ich merke, wie hart sein Schwanz schon wieder ist, und drücke mein Geschlecht darauf, nur um ihn noch mehr anzumachen. Lediglich der dünne Stoff seiner Hose und meines Slips ist zwischen uns. Ein Brummen aus seiner Kehle bestätigt mir, dass er es genauso sehr genießt wie ich und am liebsten mehr will. Ich lasse meine Hüften langsam kreisen, sodass meine klitschnasse Muschi auf seinem steinharten Glied reibt. Mike beißt mir in die Unterlippe, saugt sie ein und schiebt mir seine Zunge wieder in den Mund. Er will den Spieß umdrehen. Oh Gott, wie sehr ich ihn schon wieder will. Aber so sehr ich das auch genieße, können wir nicht weitermachen. Mit den Händen stemme ich mich auf seiner Brust ab und drücke mich von ihm weg, weg von seinen Lippen.

»Wir müssen los. Ich habe in einer Stunde einen Termin und muss noch alles vorbereiten«, sage ich zu ihm. Leider ist die Mittagspause nun wirklich um.

Mike macht einen Schmollmund und ich kann mir das Lachen einfach nicht mehr verkneifen. Oh Mike, ich würde viel lieber mit dir hierbleiben, statt in einem todlangweiligen Meeting zu sitzen. Als Trost küsse ich ihn nochmals. Langsam stehe ich auf und strecke die Arme dem Himmel entgegen und dehne mich. Mir entgeht nicht, wie Mike an meinem Kleid zupft, um einen Blick darunter zu werfen.

»Hey!«, quieke ich, verpasse ihm einen Klaps auf seine Finger und fange an, alles zusammenzuräumen. Er grinst unterdessen wie ein Honigkuchenpferd und beobachtet mich.

»Was ist?« Wieso grinst er denn so?

»Nichts«, behauptet er, jedoch wird sein Grinsen noch breiter. Mike rappelt sich auf und hilft mir, die Sachen in den Korb zu legen. Sein Grinsen macht mich neugierig. Ich will es wirklich wissen.

»Ach, komm schon. Sag mir, was los ist.«

»Soll ich es dir wirklich sagen?«, fragt er mich spielerisch. Soll das ein Scherz sein? Natürlich, ich platze gleich vor Neugier. Mit einem Nicken bestätige ich ihm seine sinnlose Frage.

»Du bist markiert.« Was? Was soll das heißen? Und dann dämmert es mir. Oh mein Gott, hat er mir einen Knutschfleck gemacht? Und ich habe es nicht mitbekommen? Oh nein! Nein! Nein! Nein!! Panik breitet sich in mir aus. Hastig krame ich in meiner Handtasche nach dem Kosmetikbeutel, nehme den kleinen Spiegel heraus und prüfe alle sichtbaren Stellen. Aber da ist nichts. Kein Knutschfleck, nichts. Gott sei Dank. Ich werfe Mike einen bösen Blick zu, doch er grinst weiter vor sich hin und zuckt unschuldig mit den Schultern. Verdammt, was meint er?

»Was meinst du mit ›markiert‹?« Er kommt auf mich zu, nimmt meine Arme und zieht mich in seine. Ich muss den Kopf in den Nacken legen, um ihm in die Augen schauen zu können.

»Na ja, wie soll ich sagen? Wir hatten gerade hammermäßigen Sex und danach riechst du auch. Du trägst meinen Duft an dir und mein Sperma in dir. Und das ist auch gut so.« Mike lehnt sich vor und küsst mich auf die Stirn. Er hat recht und es ist ein wunderschönes Gefühl, aber vor allem fühlt es sich richtig an.

Nur widerwillig löse ich mich wieder von ihm und küsse ihn kurz auf den Mund. Gemeinsam falten wir die Decke zusammen, stopfen sie dann in den Korb und schlendern zum Wagen zurück. Während er alles im Kofferraum verstaut, ziehe ich mir die Schuhe an und mache es mir auf dem Autositz bequem. Sobald Mike neben mir sitzt, startet er den Motor, lässt ihn kurz aufschnurren und ordnet sich dann in den Verkehr ein.

Da auf der Straße nicht viel los ist, sind wir in Rekordzeit bei meiner Arbeit. Mike lenkt den Wagen auf den Firmenparkplatz und stellt den Motor ab. Die ganze Fahrt über lag seine Hand auf meinem Knie, nur beim Schalten musste er sie kurz wegnehmen. In seiner Gegenwart fühle ich mich einfach wohl oder er macht es, dass ich mich wohlfühle, ich weiß es nicht. Dieses eine Gefühl, das schon einmal da war, macht sich wieder in meiner Magengegend breit. Es ist wunderschön und auch seltsam. Ich kenne es nicht und am besten gehe ich nicht weiter darauf ein.

Obwohl ich weiß, dass ich Mike am Abend wiedersehen werde, fällt mir der Abschied schwer. Auf meinem Knie verspüre ich die Kälte, als er die Hand wegnimmt. Das Gewicht fehlt mir sofort und am liebsten würde ich seine Hand nehmen und sie wieder darauflegen. Unglaublich, dass dieser Mann mich will. Er könnte jede Frau haben, wirklich jede, doch er ist hier bei mir.

Ich wende mich dem attraktiven Mann neben mir zu. »Vielen Dank für die schöne Mittagspause und auch für das Essen.«

»Vielen Dank für das Dessert«, erwidert er mit einem Lächeln und hochgezogener Augenbraue. Natürlich meint er den Sex. Verdammt, sofort steigt mir die Röte ins Gesicht.

Mike beugt sich auf meine Seite rüber, schiebt eine Hand an meine Wange und küsst mich intensiv. Von seinen Lippen schmecke ich eine wunderbare Mischung aus Wein und Mike. Ein herrlicher Geschmack, der sofort süchtig macht.

Mit der Zunge umspielt er meine Lippen, neckt mich, bis mir ein Stöhnen entkommt. Und dann zieht er sich zurück, öffnet seine Tür, steigt aus und kommt auf die Beifahrerseite, um mir die Autotür zu öffnen. Das alles geht so schnell, dass ich ganz perplex bin, steige dennoch aus dem Wagen aus. Am liebsten würde ich wie ein kleines Kind protestieren, aber das geht nicht, wir sind ja erwachsen.

Mike ist wieder ganz der Gentleman und begleitet mich bis zum Eingang.

»Vielen Dank noch mal. Mail mir deine Adresse fürs Büro. Bis heute Abend«, verabschiede ich mich mit einem Kuss auf die Wange und betrete das Erdgeschoss. Ich spüre seinen Blick im Rücken, daher versuche ich, die Hüften verführerisch zu schwingen. Beim Lift drücke ich auf den Knopf, die Türen öffnen sich prompt und ich steige ein, drehe mich um, sodass ich Mike noch einmal sehen kann. Er hat sich nicht von der Stelle bewegt, sondern betrachtet mich weiterhin.

Bevor sich die Fahrstuhltüren schließen, schenkt er mir noch sein spitzbübisches Lächeln, zwinkert mir zu und ich schmelze dahin.

In Büro schalte ich als Erstes den Computer ein, dann gehe ich in die Büroküche, um mir einen Kaffee vorzubereiten. Ich stelle mich ans Fenster und beobachte die vorbeifahrenden Autos. Die Mittagspause war echt der Wahnsinn. So was Schönes habe ich in der Pause noch nie erlebt. Noch nie. Und Mike? Mike macht es einfach nur so ... Okay, mit Sex verbunden, aber trotzdem. Er konnte ja nicht erahnen, dass es so enden würde.

Ich schnappe mir die Tasse Kaffee und gehe wieder zurück ins Büro. Sina war so gut und hat für das bevorstehende Meeting noch zwei weitere Grundstücke herausgesucht. Somit sind es insgesamt vier. Im Internet und beim Makler informiere ich mich über die Grundstücke, arbeite die Vorlagen für das Meeting auf und gehe alles noch mal durch. Ein Signal aus meinem E-Mail-Account erklingt. Sie ist von Mike.

Betreff: Termin
Hallo,
Conradstraße 74.
Ich freu mich auf dich.
M.

Perfekt! Ich trage es in den Terminkalender ein und auch in den Ordner, den ich für seine Firma erstellt habe. Am Nachmittag will ich ein wenig an den Logos arbeiten, was jedoch schwierig werden wird. Mir steht noch das jetzige Meeting bevor, das mindestens eineinhalb Stunden in Anspruch nehmen wird, und dann gleich darauf noch eines. Allerdings muss ich bei dem nur anwesend sein. Und im Anschluss ist der Termin mit Mike. Auf den ich mich jetzt schon freue. In meinen Computer tippe ich rasch eine Antwort für Mike ein.

Betreff: AW:Termin
Hallo!
Vielen Dank.
Werde um ca. 18 Uhr bei dir sein.
Freu mich auch.
S.

Mein Bürotelefon klingelt, als ich die Mail wegschicke. Auf der Anzeige erkenne ich Janas Nummer.

»Hallo Jana.«

»Hey Sophie. Alles okay bei dir?«, singt sie ins Telefon. Anscheinend ist sie heute besonders gut drauf.

»Ähm ja. Danke. Bei dir auch?« Ich klemme den Hörer zwischen Schulter und Ohr ein. Nebenbei versuche ich, im Internet zu recherchieren.

»Aber so was von. Was machst du morgen Abend?«, fragt sie mich. Sofort weiß ich, dass sie etwas im Schilde führt. Dennoch spiele ich die Ahnungslose.

»Keine Ahnung. Wahrscheinlich bis achtzehn oder neunzehn Uhr arbeiten. Wieso?«

»Wie wäre es mit Kino? Du und ich? Ich lade dich ein.« Da haben wir's. Sie braucht was und ich kann mir schon vorstellen, was.

»Na raus mit der Sprache. Was willst du?«, lache ich ins Telefon.

»Wer, ich? Nichts. Darf ich meine beste Freundin nicht zu einem Kinoabend einladen?«, antwortet sie mir und spielt die Beleidigte. Jana will also noch immer nicht mit der Sprache rausrücken, aber langsam drängt die Zeit, bald beginnt das Meeting mit Herrn Klien.

»Liebste. Ich kenne dich, also raus damit. Was brauchst du? Ich habe nämlich gleich ein Meeting.«

»Ach, du kennst mich einfach zu gut. Na gut. Also, Aaron und ich würden uns gern am Samstag treffen. Oder vielleicht auch Sonntag, wir wissen es noch nicht genau. Na ja, und du weißt ja, unsere Abmachung«, stammelt sie ins Telefon. Ich wusste es. Warum redet sie da so lange um den heißen Brei herum? Sonst ist sie ja auch nicht so.

»Na klar mache ich das. Das weißt du doch. Jana, ich muss jetzt aufhören. Der Kunde wird jeden Moment eintreffen. Reden wir am Abend weiter?« Ich würde alles für sie tun. Daher ist es nur selbstverständlich, dass ich am Wochenende auf Abruf bereitstehe. Ich habe sowieso nichts Besseres zu tun.

»Natürlich. Ruf mich an, wenn du fertig bist. Hab dich lieb. Ciao«, verabschiedet sie sich und ich tue es ihr gleich. Ich lehne mich zurück und fange an, über meine beste Freundin nachzudenken. Manchmal wünsche ich mir wirklich, so zu sein wie sie. Jana lebt im Hier und Jetzt, genießt das Leben in vollen Zügen. Ich dagegen habe meine Zukunft immer geplant. In der Schule wusste ich sehr schnell, was ich werden wollte, und darauf habe ich dann hingearbeitet. Mit Erfolg, zumindest, was den beruflichen Werdegang angeht. Während Jana eher lockere Beziehungen führte, war ich das komplette Gegenteil. Natürlich hatte ich auch den ein oder anderen One-Night-Stand, muss allerdings zugeben, dass so was nie wirklich für mich war. Stefan war mein erster richtiger Freund. Ich lernte ihn nach meiner Ausbildung kennen, wir zogen zusammen und ich malte mir mit ihm alles Weitere aus. Bis jetzt. Jetzt ist alles anders.

Mein Bürotelefon klingelt erneut und reißt mich aus meinen Gedanken.

»Ja?«

»Herr Klien ist da. Soll ich ihn in dein Büro bringen oder lieber in den Seminarraum?«, fragt mich Sina.

»Bring ihn bitte in mein Büro. Danke.« Rasch räume ich den Schreibtisch auf und verstaue die unwichtigen Sachen in der Schreibtischschublade. Wenige Sekunden später klopft es auch schon an meiner Tür. Sina tritt mit dem Kunden ein. Ich trete vom Tisch hervor und gehe zu Herrn Klien hin. Höflich begrüße ich ihn und biete ihm etwas zu trinken an. Währenddessen verlässt Sina wieder mein Büro. Somit kann das Meeting beginnen.

Nach knapp zwei Stunden verlässt er das Gebäude. Er hat sich für zwei Grundstücksangebote entschieden, die muss ich noch besichtigen und genauere Hintergrundinformationen einholen. Wir machten einen vorläufigen Termin für Montag aus. Perfekt. Alles ist nach Plan gelaufen.

Zügig räume ich den Papierkram zusammen und bringe die Kaffeetasse, die Sina uns während des Meetings gebracht hat, in die Küche. Dort treffe ich auch auf sie, wo sie gerade an ihrem Kaffee schlürft.

»Na? Wie ist es gelaufen?«, fragt sie mich neugierig.

Ich lasse mich neben ihr auf den leeren Stuhl fallen und stoße den Atem lautstark aus. »Gut, wirklich gut. Aber er hat sehr hohe Ansprüche.«

»Ich habe dir zwei Grundstücke auf deinen Tisch gelegt. Hast du die gesehen? Ich dachte, sie würden passen. Du warst nur schon weg, als ich sie dir zeigen wollte.«

»Natürlich, danke. Eines kam in die engere Auswahl«, informiere ich sie. Ohne Sina wären wir manchmal aufgeschmissen. Sie liebt ihren Job und macht dementsprechend ihre Arbeit. Sie ist wirklich ein Sonnenschein.

»Wie war der Termin mit Herrn Spenc? Hattest du eigentlich eine Pause?« Über den Kaffeetassenrand schaut sie mich fragend an. Woraufhin ich mich wirklich zusammenreißen muss, damit ich nicht wie eine verrückt Gewordene grinse. Sofort wandern die Gedanken zu Mike, seiner Überraschung und zum Sex. Erst recht zum Sex. Und am Abend sehe ich ihn wieder. Ich kann es kaum erwarten und das, obwohl die Mittagspause noch nicht lange her ist.

Ein Räuspern holt mich wieder zurück. Erst jetzt bemerke ich, dass ich doch vor mich hin grinse. Sina mustert mich und steigt mit ein.

»Er ist schon eine scharfe Schnitte«, sagt sie nach einer Weile und zuckt mit ihren Augenbrauen auf und ab.

»Ja ... er ... schaut recht gut aus.« Und kann küssen wie ein Gott, vom Sex reden wir erst gar nicht. Jedoch bleibt das mein kleines Geheimnis.

Sina prustet los. »Er schaut gut aus? Im Ernst? Er schaut mehr als gut aus. Hast du Augen im Gesicht oder sind das Knöpfe?« Sie starrt mich an, als hätte ich tatsächlich Knöpfe als Augen. Ich stimme in ihr Lachen mit ein. Och Liebste, wenn du nur wüsstest.

Wir unterhalten uns noch ein wenig und machen uns dann wieder an die Arbeit. Gerade, als ich das Büro betrete, erklingt mein Computer. Im Posteingang warten drei neue Nachrichten auf mich. Die neueste ist von Mike. Ich setze mich auf den Stuhl und öffne sie.

Betreff: Mittagspause

Süße,
ich denke pausenlos an dich.
So was wie heute sollten wir wiederholen!
Kuss, M.

Sofort tippe ich eine Antwort ein.

Betreff: AW:Mittagspause
Dito.
Es würde mich sehr freuen.
Kuss, S.

Kaum zu glauben, meine Stimmung erhellt sich noch mehr. Es gibt keinen Zweifel daran, dass ich diesen Mann will. Aber kann es wirklich sein, dass es ihm genauso ergeht? Macht man für eine Frau, mit der man nur etwas Lockeres führt, so was wie heute? Er hat eine romantische Ader, davon durfte ich mich selbst überzeugen. Ich kann nur hoffen, dass ich mich in nichts verrenne. Oder ist es vielleicht schon zu spät?

»Okay, Sophie, konzentriere dich, du bist auf der Arbeit.« Am Computer öffne ich das Designprogramm, hole die Skizzen raus, über die die Männer beim ersten Meeting diskutiert haben, und fange an, es ins Programm zu übertragen. Zwischendurch antworte ich auf die beiden anderen Mails, die nicht unwichtiger sein könnten. Wieder ertönt das vertraute Signal des Computers und wieder ist eine Nachricht von Mike angekommen. Neugierig öffne ich sie.

Betreff: Jederzeit
Sophie,
ich würde jederzeit meine Pause mit dir verbringen.
Schön zu hören, dass es dir genauso ergeht.
War dein Meeting erfolgreich?
Kuss, M.

Betreff: Erfolgreiches Meeting

Mike,

nach dieser Mittagspause kann nur alles nach Plan laufen.

Danke dafür.

Ich werde mich revanchieren. ;)

S.

Mit dem Absenden meiner Mail sitze ich in der Falle. Wie soll ich mich denn eigentlich revanchieren? Toll gemacht, Sophie. Lieber vorher nachdenken und dann schreiben, nicht andersrum. Ich habe keinen blassen Schimmer. Ich kann nur hoffen, dass er es nicht so aufnimmt, wie ich es im Grunde gemeint habe.

Ich versuche, mich wieder auf die eigentliche Arbeit zu konzentrieren, aber da ich so gespannt auf seine Antwort bin, warte ich regelrecht darauf. Ich starre den Bildschirm an, als könnte ich ihn hypnotisieren, damit schneller eine Rückmeldung von Mike kommt.

Minuten später flattert sie dann endlich ein.

Betreff: Revanchieren?

Was tust du mir nur an?

Meine Konzentration ist im Ar***.

Jetzt will ich mehr wissen.

M.

Oh nein ... Was soll ich jetzt nur machen? Ich kann nicht einmal jemanden um Rat fragen. Jeder weiß, dass ich wieder Single bin, also habe ich keinen Vorwand und es weiß niemand, was zwischen Mike und mir läuft. Ich war in solchen Sachen schon immer eine totale Niete. Oh Gott. Am besten, ich wimmle ihn ab. Aber nur wie?

Herrgott, Sophie! Allerdings muss ich irgendetwas antworten und tippe das Erstbeste, das mir einfällt, ein.

Betreff: Geheim!
Mike,
mein Betreff sagt schon alles.
Ich muss mich jetzt auf DEIN Logo konzentrieren.
Und du willst ja, dass ich gute Arbeit mache.
Kuss, S.

Seine Antwort kommt prompt.

Betreff: Gut machen ;)
Sophie,
dass du es gut machst, weiß ich schon längst.
;)
Bis heute Abend, ich freu mich.
Kuss, M.

Mike ist der Wahnsinn. Er wandelt eine eigentlich normale Nachricht in etwas Perverses um. Ich kann nicht anders, als in mich hinein zu lachen.

Die Uhr an meinem Computer signalisiert mir, dass ich mich beeilen muss. Ich möchte bis heute Abend die Grundform erstellt haben und versuche, mich wieder auf das Logo zu konzentrieren. Doch das Thema, das ich angeschnitten habe, geht mir einfach nicht aus dem Kopf. Es schwirrt herum und hat sich festgefressen.

Was soll ich bloß machen? Am liebsten etwas, was Mike umhaut. Nur was? Vielleicht sollte ich doch Jana um Hilfe bitten? Nein, auf keinen Fall. Ich hasse es zwar, Geheimnisse vor ihr zu haben, allerdings ist es einfach noch zu früh, um ihr etwas zu sagen. Diesmal bin ich auf mich alleine gestellt. Nur allzu blöd, dass ich mehr als planlos bin. In was habe ich mich da bloß hineingeritten?

Ich klicke auf den Browser und beginne, im Internet zu recherchieren. Irgendwas muss da ja zu finden sein.

Eine Stunde später bin ich tatsächlich fündig geworden und bin wirklich stolz darauf. Nachdem ich mehrere kuriose Seiten durchforscht habe, lehne ich mich zurück und fange an zu fantasieren. Sofort spüre ich das Feuer zwischen meinen Beinen und den Strom durch meine Adern fließen. Die wohltuende Wärme überkommt mich und ein Stöhnen gleitet mir aus dem Mund. Ich kann nur hoffen, dass es auch so wird, wie ich es mir ausmale.

Ob Mike das erwarten würde? Wohl kaum. Diesmal werde ich es sein, die ihn überrascht, und das gefällt mir.

Als mein Bürotelefon klingelt, zucke ich zusammen. Verwirrt hebe ich ab.

»Ja?«

»Dein nächster Termin beginnt gleich. Die anderen warten schon auf dich«, informiert mich Sina. Scheiße, das habe ich total vergessen. Während ich ihr danke, sammle ich Block und Stift ein und sperre den Computer. Hektisch laufe ich in den Seminarraum.

SIEBEN

Nach der Besprechung hetze ich wieder in mein Büro zurück. Das Meeting hat länger gedauert als geplant. Ehrlich, ich liebe meine Arbeit, nur diesen Zeitdruck hasse ich. Gut, dass mir Wolfgang so viel Entscheidungsfreiheit lässt. Das schätze ich sehr.

Rasch beantworte ich noch die paar Mails, die in der Zwischenzeit angekommen sind, und fahre dann den Computer runter. Um achtzehn Uhr habe ich endlich den Termin mit Mike und langsam wird die Zeit knapp. Nur gut, dass ich schon weiß, wie ich mich revanchiere. Ob es ihm gefallen wird? Hoffentlich, denn ich werde über meinen Schatten springen. Nein! Mehr als das.

Während des Meetings musste ich immer an den geradezu genialen Plan denken, den ich im Internet entdeckt habe. Jana wäre stolz auf mich, wenn sie davon wissen würde.

Apropos Jana, die muss ich auch noch anrufen. Ich schnappe mir das Handy, stecke es in die Tasche und verlasse das Büro. Vorne am Empfang verabschiede ich mich noch von Sina. »Ich bin dann mal weg. Ciao.« Weil sie telefoniert, winkt sie mir zum Abschied zu.

Auf der Straße ist nicht viel los, daher schaffe ich es schneller als gedacht nach Hause. Im Schlafzimmer suche ich für die Überraschung alles zusammen und verschwinde dann ins Bad, um zu duschen. Fünfzehn Minuten später stehe ich vor dem großen Wandspiegel im Flur und betrachte mich. Zweifel überkommen mich, wenn ich mich so ansehe.

Soll ich das wirklich tun? Soll ich wirklich über meinen eigenen Schatten springen? Was ist, wenn es ein Reinfall wird und er sich über mich lustig macht?

»Komm schon, Sophie, du schaffst das. Du musst aus deinem Schneckenhaus raus«, rede ich gegen den Spiegel. Bevor ich mich dagegen entscheide, schlüpfe ich in die schwarzen High Heels und knöpfe meinen knielangen braunen Trenchcoat zu. Kurz überprüfe ich meine gelockten Haare und verlasse dann die Wohnung. Auf der Straße rufe ich ein Taxi an, das in fünf Minuten bei mir sein wird. Währenddessen rufe ich meine beste Freundin an.

»Hey«, erklingt ihre Stimme am anderen Ende der Leitung.

»Hey Jana. Hast du Zeit?«

»Na klar. Warte einen Moment, ich gehe nur schnell in den Nebenraum.« Es raschelt kurz und dann höre ich, wie eine Tür geschlossen wird. Jana erzählt mir, wann und wo das Treffen mit Aaron sein wird. Sie redet wie aufgezogen, sodass ich gar nicht dazwischenreden kann, aber das ist gut, sehr gut, es lenkt mich ab. Zumindest für eine kurze Zeit. Denn mittlerweile bin ich schon ein Nervenbündel, so nervös bin ich. Erneut bauen sich Zweifel in mir auf. Was wenn er es tatsächlich lächerlich findet und ich mich total zum Deppen mache? Okay, Sophie, ganz ruhig. Tief einatmen, wieder ausatmen, einatmen, wieder ausatmen, immer und immer wieder.

Ich will ja unbedingt was machen, mit dem er nicht rechnet und was ihn umhauen wird. Und jetzt ist es bald so weit, dass es mich umhaut, wenn ich nicht bald meine Nerven in den Griff bekomme.

Inzwischen wurde ich von dem Taxi abgeholt und wir sind nur noch wenige Meter von seinem Büro entfernt. Ich starre aus dem Fenster und sehe, wie das Gebäude immer näher kommt. Zugleich wird mir übel. Richtig übel. Ich glaube, ich muss mich gleich übergeben.

»Jana? Ich habe gleich noch ein Meeting. Wir reden später weiter, oder vielleicht auch morgen, okay?«, unterbreche ich sie. Hoffentlich hat sie nicht bemerkt, dass ich zum Schluss nur mehr teilweise zugehört habe.

»Okay, bis dann. Hab dich lieb.«

»Ciao«, sage ich und lege auf. Das Taxi hält vor dem hohen Gebäude. Ich war schon so oft hier und habe die Büroräume von anderen Kunden eingerichtet, aber noch nie hat mich dieses Hochhaus so eingeschüchtert wie heute.

Den Taxifahrer bezahle ich mit ausreichendem Bargeld und steige aus.

Einatmen, ausatmen. Du schaffst das, Sophie.

Zittrig gehe ich die drei Stufen hinauf zum Haupteingang und mein Spiegelbild erscheint in der langen dunklen Glasfront. Ich mustere die Frau darin und straffe dann die Schultern. Noch bevor ich es mir anders überlegen kann, betrete ich das Foyer. Am Empfangspult sitzt die junge, sehr attraktive, blonde Frau, die immer da ist, wenn ich mich für einen Termin anmelde.

»Guten Abend. Sophie Mayer mein Name. Ich habe einen Termin bei Mike Spenc.« Die Frau blickt auf und mustert mich, als hätte sie mich noch nie gesehen. Anscheinend hat sie kein besonders gutes Gedächtnis. Dann tippt sie etwas in ihren Computer ein und überreicht mir einen Besucherausweis.

»Letzter Stock. Die Aufzüge sind in dieser Richtung«, informiert sie mich und konzentriert sich danach wieder auf ihre Arbeit. Ob sie ihren Job nur aufgrund des Aussehens hat? Möglich. Aber mir kann es egal sein.

Im Aufzug checke ich nochmals mein Aussehen. Mit beiden Händen wuschle ich nervös durch mein Haar, nur um es dann wieder glatt zu streichen.

»Du schaffst das«, rede ich mir zu und hole zum tausendsten Mal tief Luft. Gerade, als ich mich wieder zur Tür drehe, öffnet sie sich und zum Vorschein kommt ein perfekt gekleideter Mike. Seine Ausstrahlung haut mich fast um und mein Herz beginnt wild zu pochen. Jetzt gibt es kein Zurück mehr.

»Guten Abend, Sophie«, begrüßt er mich.

»Hallo Mike«, erwidere ich und verlasse den Lift. Er kommt zu mir, umschließt mit beiden Händen das Gesicht und küsst mich innig. Oh Gott. Werde ich mich je an dieses wunderbare Gefühl gewöhnen? Wohl kaum. Eine einzige Berührung reicht und schon bin ich erregt. Fürs Erste jedoch siegt die Vernunft und ich löse mich widerwillig von ihm. Ich muss mich an meinen Plan halten.

»Wir sollten lieber anfangen«, murmle ich und bereue es zugleich, seine Lippen verlassen zu haben.

»Haben wir das nicht gerade?« Mikes strahlend weiße Zähne kommen zum Vorschein, als er mich anlächelt.

»Mike. Ich bin geschäftlich hier und nicht privat«, tadle ich ihn und versuche, in den Geschäftsmodus umzuschalten. Was zugegeben schwieriger als gedacht ist, wenn man bedenkt, dass vor mir ein attraktiver, Anzug tragender Adonis steht, der in mir Gefühle weckt, die ich noch nie zuvor gespürt habe. Der mich immer mehr und mehr erregt, ohne mich zu berühren, und mich mit seinem umwerfenden Lächeln einfach verzaubert. Ich schmelze alleine wegen seiner Nähe dahin.

Okay, ich muss dagegen was unternehmen, sonst wird das nichts mit der Konzentration. Also beiße ich mir fest in die Wange, so fest, dass es schmerzt.

»Gut, darf ich dir den Mantel abnehmen?«, fragt er und tritt zugleich hinter mich.

»Nein danke. Ich habe nicht lange Zeit. Ich habe später noch einen Termin.« Zugegeben, das ist ein wenig geflunkert, aber das muss er ja nicht wissen und ich will das ganz einfach hinter mich bringen, damit ich zu meinem Plan übergehen kann.

Mike kommt wieder an meine Seite und wirft mir einen Blick zu. Ein Blick, der töten könnte. »Dann lass uns lieber anfangen. Nicht dass du noch deinen Termin verpasst«, schnauzt er.

Na toll. Das fängt schon mal gut an. Hätte ich lieber mal etwas anderes gesagt.

Distanziert erklärt er mir, wie er sich die Etage vorstellt, wie ungefähr die Einrichtung sein soll und welche Farben gewünscht sind. Gemeinsam gehen wir alles durch und ich notiere mir die wichtigsten Details, damit ich sie nicht vergesse. Im Stockwerk befindet sich ein Großraumbüro und vier weitere getrennte Räume. Das Großraumbüro möchte er komplett weghaben und soll in Seminarräume sowie einzelne Büroräume umgebaut werden. Zusammen begutachten wir noch die restlichen Räume. Er überreicht mir die dazugehörigen Baupläne und den Kaufvertrag. Schnell überfliege ich die ersten Seiten des Vertrages, doch meine Augen bleiben auf der letzten Seite hängen und mein Herz macht einen kurzen Satz.

Persönliche Daten von Mike. Erst jetzt wird mir bewusst, wie wenig ich von ihm weiß. Eigentlich kenne ich nur den Namen von ihm, dass er eine Firma in Seattle hat und er Lucs Chef ist. Das war es dann auch schon. Hier steht aber noch mehr. Eine Adresse in Seattle, ich weiß jedoch nicht, ob es sich um die Wohn- oder Firmenadresse handelt. Außerdem steht sein Alter drauf. Mike ist 29, geboren am 26.06.1986 in Seattle. Die Erkenntnis, dass ich jetzt ein wenig mehr über ihn weiß, beruhigt mich einen Augenblick lang. Gleichzeitig will ich unbedingt noch mehr von ihm erfahren.

Als Mike mir etwas auf dem Bauplan zeigen will, holt er mich wieder in die Realität zurück.

»Hier, hier und hier möchte ich eine Wand eingezogen haben.« Er deutet mit seinem Finger auf die Stelle, wo er diese Wände haben will, aber anstatt mich auf das Wesentliche zu konzentrieren, denke ich lieber daran, wie er seinen Finger in meine Spalte schiebt. Ich kneife die Beine zusammen, um das wilde Pochen zu unterdrücken. Verdammt, Sophie, ermahne ich mich in Gedanken und unterdrücke einen Seufzer.

Mit einem Nicken bestätige ich ihm, dass ich verstanden habe. Die ganze Zeit über würdigt er mich keines Blickes und langsam fängt es an, mich zu stören. Ich verstehe, dass er nach der kleinen Abfuhr von mir etwas enttäuscht ist, allerdings übertreibt er auch ein wenig. Nur gut, dass es, hoffentlich, gleich vorbei ist und ich ihn endlich wieder für mich gewinnen kann. Denn ich ertrage es nicht mehr, die Distanz zwischen uns aufrecht zu erhalten. Zu sehr will ich ihn, zu sehr sehnt sich mein ganzer Körper nach ihm.

Den letzten Raum, den wir betreten, ist sein Büro. Hier befindet sich schon ein riesiger L-förmiger Bürotisch aus Mahagoni, der perfekt zu ihm passt, sowie zwei Stühle und einen Schreibtischsessel. Mike tritt dahinter und setzt sich auf den Chefsessel. Ich tue es ihm nach und nehme davor Platz.

»Ich glaube, das wäre dann alles, oder?«, frage ich ihn und unterbreche somit die Stille. Die Antwort von ihm fällt kurz und knapp aus.

»Ja«, sagt er und starrt weiterhin auf den Laptopbildschirm, der vor ihm steht. Na gut, dann wird es Zeit, meinen Plan umzusetzen. Schlagartig werde ich noch nervöser und ich dachte, das geht nicht mehr. Mein Mund ist staubtrocken, meine Hände dagegen feucht. Kurz rede ich mir nochmals zu. Jetzt oder nie.

»Mike, ich wollte mich ja revanchieren«, krächze ich. Allerdings fixiert er weiterhin den Laptop. Er ignoriert mich. Verdammt.

Okay, dann anders. Ich stehe auf, befeuchte mit der Zunge meine Lippen und rede weiter. »Und das mache ich jetzt auch.« Mike hebt den Kopf und endlich habe ich das, was ich wollte, nämlich seine Aufmerksamkeit.

Unter seinem Blick öffne ich die Knöpfe meines Trenchcoats und lasse ihn auf den Boden fallen. Nun stehe ich nur mit den High Heels und der rot-schwarzen Spitzenunterwäsche vor ihm. Gespannt warte ich seine Reaktion ab. Wie ein Luchs lausche ich und wende die Augen nicht eine Sekunde von Mike ab. Ich kann deutlich hören, wie er scharf die Luft einzieht. Während mein ganzer Körper vor Aufregung zittert und ich mich nicht von der Stelle rühren kann, werden seine Augen unterdessen immer größer und größer, bis er dann endlich aufsteht und zu mir nach vorne kommt.

»Was ist mit Ihrem Termin, Miss Mayer?«, fragt er mit rauer Sexstimme. Oh Gott diese Stimme.

»Mein Termin hat mich soeben in Empfang genommen«, flüstere ich. Die Distanziertheit von vorher ist mit einem Schlag weg. Mike bleibt genau vor mir stehen, so dicht, dass kein Millimeter zwischen unseren Körpern liegt. Ich spüre seinen heißen Atem an meinem Ohr. Die Fingerspitzen von ihm berühren meine rechte Schulter, fahren hinab zu meiner Hand und hinterlassen eine Gänsehaut. Seine Lippen liebkosen die empfindliche Stelle unter dem Ohrläppchen. Fordernd neckt er es. Mit hauchzarten Küssen wandert er weiter nach unten bis zur Schulter und bringt mich zum Schmelzen. Es ist so intensiv. Nein, Mike ist so intensiv. Ein Stöhnen überkommt mich und mein Puls beginnt zu rasen.

»Mmmhm. Was für eine überaus verführerische Überraschung«, knurrt er. Mike streift sein Sakko von den Schultern. Ich öffne währenddessen das weiße Hemd und lasse es ebenfalls auf den Boden gleiten. Ich küsse ihn am Hals und taste mich dann nach unten zu seiner harten Brust. Sein Atem kommt stockender, antörnender. Er kämpft mit seiner Selbstbeherrschung, das merke ich genau. Jedoch will ich sie ihm nehmen. Sie ihm einfach entreißen, so wie er es immer bei mir macht. Voller Stolz klopfe ich mir innerlich auf die Schulter.

Willig nach ihm, greife ich nach Mikes Hosenbund, öffne die Hose und ziehe sie ihm samt Boxershorts hinab. Sein prächtiger Schwanz springt mir entgegen, sodass mir die Luft wegbleibt. Allerdings fange ich mich gleich wieder.

Ich stehe auf, küsse ihn auf die Lippen und lasse mich dann erneut auf die Knie nieder, um auf Augenhöhe mit der Erektion zu sein. Unter seiner Beobachtung umgreife ich seinen Schwanz und nehme ihn in den Mund.

»Fuck, Sophie. Goooootť«, knurrt er und packt mich an den Haaren. Die Bestätigung, die er mir gibt, ist Balsam für meine Nervosität und puscht mein Selbstbewusstsein.

Ich presse die Lippen fest zusammen, bewege den Kopf schneller vor und zurück, sauge und necke ihn. Ich will mehr von ihm und seinem Geschmack. Immer wieder blicke ich nach oben. Mike genießt es in vollen Zügen. Die Augen hat er zusammengekniffen und die Wangenknochen arbeiten wild. So gut es geht, nehme ich seine Härte auf, unterdrücke den Würgereiz und bewege mich noch schneller. Es dauert nicht lange, bis ich merke, wie er in mir anschwillt und zu pochen beginnt. Gleich habe ich ihn so weit, wie ich es möchte. Ich kann es kaum erwarten.

Urplötzlich zieht Mike sich einfach aus mir zurück und ich richte meinen verwirrten Blick auf ihn.

»Verdammt, Sophie, du bist der Wahnsinn, aber ich will nicht in deinem Mund kommen«, sagt er und hilft mir auf die Beine. Gerade als ich aufrecht stehe, packt er mit beiden Händen meinen Hintern, hebt mich hoch und trägt mich zum Tisch. Sein Schwanz dicht an meinem Eingang.

»Du bist so wunderschön. Einfach perfekt«, flüstert er und setzt mich ab. Er hebt eine Hand und streicht mir eine Locke hinters Ohr. In seinen Augen erkenne ich die Lust, wie er mit sich ringt, und etwas, was ich nie zuvor darin gesehen habe. Noch bevor ich es einordnen kann, erobert er meine Lippen, umspielt mit seiner Zunge die meine und ich gebe ihm die Kontrolle zurück. Ich bin sowieso schon längst Wachs in seinen Händen.

Gierig umschließt eine Hand meine Brust, streift den Cup nach unten und entblößt sie. Während die andere nach unten wandert zu meiner klitschnassen Muschi. Die Luft im Raum ist vom Geruch der Erregung eingehüllt. Mikes Daumen streift über meinen Nippel und kneift mich leicht. Weiter unten liebkosen seine Finger mich und massieren die kleine Knospe. Schneller als gedacht, spannen sich meine Muskeln an und der Orgasmus überkommt mich. Laut schreie ich auf und will die Beine zusammenpressen, Mike jedoch lässt es nicht zu. Mit einer Hand und dem Becken drückt er sie wieder auseinander und schiebt mich näher an sich. Ich spüre seinen steinharten Schwanz an meiner feuchten Spalte pochen und mir wird mit einem Mal bewusst, dass das erst der Anfang war.

»Ich liebe es, wenn du so heftig kommst. Sophie. Du gehörst mir, verstehst du? Mir allein!«, keucht er. Mike lehnt sich nach vorn, zu meiner Brust und saugt sie mit seinem Mund ein. Mit der Zunge umkreist er den abstehenden Nippel. Automatisch beginne ich mich, unter seiner Berührung zu winden, will allerdings noch mehr von ihm. Viel mehr. Ich will ihn ganz. Ich fasse in seine Haare und ziehe vorsichtig daran. Die Welt um mich ist wie weggeblasen, so wie mein Verstand. Erst das Geräusch von reißendem Stoff holt mich zurück. Das war wohl der Slip.

Mike spreizt meine feuchten Schamlippen, lässt sich nieder und verwöhnt sie mit dem Mund. Heilige Scheiße! Ich bin verloren.

Ich lasse mich auf den Tisch zurücksinken und genieße in vollen Zügen die Aufmerksamkeit, die er mir schenkt.

»Mike, aaah ...«, presse ich hervor und drücke ihm das Becken entgegen. Mit seiner Zunge versenkt er sich in meiner Höhle. Dann spüre ich seinen Finger, wie er sich in mich schiebt, dann wieder seine Zunge und das wiederholt er immer und immer wieder. Er will mich in den Wahnsinn treiben und ist auf dem besten Weg dahin.

»So gut, Sophie. Du schmeckst so gut«, spricht er in meine feuchte Spalte hinein. Seine Liebkosung ist reizend.

Mike wird immer gieriger, härter und wilder.

Erneut spannen sich alle Muskeln, die ich habe, an und ich drücke ihm das Becken noch mehr entgegen. Gleich überkommt mich ein weiteres Mal die Welle der Erlösung. Mein Körper ist von einer zarten Schicht Schweiß bedeckt. Die Luft um uns herum brodelt und mein Atem kommt immer schwerer. Und kurz bevor ich komme, löst sich Mike von mir. Nur um Sekunden später mit seinem Schwanz und einem festen Stoß in mich einzudringen.

»Mike ... aaaah ... Ich ... Bitte ...«, flehe ich. Keine Ahnung, was ich eigentlich sagen will.

Diesmal lässt er mir keine Zeit, um mich an seine volle Pracht zu gewöhnen. Er rammt seinen Schwanz immer tiefer. Fordert und treibt mich an. Seine Bewegungen sind härter als je zuvor. Arrogant, aber auch liebevoll. Eine wilde Kombination. Und der Abgrund kommt immer näher.

»Du!«

Stoß.

»Gehörst!«

Stoß.

»MIR!«

Stoß.

Ja, ich gehöre ihm. Und das gibt mir den Rest. Mein Brustkorb bäumt sich auf und ich schreie seinen Namen lautstark aus. Genauso wie er meinen.

Wenige Minuten später zieht er sich aus mir zurück. Die Leere schmerzt ein wenig und fühlt sich komisch an. Ich liebe es, wenn er in mir ist.

Zuvorkommend reicht er mir die Hand, hilft mir vom Tisch und hebt meinen Mantel auf, den er mir dann übergibt.

»Alles gut bei dir?«, fragt er mit besorgter Miene. Wenn er nur wüsste.

»Ja«, antworte ich unterdessen und suche mein Höschen. Ein Grinsen überkommt mich, als mir bewusst wird, dass ich keines mehr habe. Mike hat es ja zerrissen. Nur mit dem BH bekleidet, schlüpfe ich in den Trenchcoat.

Mein Blick fällt auf seine Bauchmuskeln. Jeder Einzelne von insgesamt sechs ist deutlich erkennbar und ich genieße die wunderschöne Aussicht. Er hebt das Hemd vom Boden auf und zieht es sich darüber, wodurch ich etwas enttäuscht bin. Gleich ist sein muskulöser Oberkörper bedeckt. Was für eine Schande. Als er bemerkt, dass er unter Beobachtung steht, lächelt er und kommt auf mich zu.

»Ich habe mit allem gerechnet, als du mir sagtest, du willst dich revanchieren, aber mit so was nicht. Obwohl ich es nicht gutheißen kann, dass du so auf der Straße warst.« Kurz fühle ich mich schlecht. Er hat recht. Es war wirklich gefährlich. Doch die Tatsache, dass ich ihn überrascht habe, überwiegt und beruhigt mich. Es war also kein Reinfall. Gott sei Dank.

»Als Andenken behalte ich das hier.« Er hält mein Höschen nach oben. Verlegen schau ich zum Boden. Mein Höschen? Ernsthaft?

Mike schiebt seinen Finger unter mein Kinn und drückt es leicht nach oben. »Hey, schau mich an«, befiehlt er mir und ich gehorche.

»Du brauchst dich für nichts schämen, Sophie. Ich begehre dich so sehr, siehst du das denn nicht? Du treibst mich in den Wahnsinn und überraschst mich immer wieder aufs Neue.« Mit einem zärtlichen Kuss berührt er meine Stirn. Ich treibe ihn in den Wahnsinn? Wohl eher umgekehrt. Er lässt mich wieder fühlen und bringt mich dazu, Dinge zu tun, die ich nie für möglich gehalten habe. Er ist das Licht in meiner Dunkelheit.

»Komm, ich bring dich nach Hause, denn so lass ich dich sicher nicht alleine raus.« Mike hält mir die Hand hin und ich ergreife sie.

ACHT

Im Wagen unterhalten wir uns über viel Belangloses und erzählen uns Geschichten aus unserer Vergangenheit. Auch über die Freundschaft zwischen Luc, Richard und Mike. Er erzählt mir, dass er eigentlich immer ein Einzelgänger war. Die beiden haben es ihm allerdings angetan. Bildlich stelle ich mir vor, wie Luc Mike aufzieht. Luc nimmt kein Blatt vor den Mund und das gefällt Mike so an ihm. Zu meiner Überraschung erzählt er mir auch von der letzten Nacht in Seattle. Selten habe ich so viel gelacht wie auf dieser Heimfahrt und es ist schön, so viel von ihm zu erfahren. Aber noch schöner ist, dass während der Fahrt Mikes Hand auf meinem Knie liegt. Und ich muss zugeben, es fühlt sich besser an, als es sollte.

Als er den Audi in meine Seitenstraße lenkt, fällt mir eine Frage ein, die ich schon seit Langem wissen will. »Wo wohnst du zurzeit eigentlich?«

»Im Hotel Weikner.«Oh, das beste Hotel in der Stadt.

»Willst du heute bei mir schlafen?«, überkommt es mich, noch bevor ich es verhindern kann. Oh Gott, was rede ich da eigentlich?

Mike parkt den Wagen ein. Ein Lächeln erscheint auf seinen Lippen.

»Willst du das denn?« Ja. JA, natürlich will ich es.

»Du musst nicht, wenn du nicht willst«, antworte ich stattdessen.

»Als könnte ich bei dir schon Nein sagen.« Er drückt mit der Hand mein Knie. Freude überkommt mich, ich versuche jedoch, so gut es geht, ruhig zu bleiben.

Wir steigen beide aus und ich beginne, in meiner Handtasche wie verrückt nach dem Hausschlüssel zu suchen. Verdammt! Nie findet man was auf Anhieb.

Während ich weiter nach dem Schlüssel suche, setze ich mich in Bewegung. Gerade als ich die Straße überqueren will, reißt mich Mike an sich. Ein dunkler Jeep braust mit Hochgeschwindigkeit durch die Gasse und hätte mich fast erwischt.

»Alles okay?«, fragt er mich und schaut dem verrückten Raser hinterher.

»Ja, danke«, sage ich automatisch, fühle mich allerdings schlechter, als ich zugebe. Mein Herz rast wie wild und meine Hände zittern. Mike nimmt mir die Tasche ab und sucht nach dem Schlüssel. Als er ihn gefunden hat, nimmt er meine Hand und überquert die Straße. Ich folge ihm, während ich versuche, mich zu beruhigen.

»Fühl dich wie zu Hause«, sage ich zu ihm, als wir die Wohnung betreten. Mike geht ins Wohnzimmer und ich ins Schlafzimmer. Ich muss mich umziehen.

Vage höre ich Mike in der Wohnung auf und abgehen, weiß jedoch nicht, was er macht. Schnell ziehe ich mir den Trenchcoat aus und greife nach dem Shirt, das auf dem Bett liegt.

»Was machst du da?« Vor Schreck zucke ich zusammen. Mike ist mir ins Schlafzimmer gefolgt.

»Ähm ... mich anziehen«, antworte ich ihm. Irgendwie fühle ich mich ertappt. Aber warum?

»Weil?«

»Weil ich nackt bin.« Ich rolle mit den Augen, es ist doch offensichtlich.

»Also mich stört das nicht, ganz im Gegenteil. Wie wäre es mit einer Dusche oder einem Bad?« Seine raue Stimme turnt mich an. Ich will ihn, schon wieder. Ich bekomme einfach nicht genug von ihm. Verdammt, wie macht er das bloß?

Mikes Schwanz drückt sich in meinen Rücken, als er sich dicht hinter mich stellt. Auch er will mich. Die kleinste Berührung reicht schon, damit er die stillgelegte Flamme erneut entfacht. Sofort wird mir heiß.

»Du bist unersättlich, weißt du das?«

»Aber nur, weil ich so verrückt nach dir bin.« Er greift nach dem Shirt, das ich immer noch in der Hand halte, und wirft es weg. Sanft streicht er mein Haar auf die Seite. Mit dem Mund verteilt er vereinzelt Küsse auf meinem Schlüsselbein. Spätestens jetzt hat er mich.

»Kommst du mit?«, flüstert er.

Wie kann ich bei so einer Einladung schon Nein sagen? Allerdings bekomme ich keinen Ton heraus und nicke nur. Mike öffnet mit einer Bewegung den BH, streift die Träger von den Schultern und lässt ihn auf den Boden fallen. Meine Knospen sind steinhart und sehnen sich nach seinen Lippen. Alle Muskeln in mir sind angespannt. Seine Wirkung auf mich verblüfft mich immer wieder neu. Er treibt mich in den Wahnsinn. Noch bevor ich weiß, was Mike macht, legt er einen Arm in meine Kniebeuge und hebt mich hoch. Ich kreische auf.

»Was hat es nur mit dem Tragen auf sich?«, frage ich ihn, protestiere allerdings nicht. Seine nackte Brust schmiegt sich perfekt an mich. Keiner würde bei so einem Mann je protestieren.

»Du hast doch gesagt, fühl dich wie zu Hause und das mache ich auch.« Er legt seinen Kopf in den Nacken und lacht los. Mein Herz blüht auf und mir wird klar, dass ich verloren bin. Verloren an Mike.

Zu meiner Verwunderung plätschert das Wasser schon aus dem Wasserhahn. Mike stellt mich in die Wanne, zieht seine Hose aus und steigt ebenfalls hinein. Meine Augen beobachten jede einzelne Bewegung von ihm.

Er setzt sich ins Wasser und bedeutet mir, es ihm gleichzutun. Zwischen seinen Beinen mache ich es mir bequem und lehne mich zurück an seine Brust. Die perfekt warme Wassertemperatur umhüllt meine Haut. Er greift nach dem pinken Massageschwamm, tränkt ihn mit Wasser und drückt ihn über meinem Oberkörper wieder aus. Sanft fährt er damit über eine Brust, rauf zur Schulter und wiederholt es auf der anderen Seite. Mein Körper entspannt sich, die Nervosität und die Unsicherheit, die ich seit unserem Termin habe, fallen vollkommen von mir ab.

»Wirst du mir je erzählen, was dir widerfahren ist?« Seine Stimme ist sanft und liebevoll und dennoch erstarre ich wie auf Kommando. Erinnerungen aus meinem letzten Traum kommen hoch. Der Mann ist wieder da.

»Sobald du es ihm erzählen wirst, wird er dich verlassen.
Keiner wird bei dir bleiben. Keiner wird dich je wieder lieben.«
Er beschimpft mich.
Tritt auf mich ein.
Spuckt mich an.
»Auch er wird weglaufen. Dich alleine lassen.«

»Hey ... hey ... beruhig dich.« Mike schlingt die Arme um mich. Ich habe nicht bemerkt, wie ich zu zittern begonnen habe. Meine Augen füllen sich mit Tränen.

Du wirst nicht weinen, nicht weinen, rede ich mir in Gedanken ein. Es ist mir peinlich genug, wie ich auf so eine banale Frage reagiere. Obwohl ich Mike vertraue, will ich mit ihm nicht darüber reden.

»Ich ... nein, Mike. Ich ... kann nicht«, beantworte ich seine Frage. Dass er mit meiner Antwort nicht zufrieden ist, merke ich. Ignoriere es jedoch.

Merkwürdige Stille legt sich über uns, nur die Atmung von uns beiden ist hörbar. Mit dem Schwamm massiert er mich weiter. Ich versuche, mich voll und ganz auf seine Bewegung zu konzentrieren, und hoffe, er bohrt nicht nach. Mike muss akzeptieren, dass ich nicht reden will.

»Luc und du seid euch sehr nahe«, versucht er das Thema zu wechseln. Gott sei Dank, Mike akzeptiert.

»Ja. Er ist einfach unersetzbar«, bestätige ich ihm.

»Hattet ihr mal was miteinander?« Sein Versuch, es normal klingen zu lassen, misslingt. Mir entgeht sein Unterton nicht. Das nennt man mal Themenwechsel. Wie kommt er nur darauf? Luc ist wie ein Bruder für mich. Was soll das jetzt?

Ich neige mich leicht zur Seite, damit ich sein Gesicht sehen kann. Er weicht mir allerdings aus, indem er den Schwamm auf die Seite legt und sich somit von mir abwendet.

»Bist du eifersüchtig?«

»Das ist keine Antwort auf die Frage, Sophie.« Diesmal ist sein Unterton deutlich zu erkennen. Typisch Mann. Wirklich! Ich beschließe, Mike ein wenig an der Nase herumzuführen. Auch wenn er es nicht zugibt, er ist eifersüchtig.

»Und wenn es so ist?« Ich drehe mich vollständig um, sodass wir uns gegenübersitzen. Mikes Augen verengen sich. Durch den schmalen Schlitz mustert er mich und ein kurzer Schauer durchfährt meinen Körper. Ist er wütend?

»Sophie. Ich teile nicht gern. Und dich bestimmt nicht. Also sag. Hast oder hattest du mal was mit ihm?«, knurrt er. Oh, Mister Arrogant ist zurück. Keine Ahnung, warum, aber mir gefällt, dass er mich nicht teilen will. Ich beschließe, ihn zu erlösen. Außerdem will ich die Stimmung nicht kaputt machen.

»Nein. Ich hatte noch nie was mit Luc und werde mit ihm auch nie etwas haben. Er ist wie ein Bruder für mich. Ich liebe Luc, ja. Aber so wie man einen Bruder eben liebt.« Mit meiner Hand tauche ich ins Wasser und schnelle hoch. Absichtlich spritze ich ihm Wasser ins Gesicht.

»Ups. War reine Absicht«, sage ich belustigt und zucke unschuldig mit den Schultern. Hoffentlich hilft es, die Stimmung aufzulockern. Ich will keinen Miesepeter in der Badewanne haben. Prompt kommt sein spitzbübisches Lächeln zum Vorschein, was zudem auch noch verdammt sexy ist. Ich bin erleichtert. Wie weggeblasen ist die ernste Stimmung und ich habe meinen entspannten Mike zurück.

»Na warte.« Er greift nach mir und dreht mich wieder in die alte Position. Eng zieht er mich an sich und ich spüre erneut seine Härte an meinem Rücken.

»Hast du mir gerade Wasser ins Gesicht gespritzt?«, knurrt er und beißt mir ins Ohr. Augenblicklich gerät mein Blut in Wallung und ein Stöhnen ringt sich aus meiner Kehle.

»Du gehörst bestraft. Leg deine Beine seitlich am Badewannenrand ab«, befiehlt er mir. Ich gehorche. Oh

Gott. Bestrafen? Was hat er vor? Mit Zeigefinger und Daumen wirbelt er meine Nippel herum. Unter seinen Fingern beginnen sie zu pulsieren. Seine Neckerei raubt mir meinen letzten Nerv. Egal, wo und wann er mich berührt, sofort stehe ich in Flammen. Und so was schafft nur er. Er allein.

»Ich werde dich jetzt mit den Fingern verwöhnen, du darfst aber nicht kommen!« WAS? Aber. Wie soll das gehen? Ich kann so was doch nicht verhindern. Mike spürt meine Verwirrung.

»Du musst es unterdrücken. Ich werde dich auch nicht allzu lange quälen, versprochen.« Und dann schiebt sich sein Finger auch schon in mich. Ich schließe die Augen, konzentriere mich voll und ganz auf seine Hände. Sanft zieht er ihn zurück, nur um sich wieder in mich zu schieben. In einem angenehmen, zärtlichen Rhythmus wiederholt er es. Verdammt, wie macht er das nur? Zwischen seinen Schenkeln schmelze ich dahin. Ich spüre, wie sich zwei Finger mal schneller, mal langsamer in mir bewegen. Jede seiner Berührungen nehme ich wahr und jedes Mal ist es intensiver als zuvor. Ob es an dem Wasser liegt?

»Gut, Sophie. Du machst das sehr gut«, lobt er mich leise.

Mit der anderen Hand massiert er den empfindlichen Hügel. Ich bin ihm vollkommen ausgeliefert. Meine Muskeln ziehen sich um seine Finger zusammen und mein Körper beginnt zu zittern. Der Orgasmus baut sich in mir immer weiter auf. Ich beiße mir mit den Zähnen auf die Unterlippen, um nicht loszuschreien, und meine Finger bohren sich in meinen Oberschenkel. Ich weiß, dass ich es nicht länger unterdrücken kann. Und als könnte er meine Gedanken lesen, sind auf einmal seine Finger weg. Verdammt.

Augenblicklich wird mir bewusst, was er mit Bestrafung meint. Nach wie vor sind meine Muskeln angespannt und warten auf die endgültige Erlösung. Es ist die reinste Qual.

»Sehr brav, Sophie. Später erlöse ich dich dann«, sagt er und drückt mir einen Kuss auf die Schläfe. Ich seufze verdrossen.

NEUN

Der Duft von frischem Kaffee weckt mich. Mike ist immer noch hier. Ich ziehe scharf den köstlichen Geruch ein und strecke mich, um die schlafenden Muskeln zu wecken. Sofort spüre ich, wie empfindlich ich zwischen den Beinen bin. Oha, ich bin wund. Na ja, eigentlich darf es mich nach dieser Nacht nicht wundern. Der gestrige Abend war wunderschön. Wir hatten Pizza bestellt, es uns auf der Couch mit einem Film gemütlich gemacht und dazu Wein getrunken. Erst spät in der Nacht erlöste er mich von meinem unterdrückten Orgasmus. Es war der wildeste Orgasmus, den ich je hatte. Ich kann nur hoffen, dass die Nachbarn nichts mitbekommen haben, es wäre mir peinlich, wenn sie mich darauf ansprechen würden. Und die Tatsache, dass er jetzt in der Küche ist und Kaffee kocht, macht mich glücklich. Ich rapple mich aus dem Bett, schnappe mir sein Hemd von gestern und ziehe es mir über. Der Geruch von Mike, seinem Aftershave und frischem Kaffee hüllt mich ein. Eine wilde Kombination. Ich habe allein seinen Duft schon lieb gewonnen.

Als ich den Raum betrete, stellt er gerade einen kleinen Korb voller Brötchen auf den Küchentisch. Wow.Ich bin sprachlos und traue meinen Augen nicht. Mike hat nicht nur Kaffee gekocht, nein, er hat den kompletten Tisch gedeckt. Auf zwei Tellern liegen hübsch aneinandergereiht verschiedene Schinken und Käsesorten. Butter, Nutella, Marmelade sind geöffnet bereitgestellt. Es ist wirklich alles da. Wo hat er das denn hergezaubert? Ich hatte das alles nicht im Kühlschrank, wenn überhaupt hatte ich gerade mal Butter darin. Mike muss bei dem kleinen Laden um die Ecke einkaufen gewesen sein, anders kann ich es mir nicht erklären.

»Guten Morgen Süße. Ich wollte dich eben wecken.« Er kommt zu mir und gibt mir einen sanften Kuss auf die Lippen.

»Morgen. Ist das alles für mich?«

»Natürlich. Komm, setz dich.« Er schiebt mir den Stuhl zurecht, wartet, bis ich mich gesetzt habe, und nimmt gegenüber von mir Platz. Ausgiebig frühstücken wir zusammen und ich genieße jede Sekunde mit ihm.

Nach dem Frühstück räumen wir gemeinsam den Tisch ab. Dann gehe ich ins Bad, um mich für die Arbeit herzurichten. Was Mike nur teilweise zulässt. Immer wieder lenkt er mich ab. Er küsst mich, trägt mich zurück ins Bett oder nimmt mir die Kleidung weg. Er hat es ja gut, selbst mit zerzausten Haaren ist er umwerfend. Doch irgendwann habe ich es geschafft. Leider. Denn am liebsten würde ich mich mit Mike in meiner Wohnung verschanzen und mich bei ihm für das tolle Frühstück bedanken. Augenblicklich kribbelt es zwischen meinen Beinen. Nur zu schade, dass ich wirklich los muss.

»Kommst du?«, rufe ich durch die Wohnung. Wo steckt er denn? Er war gerade eben noch in der Küche. In einer halben Stunde habe ich den Termin mit dem Makler. Sina war so gut und hat im Terminkalender alles genau eingetragen, deswegen muss ich vorher nicht in die Firma.

»Mike? Kommst du? Ich muss los«, rufe ich ein weiteres Mal. Weit kann er nicht sein. Hier kann man sich ja nicht verlaufen.

Da er weder im Vorraum noch in der Küche oder Wohnzimmer ist, gehe ich ins Schlafzimmer und da sehe ich ihn. Seelenruhig liegt er auf dem Bett und scheint eingeschlafen zu sein. Der Anblick von ihm gefällt mir und entringt mir ein Lächeln. Sein Oberkörper ist nackt und die Hose, die er anhat, ist offen. Ein wenig lugt seine schwarze Boxershorts raus. Am liebsten würde ich mich an seine Brust schmiegen und einschlafen. Bildlich stelle ich es mir vor. Mein Kopf auf seiner muskulösen Schulter, meine Hand liegt auf seinem durchtrainierten Bauch und folgt den leichten Bewegungen seines Atems. Das Gefühl von wohltuender Wärme macht sich in mir breit und das Kribbeln zwischen meinen Beinen wird heftiger. Ich sehne mich danach, ihn zu berühren.

Leise gehe ich zu ihm, fahre zärtlich mit der Hand durch sein seidenweiches Haar und küsse ihn auf die Stirn. Genauso lautlos verlasse ich das Zimmer wieder. Bevor ich die Wohnung verlasse, lege ich einen Zettel auf dem Tisch.

Melde dich, wenn du wach bist.
Und zieh die Tür einfach zu.
Kuss, S.

Und dann bin ich auch schon aus meiner Wohnung verschwunden. Glücklicher den je gehe ich zum Termin. Ach, was rede ich da, ich tanze förmlich dahin und die Wundheit zwischen den Schenkeln lässt mich nur noch mehr lächeln. Mike holt mich aus dem Loch, in dem ich mich befunden habe, heraus. Auch wenn ich noch immer weiß, dass ich die Zukunft, die ich geplant habe, nie haben werde, hilft er mir dennoch, weiterzukommen. Er zeigt mir, im Hier und Jetzt zu leben. Nie hätte ich gedacht, dass ich mit diesem Mann je etwas anfangen werde. So arrogant wie er am Anfang auch war, umso liebevoller ist er jetzt.

Der Termin mit dem Makler ist besser gelaufen, als gedacht. Sina hatte ein sehr gutes Gespür und ich bin ihr unendlich dankbar. Ich schicke dem Kunden eine E-Mail mit den gewünschten Details des Grundstückes und mein Feedback dazu. Hoffentlich entscheidet er sich für dieses, es würde perfekt passen.

Da ich bis jetzt noch keine Nachricht oder Mail von Mike erhalten habe, beschließe ich, ihm eine zu schreiben. Auf meinem Handy öffne ich WhatsApp, suche seinen Namen und tippe los.

»Hey Schlafmütze. Was machst du gerade? Kuss, S.«

Ich bereue es wirklich, mich nicht neben ihn hingelegt zu haben. So gern hätte ich ihn nochmals in mir gespürt. So gern wäre ich einfach bei ihm geblieben. Meine Gedanken wandern zu ihm. Zum gestrigen Tag und somit zu unserem Termin, als ich über meinen eigenen Schatten gesprungen bin. An Mikes Augen, wie sie immer größer wurden, als ich den Trenchcoat fallen gelassen habe. Seine Berührungen, wenn ich daran denke, huscht eine angenehme Gänsehaut über den gesamten Körper. Er macht mir Mut und er bringt mich zu Dingen, die ich nie im Leben zuvor gewagt hätte. Und mit einem Mal wird mir klar, wie gern ich ihn jetzt schon habe. Er berührt mich wie kein anderer. Und obwohl ich es nicht aussprechen kann, weiß ich, dass ich für jeden anderen

Mann verdorben bin. Denn ich würde jeden anderen mit ihm vergleichen. Diese Erkenntnis holt mich aus meinen Gedanken zurück.

»Sophie, reiß dich zusammen.« Ich schüttle den Kopf, um wirklich klarer zu werden, und wende mich wieder meiner Arbeit zu. Das Firmenlogo von Mikes Firma ist nicht einmal ansatzweise fertig. Rasch hole ich die verschiedensten Ideen aus dem Ordner und beginne, ein paar Motive am Computer zu erstellen.

Nach mehreren Stunden habe ich es dann endlich geschafft. Zwischendurch hat mir Jana eine Nachricht geschrieben, damit wir uns im Café mit Luc und den anderen treffen. Da sich Mike den ganzen Tag über nicht gemeldet hat, bin ich guter Dinge, ihn dort zu treffen, und freue mich sehr darauf. Nachdem ich alles abgespeichert habe, gehe ich in die Büroküche, um einen Kaffee zu trinken. Wolfgang und Sina sind ebenfalls hier.

»Hey, ihr zwei.«

»Hey«, antworten sie im Chor. Wir unterhalten uns ein bisschen und ich frage die beiden, ob sie mich ins Café begleiten, woraufhin sie einwilligen. Danach gehe ich wieder zurück ins Büro. Rasch beantworte ich die neuen Mails und keine davon ist von Mike.

Sobald ich mit allem fertig bin, schließe ich die Programme und fahre den Computer runter. Bevor ich mein Büro verlasse, frische ich mich noch etwas auf und hole meinen kleinen Schminkspiegel heraus. Vorfreude breitet sich in mir aus, gleich sehe ich ihn wieder. Ich klappe den Spiegel zu, verstaue alles in der Tasche und gehe zu den anderen.

»Also ich bin so weit«, sage ich zu den beiden.

»Wir warten nur noch auf dich«, scherzt mein Chef.

»Haha, sehr witzig.« Gespielt lächle ich ihn an. Wir steigen in den Lift und fahren hinunter in die Lobby.

Im Café sind Jana, Luc und Richard schon da. Nur Mike ist weit und breit nicht zu sehen. Vielleicht verspätet er sich ein wenig, daher versuche ich, mich zu beruhigen. Ich setze mich neben Luc, begrüße ihn mit einem Kuss auf die Wange und begrüße dann meine beste Freundin und Richard. Obwohl ich mir darüber wirklich keine Gedanken machen will, wann Mike kommt oder ob er überhaupt kommt, mache ich sie mir trotzdem. Der Eingang hat meine volle Aufmerksamkeit. Ich starre die Tür förmlich an, in der Hoffnung, er würde das Café betreten. Minute für Minute sinkt meine Hoffnung und ich frage mich, warum er sich nicht bei mir meldet.

»Alles okay bei dir? Geht's dir gut?«, fragt Luc mich. Mir wird sofort klar, auf was er hinauswill. In seiner Tonlage liegt die Ungewissheit. Er will wissen, was mit mir los ist und was im Krankenhaus rausgekommen ist. Aber ich bin noch nicht so weit, außerdem geht es mir gut. Dank Mike geht es mir gut. Dennoch weiß ich, dass ich irgendwann mit Jana und ihm sowie mit meiner Familie darüber reden muss. Nur jetzt noch nicht.

»Ja, Luc, mir geht es gut und es ist alles in Ordnung. Mach dir bitte keine Sorgen.« Nach so vielen Jahren weiß ich, dass er nicht lockerlassen wird.

Luc schnauft. »Aber ... wenn du reden willst, dann kommst du zu mir. Okay?«

»Natürlich«, versuche ich, ihn zu beruhigen. Zumindest für eine kurze Zeit.

»Gut! Gibt es sonst was Neues?« Außer, dass ich in den letzten Tagen hammermäßigen Sex hatte und das mit deinem Chef? Allerdings muss er nicht alles wissen.

»Nein. Alles beim Alten«, sage ich stattdessen und hoffe, dass mich mein dümmliches Grinsen nicht verrät.

Nach zwei Stunden ist Mike immer noch nicht aufgetaucht und auf die Nachricht von heute Morgen hat er bis jetzt noch nicht geantwortet. Ob ihm was passiert ist?

Nein, das kann nicht sein. Luc und Richard hätten bestimmt was gesagt. Langsam wird es aber dennoch komisch. Richard, Sina und Wolfgang verabschieden sich gerade von der restlichen Truppe, also werden wir nicht mehr allzu lange hierbleiben. Somit weiß ich, dass Mike nicht mehr kommen wird. Was ist nur los mit ihm?

»Hat Sina einen Freund?«, fragt Luc Jana und mich, sobald die drei außer Hörweite waren. Oha, da hat ja jemand Interesse. Süß.

»Nein, soweit ich weiß, nicht«, antworte ich ihm und versuche sichtlich mein Grinsen zurückzuhalten, scheitere allerdings, als Jana zu lachen beginnt. Luc war noch nie gut bei so was und verdreht wegen unseres Lachanfalls seine Augen.

»Ihr zwei seid unmöglich. Das war eine normale Frage.«

»Ach komm schon, Luc. Du weißt genau, dass jeder andere solch eine Frage durch die Blume stellen würde, du aber stellst sie direkt«, lacht Jana.

»Haha, wie komisch ihr doch seid«, murrt er und verschränkt die Arme vor der Brust wie ein trotziges, kleines Kind.

Nachdem er uns mit Fragen gelöchert und uns bequatscht hat, um an Sinas Nummer ranzukommen, jedoch ohne Erfolg, machen auch wir uns auf den Heimweg. Vor der Tür verabschieden wir uns von Jana. Luc und ich müssen in die gleiche Richtung.

»Ich werde ihr deine Nummer geben, wenn du willst«, biete ich ihm an. Er nickt nur. Die beiden würden gut zusammenpassen. Sina wäre in der Beziehung bestimmt der Wirbelwind. Mit ihren rotbraunen, langen Haaren, ihren tiefgrünen Augen und ihrem perfekten Körper würde sie Luc, den Mann mit den pechschwarzen Haaren und den meerblauen Augen, mehr als um den Finger wickeln. Außerdem weiß ich, dass sie eine Schwäche für muskulöse Typen hat, und er besitzt definitiv genug davon.

Schweigend schlendern wir nebeneinander her. Bis mir wieder einfällt, warum er mir nicht erzählt hat, dass er wieder zurück nach Österreich kommt.

»Wieso hast du eigentlich nie erzählt, dass du wieder zurückkommst?« Es scheint so, als würde er über meine Frage nachdenken, dann zuckt er mit den Schultern und wuschelt sein pechschwarzes Haar durcheinander.

»Na ja. Anfangs wollte ich nichts sagen, zumindest erst dann, wenn alles unter Dach und Fach war und als es so weit war, dachte ich mir, ich überrasche euch«, erklärt er mir.

»Aber du warst ja schon länger hier, bevor wir uns zufällig im Klub trafen.«

»Mhm, da hast du recht. Nur war es am Anfang total stressig und ich musste dann nochmals zurück nach Seattle. Ich wollte mich melden, wenn ich wieder zurück bin. Ehrlich. Aber dann hat Jana mir erzählt, dass du im Krankenhaus warst wegen einer Untersuchung oder so und es dir nicht besonders gut geht. Daher wollte ich keinen Wirbel machen. Auf meine Nachrichten hast du nicht richtig reagiert, also wollte ich, dass sich alle auf dich konzentrieren, für dich da sind. Sie hat mir auch erzählt, dass Stefan dich verlassen hat und du dich noch mehr verkriechst, mit keinem redest, dich einfach abschottest. Dass wir uns im Club getroffen haben, war reiner Zufall. Mike hatte den Vertrag fürs Büro unterschrieben und das wollte er feiern. Er hatte für den Abend eine Nische im VIP-Bereich gemietet, allerdings haben wir uns da nicht allzu lange aufgehalten und dann sah ich euch auf der Tanzfläche. In dem Moment musste ich einfach zu dir und Jana«, erklärt Luc mir weiter. Langsam fallen mir die Nachrichten von meinem besten Freund wieder ein. Wie alle anderen habe ich auch die, ohne sie richtig zu lesen, weggedrückt.

»Sophie, du musst mir glauben. Nicht für dich da gewesen zu sein, war schrecklich. Es tut mir so leid, wirklich. Im Nachhinein könnte ich mir echt in den Arsch treten. Ich hätte bei dir sein sollen.« In seiner Stimme höre ich, wie schuldig er sich fühlt. Luc macht sich Vorwürfe und das ohne Grund. Er hat nichts falsch gemacht, ganz im Gegenteil.

»Luc. Du musst dich für nichts entschuldigen. Es ist alles okay. Und das hättest du nicht tun müssen. Ich hätte mich wahnsinnig gefreut und ich tue es immer noch. Ja, ich weiß, ihr wollt alle wissen, was los ist, aber zurzeit kann ich nicht darüber reden. Es ist einfach noch zu schwer. Wenn es so weit ist, seid du und Jana die Ersten, die es erfahren. Ich ordne mein Leben gerade neu oder zumindest versuch ich das. Und was Stefan angeht, mit dem habe ich abgeschlossen. Der soll bleiben, wo der Pfeffer wächst«, versuche ich, ihn aufzumuntern. Er muss kein schlechtes Gewissen haben, schon gar nicht wegen mir.

Auch wenn Luc es nicht so aufnimmt, wie ich es erhofft habe, huscht dennoch ein leichtes Lächeln über seine bezaubernden Lippen.

»Wenn ich den erwische, köpf ich ihn, echt«, sagt er und dann ist der Damm gebrochen und die Leichtigkeit zurück. Ich liebe ihn einfach. Es ist schön, ihn wieder hier zu haben. Wie sehr ich meinen besten Freund vermisst habe.

An der Straßenecke verabschieden wir uns dann. Den restlichen Heimweg denke ich darüber nach, warum Mike nicht gekommen ist, und vor allem, warum er auf meine Nachricht nicht geantwortet hat. Obwohl ich weiß, dass es dumm von mir ist zu hoffen, er wäre vielleicht bei mir zu Hause, hoffe ich es trotzdem und beeile mich umso schneller, nach Hause zu kommen. Aber weder vor dem Eingang noch in meiner Wohnung wartet Mike auf mich. Ob ich was falsch gemacht habe? Gedanklich gehe ich den gestrigen Abend und den heutigen Morgen durch. Jedoch fällt mir wirklich nichts auf, was ich falsch gemacht haben könnte. Und das macht mich langsam nervös. Es hat doch alles gepasst! Oder rede ich mir das nur ein? Soll ich ihm vielleicht noch eine Nachricht schreiben? NEIN! Aber, vielleicht ... Nein. Ich will nicht, dass er denkt, ich klammere. Er wird sich schon melden. Hoffentlich.

ZEHN

Die restliche Woche habe ich mich in die Arbeit gestürzt. Mittlerweile ist es Freitag, kurz vorm Wochenende und bis jetzt hat sich Mike nicht gemeldet. Keine Nachricht, keine Mail, kein Anruf und kein Besuch, weder beruflich noch privat. Nichts, einfach nichts. Und auch ich habe mich bei ihm nicht gemeldet. Und ich muss sagen, langsam verzweifle ich schon. Wenigstens weiß ich, dass ihm nichts passiert ist. Luc hat mir gestern von einem wichtigen Termin erzählt, bei dem Mike auch war. Ob das vielleicht der Grund ist? Bestimmt hat er sehr viel Arbeit und deswegen meldet er sich nicht. Das versuche ich mir zumindest einzureden. Dass es Blödsinn ist, weiß ich selbst. Nur, irgendetwas muss ich mir einreden, sonst quäle ich mich noch mehr.

»Sophie? Kann ich kurz stören?«, erklingt Sinas Stimme im Raum.

»Natürlich. Komm rein.«

»Kannst du dir das mal anschauen? Wolfgang meint, ich soll es überarbeiten. Und du kennst seine heutige Laune ja. Ich will nicht, dass er einen Groll auf mich bekommt.« Oh ja. Heute ist er unerträglich. Selbst ich gehe meinem Chef schon den ganzen Tag aus dem Weg. Sina zeigt mir mehrere Motive auf dem iPad. Kurz erklärt sie mir, um was es geht, und ich begutachte es.

»Also wenn es nach mir ginge, finde ich das Letzte nicht so gut, es gefällt mir nicht. Die Form passt nicht zum Thema und die Farben überschlagen sich. Die ersten drei sind wirklich gut, ich persönlich tendiere eher zu denen. Die anderen sind jedoch auch gut. Lass es einfach so, wer weiß, was dem Kunden gefällt. Ob du das eine rausgibst oder nicht, ist deine Entscheidung.« Sina weiß, dass ich ihr immer die Wahrheit sagen werde, und das mache ich auch jetzt.

»Okay gut. Danke.«

»Nicht dafür«, antworte ich und gebe ihr das iPad wieder zurück. Gerade als sie gehen will, fällt mir wieder ein, ihr die Nummer von Luc zu geben. Inzwischen weiß ich ja, dass sie auch Interesse an ihm hat. Am nächsten Tag, nach dem Treffen im Café, hat sie nur von Luc geredet, pausenlos. Ich konnte seinen Namen gar nicht mehr hören. Leider bin ich nie dazu gekommen, ihr die Nummer zu geben, weil ich von einem Termin zum anderen gehetzt bin.

»Sina?« Sie dreht sich um, ihre tiefgrünen Augen richten sich auf mich.

»Hast du Lust heute Abend auszugehen? Ich werde Jana und Richard fragen, ob sie mitgehen, und Luc kommt sicher auch«, frage ich sie und zwinkere ihr zu.

Ein zuckersüßes Kichern kommt aus ihrer Kehle und sie willigt sofort ein. »Wann und wo?«

»Sagen wir um neun bei mir? Die anderen werden dann bestimmt auch schon da sein.« Nur gut, dass die anderen noch nichts davon wissen.

»Also ich werde da sein«, grinst sie.

»Gut. Und bevor ich es wieder vergesse. Das soll ich dir geben.« Ich reiche ihr den Zettel mit Lucs Telefonnummer. Eigentlich dachte ich, ihr Lächeln kann nicht noch breiter werden, aber als sie sieht, was auf dem Zettel steht, beweist sie mir das Gegenteil.

»Danke, Sophie.« Sie kommt hinter meinen Schreibtisch, wirft mir ihre Arme um den Hals, gibt mir einen Kuss auf die Wange und verlässt dann den Raum. Jetzt muss ich nur noch die anderen informieren. Rasch zücke ich das Handy und schreibe allen eine Nachricht. Nur Mike schreibe ich keine.

Bevor ich nach Hause gehe, schau ich noch bei meinem Chef vorbei. Seine schlechte Laune war heute unerträglich, vielleicht will er ja darüber reden.

Leise klopfe ich an die offene Tür und gehe hinein, hinter mir schließe ich sie. Ich weiß, dass er gehört hat, wie ich eingetreten bin. Er aber ignoriert mich. Am Anfang schlendere ich durch sein Büro, schaue mir die Bilder an den Wänden an, so als wäre ich das erste Mal hier. Dann setze ich mich auf den Stuhl vor dem Schreibtisch, sage aber noch immer kein Wort, genauso wie er. Nach fünf Minuten bricht er das Schweigen. Na endlich.

»Kann ich was für dich tun?«, murrt er mich an. Ich verdrehe meine Augen. So ein Miesepeter. Er weiß, warum ich hier bin.

»Nicht direkt.«

»Was willst du dann?«

»Ich dachte, du möchtest vielleicht reden. Du bist ziemlich mies gelaunt.« Darauf antwortet er nicht. Wieder legt sich das Schweigen über uns. Nach weiteren fünf Minuten stehe ich auf, er will nicht reden. Gut, dann eben nicht. »Wenn du etwas loswerden willst, dann ruf an oder komm vorbei. Und wenn du und Tina Lust habt, wir gehen heute in den P.N.Y.Club, vielleicht wollt ihr ja mitkommen«, informiere ich ihn und gehe zur Tür.

»Tina möchte heiraten.« Seine Stimme ist fast wie ein Flüstern. Abrupt bleibe ich stehen. »Sie will einen Antrag. Erst gestern hat sie wieder so etwas angedeutet. In letzter Zeit macht sie das öfters und das setzt mich unter Druck.« In seinen Gesichtszügen sehe ich Panik. Er hat mir selbst einmal erzählt, dass er nie im Leben heiraten will. Seine Eltern haben ihm den Glauben an die Ehe verdorben. Er hat selbst mitbekommen, wie sie sich gegenseitig betrogen und sich schlussendlich scheiden ließen. Die Ehen danach sind ebenfalls alle gescheitert. Seitdem findet Wolfgang, dass eine Hochzeit reine Geldverschwendung ist.

»Ich verstehe das nicht. Wir sind auch so glücklich. Wieso will Tina jetzt unbedingt heiraten?«, brummt er und reibt sich mit beiden Händen übers Gesicht. Ich setze mich wieder auf den Stuhl.

»Ihr seid nicht so wie deine Eltern. Das weißt du«, erklär ich ihm.

»Woher willst du das wissen, Sophie? Glaubst du, die haben das vorher geplant, dass sie sich scheiden lassen?« Okay, damit hat er wahrscheinlich recht.

»Nein, natürlich nicht. Aber ich kenne dich und ich kenne Tina. Ihr beide seid anders. Schon alleine durch diese Erfahrung wirst du es anders machen.« Er reagiert nicht. Sein Kopf ist gesenkt und die Schultern lässt er hängen. So habe ich ihn noch nie gesehen. »Es kann dich keiner zwingen, auch Tina nicht. Aber ich weiß, dass du sie von ganzem Herzen liebst und sie dich genauso. Wenn du es nicht versuchst, wirst du es nie wissen.«

Wolfgang stößt hörbar die Luft aus. »Ich liebe sie wirklich. Sie ist das Beste, was mir je passiert ist. Aber was ist, wenn es scheitert und ich sie dadurch verliere?«, fragt er mich.

»Eine Ehe hat keinen Garantieschein. Genauso wie eine Beziehung keinen Garantieschein hat. Beides kann scheitern. Allerdings kannst du alles besser machen. Du kannst das schaffen, was deine Eltern nicht geschafft haben. Tina wird dich weiterhin lieben, so wie jetzt. Sie wird die Gleiche bleiben, egal ob Hochzeit oder nicht. Nur eins wird sich ändern.«

Er hebt seinen Kopf. »Und was?«, fragt er mich, fast ein wenig ängstlich.

»Sie wird dann deinen Nachnamen tragen. Na ja, sofern sie ihn annimmt«, sage ich und lächle Wolfgang aufmunternd zu. Eine Minute lang schweigt er wieder. Ich kann fast erkennen, wie sich alles in seinem Kopf abspielt. Er kennt nur Schlechtes über die Ehe, verständlich, dass er so denkt.

»Danke, Sophie. Bis später.«

Ich stehe auf, schenke ihm noch ein Lächeln und verlasse dann sein Büro. Alles Weitere muss er entscheiden und er wird die richtige Entscheidung treffen.

Um 17 Uhr bin ich dann endlich zu Hause. Alle haben mir zugesagt, dass sie kommen, und obwohl ich Mike keine Nachricht geschrieben hatte, hoffe ich, dass er auch kommt.

Den Abend verbringe ich damit, mich herzurichten. Nachdem ich mir ein Bad gegönnt, mir Gesichtsmaske ins Gesicht geschmiert und die Nägel lackiert habe, stehe ich mindestens eineinhalb Stunden vor dem Kleiderschrank. Ich probiere gefühlte zwanzig verschiedene Outfits an, aber nichts passt. Falls Mike kommen sollte, möchte ich perfekt aussehen. In meinem

Bauch kribbelt es vor Nervosität. Schlussendlich entscheide ich mich für ein rotes, nicht zu kurzes, aber doch gewagtes Kleid. Rasch lege ich mir im Badezimmer noch ein wenig Make-up auf und ziehe die passenden rot-goldenen Pumps dazu an. Kurz bevor die anderen eintreffen, richte ich noch ein paar Snacks her und stelle den Wein bereit.

Der Erste, der eintrudelt, ist Richard, gleich darauf Sina. Luc und Jana kommen zusammen und sind die letzten. Wolfgang und Tina treffen wir erst im Club, auch er hat zugesagt. Wir unterhalten uns alle und trinken Wein. Luc hat sich den Platz neben Sina gesichert und ist in ein Gespräch mit ihr vertieft. Die zwei würden ein perfektes Pärchen abgeben.

»Die beiden passen gut zusammen.« Jana hat sich neben mich gestellt und schaut wie ich den beiden zu, wie sie sich unterhalten.

»Ja. Vielleicht wird es ja was zwischen ihnen«, sage ich und zucke mit meinen Schultern.

»Dir geht es gut?«, fragt sie mich nach einer Weile.

»Ja danke. Und dir? Freust du dich schon auf morgen? Auf das Date?«, lenke ich ab und zucke spielerisch mit den Augenbrauen. Morgen hat sie ihr Date mit Aaron. Ich wäre jetzt schon ein Nervenbündel, sie aber hat, wie immer, alles voll im Griff.

»Und wie. Hoffentlich ist er auch so, wie er schreibt. Denn wenn man von den Nachrichten und den Telefonaten ausgeht, ist er eine Granate im Bett.«

»Oh Gott, Jana. So genau will ich das nicht wissen«, quieke ich und verziehe spielerisch angewidert den Mund. Alle Details muss sie mir nun wirklich nicht sagen.

Dank meiner besten Freundin wandern meine Gedanken erneut zu Mike. Ich denke an das, was er mir über SMS geschickt hatte. Seine Nachrichten alleine haben in mir die pure Lust erweckt. Allein, wenn ich daran denke, sehnt sich mein ganzer Körper nach ihm. Was hat er nur mit mir gemacht?

Ich muss zugeben, ich vermisse ihn. Sehr. Diese Funkstille treibt mich noch in den Wahnsinn. Wenn ich nur wüsste, was ich angestellt habe. Die letzten Tage bin ich immer wieder den Morgen, an dem wir zusammen gefrühstückt haben, und die Nacht davor durchgegangen. Aber nichts, rein gar nichts ist mir dabei aufgefallen. Gestern war ich sogar kurz davor, zu ihm ins Hotel zu fahren, habe es dann doch gelassen. Ich kann auch niemanden fragen, denn niemand weiß über Mike und mich Bescheid. Ob er vielleicht genug von mir hat? Vielleicht war ich ja nur ein kurzer Zeitvertreib?

»Hallohoo?«, höre ich jemanden sagen. Eine Hand wedelt vor meinem Gesicht herum und dann erblicke ich erst den Mann vor mir. Irritiert schaue ich ihn an.

»Fahren wir los? Das Taxi wartet«, fragt Luc mich. Ich habe gar nicht bemerkt, dass ich so vertieft in meine Gedanken war.

»Ja natürlich«, antworte ich ihm und trinke den letzten Schluck Wein aus meinem Glas. Bis auf Luc und ich ist keiner mehr in der Wohnung, also sind die anderen schon nach unten gegangen. Er reicht mir die dünne Jacke und die Tasche und zusammen verlassen wir dann die Wohnung. Mittlerweile habe ich die Hoffnung schon aufgegeben, Mike heute noch zu sehen.

Vor dem Clubeingang warten Tina und Wolfgang auf uns. Mein Chef hat seinen Arm um Tinas Taille gelegt und unterhält sich mit John. Es schaut so aus, als wäre zwischen den beiden wieder alles gut. Perfekt, dann steht dem Abend nichts mehr im Wege.

»Hey ihr Turteltauben«, jodelt Jana zu den beiden hinüber. Wolfgang und Tina kommen uns entgegen und begrüßen uns. Eine riesige Menschenmenge steht vorm Club und wartet auf den Einlass. Nur gut, dass wir nicht warten müssen.

»Hey John«, begrüßen Jana und ich den Türsteher im Chor.

»Hallo Ladys«, erwidert er und lässt uns durch die Absperrung, ein Kollege von ihm öffnet uns die Tür. Hinter uns beschweren sich die anderen lautstark darüber, dass wir vorgelassen werden. Es hat nur Vorteile, wenn man mit den Türstehern bekannt ist.

»Wie wär´s? Gehen wir in den VIP-Bereich? Die Männer zahlen«, schlägt Luc uns Mädels vor und legt die Arme über Richards und Wolfgangs Schulter. Die darauf zu lachen beginnen.

Noch bevor ich mich versehe, haben die Männer tatsächlich eine Loge ergattert. Wir werden zu der vordersten Nische geführt und haben den besten Blick über die Disco. Während es sich die anderen auf den schwarzen Ledersofas bequem machen, stehe ich am Geländer und lasse den Blick über die Menschenmenge schweifen. Musik dröhnt aus den Boxen, Männer und Frauen tanzen auf der Tanzfläche, andere wiederum stehen nur in der Gegend herum oder warten an der Bar auf ihre Drinks. Heute ist wegen der DJs mehr los als sonst. Ich setze mich zu den anderen, die sich blendend unterhalten. Sina und Luc scheinen sich sehr gut zu verstehen. Beiden würde ich es gönnen.

Obwohl ich mich bemühe, keinen weiteren Gedanken an Mike zu verschwenden, mache ich es doch. Wieso kann ich es nicht einfach abstellen? Gibt es irgendwo einen Ausschalter, den ich leider nur noch nicht gefunden habe? Schön wär's. Mit einem kurzen Seufzer lehne ich mich zurück.

Eine knapp bekleidete Kellnerin kommt mit einem vollen Tablett in unsere Nische. Einer der Männer hat anscheinend schon vorgesorgt und für uns Mädels Cocktails bestellt. Die Kellnerin überreicht mir einen Cosmopolitan. Um nicht noch mehr an diese eine gewisse Person zu denken, wende ich mich an meine beiden Freundinnen, Tina und Jana unterhalten sich gerade über die neuesten Modetrends, ein typisches Frauenthema halt. Bestimmt werden sie mich ablenken.

»Zeit zum Anstoßen, Mädels!«, schreit Sina laut, damit wir sie hören, und hält uns ein Tablett vor die Nase. Darauf befinden sich insgesamt acht Schnapsgläser mit einer klaren Flüssigkeit und jeweils einer Zitrone darauf.

Oh Gott, Tequila, Igitt! Wie ich dieses Getränk hasse. Trotzdem nehme ich beide Gläser vom Tablett. Ich will ja keine Spielverderberin sein.

»Beide hintereinander und dann geht´s ab auf die Tanzfläche«, schreit sie uns nochmals entgegen. Sina macht den Anfang und kippt den ersten Tequila hinunter und wir tun es ihr nach, gefolgt vom zweiten. Die Flüssigkeit rinnt meine Kehle hinab und hinterlässt einen scheußlichen, brennenden Geschmack. Erst nach dem zweiten Glas beißen wir in die Zitronen. Wie auf Kommando verziehen wir gleichzeitig angewidert den Mund. Wolfgang, Richard und Luc brechen wegen unseres Gesichtsausdrucks in schallendes Gelächter aus, und auch wir steigen mit ein.

»Auf geht´s Mädels!«, Sina hüpft auf, nimmt meine Hand und zieht mich in Richtung Tanzfläche hinunter, dicht gefolgt von Tina und Jana. Nachdem wir den VIP-Bereich verlassen haben, müssen wir uns an mehreren Männern und Frauen vorbeischlängeln, jedoch verliert Sina unser Ziel nicht aus den Augen. Gerade als wir die Fläche betreten, ertönt aus den Boxen ein richtiger Partysong. Die Menge flippt aus und reißt uns mit. Ich lasse mich von dem Beat leiten und bewege die Hüften dazu. Gebe mich ganz dem Gefühl hin, lasse den Gedanken freien Lauf und genieße einfach den Moment mit meinen engsten Freundinnen auf der Tanzfläche.

Wir tanzen Lied nach Lied ab, lachen und haben Spaß, so als wäre es unser letzter Abend zusammen. So viel getanzt habe ich schon lange nicht mehr. Als einer meiner liebsten Remixes ertönt, bin ich hin und weg. Der DJ spielt ganz nach meinem Geschmack. Ich schließe die Augen, um den Takt besser zu fühlen, bewege mich rhythmisch zur Musik dazu, konzentriere mich nur auf mich selber und blende alles vollkommen aus. Doch als ich merke, wie sich langsam die Luft verändert und ein gewisses Knistern zu spüren ist, weiß ich mit einem Mal, Mike ist hier.

Sofort bin ich aufgeregt und das wohltuende Kribbeln durchfährt meine Nerven. Ich öffne die Augen, die automatisch zu unserem Bereich wandern, und da steht er. Mike in voller Pracht. Mit beiden Händen an das Trenngeländer gestemmt durchsucht er die Menschenmenge, bis er mich endlich gefunden hat. Allein sein Anblick erweckt das Feuer in mir. Obwohl wir mehrere Meter voneinander getrennt sind, schauen wir uns tief in den Augen. Mein Atem kommt prompt stockender. Einen kurzen Moment erscheint auf seinen Lippen ein leichtes Lächeln und das reicht, um meine Knie zu Butter werden zu lassen. Die Freude in mir breitet sich immer mehr aus. Endlich habe ich ihn wieder. Nach so einer langen Funkstille sehne ich mich viel mehr als sonst nach ihm. Oh Gott, wie sehr ich ihn vermisst habe.

So gut es geht, bemühe ich mich, weiterzutanzen, und wende den Blick von ihm ab, ich will nicht, dass die anderen etwas mitbekommen, schaffe es jedoch nicht, standhaft zu bleiben. Immer wieder erwische ich mich dabei, wie meine Augen zu der Stelle wandern, an der er noch kurz davor stand.

Jana ist nach einem weiteren Lied die Erste, die einlenkt und sagt, dass sie genug vom Tanzen habe.

»Endlich!«, ist das Einzige, was mir dazu einfällt. Nur dank der lauten Musik kann mich keiner hören. Gemeinsam drängen wir uns durch die Menschenmenge zurück zu dem gemieteten Bereich. Oh Gott. Die Vorfreude auf Mike wird immer größer und größer. Gleich bin ich bei ihm. Gleich kann ich ihn berühren, auch wenn es nicht so ist, wie ich es mir eigentlich wünsche. Noch nicht, ruf ich mir in Erinnerung.

Der Mann, der den Eingang nach oben bewacht, öffnet für uns die Absperrkordel und lässt uns durch.

Noch vier Stufen.

Drei.

Zwei.

Eins.

Doch als ich ihn erblicke, bleibe ich abrupt stehen und breche in tausend Einzelteile auseinander. Ich kneife die Augen zusammen in der Hoffnung, mich versehen zu haben, aber als ich sie wieder öffne, werde ich eines Besseren belehrt. Neben Mike sitzt eine blonde Schönheit. Der Traum aller Männer. Sie küsst ihn gerade am Hals und ihre Hand spielt mit seinen Haaren. Ihr Bein ist über seines gelegt.

Nein ... Nein, nein, nein ... WARUM?

Obwohl seine Augen nur auf mich gerichtet sind, macht er rein gar nichts, damit sie aufhört. Wie kann er das nur tun? Ich merke, wie sich Tränen aufbauen, die ich so gut es geht wegblinzle. Hat er mir nicht vor Kurzem gesagt, dass er mich will? Warum ist er dann mit einer anderen hier? Warum tut er das? Meine Gedanken fahren Achterbahn und mit jeder Sekunde, die vergeht, bricht ein weiterer Teil in mir zusammen.

»Kommst du, Sophie?«

Endlich reiße ich meine Augen von ihm und dieser Schönheit los. Jana schaut mich fragend an, sie will anscheinend zu den anderen. Ich jedoch kann nicht. Ich kann mich jetzt nicht einfach neben ihn setzen und so tun, als wäre es mir egal. Denn das ist es nicht. Der Schmerz ist viel zu groß und spätestens dann würde der Damm brechen und die Tränen rollen. Ich brauche einen Drink, einen starken. Einen, der den Schmerz in mir ein wenig betäubt.

»Gehen wir an die Bar!«, rufe ich ihr zu. Es war mehr eine Aufforderung als eine Bitte. Noch bevor sie antworten kann, schiebe ich sie schon in Richtung Tresen.

»Was ist denn los?«, fragt sie mich irritiert.

»Nichts«, antworte ich ihr und erzwinge mir ein Lächeln. »Viermal Tequila bitte!«, schreie ich dem Mann hinter der Bar zu. Janas Blick ignoriere ich. Ich brauche das jetzt einfach. Ich muss den Schmerz in meiner Brust irgendwie lindern. Gott, tut das weh. Es fühlt sich so an, als würde mir jemand das Herz rausreißen, auf den Boden schmeißen und darauf herumtreten.

Der Barmann stellt die vier Schnapsgläser vor uns hin. Beide Tequila-Gläser kippe ich runter, als wäre es Wasser. Diesmal stört mich der widerliche, brennende Geschmack nicht, ganz im Gegenteil, ich heiße ihn herzlichst willkommen. Und obwohl ich nicht zu Mike schaue, spüre ich, wie er mich fokussiert. Ich versuche es zu ignorieren und konzentriere mich auf Jana, die wirklich mehr als irritiert ist, trinkt aber dennoch ihre beiden Tequila-Gläser aus.

»Gehen wir jetzt zu den anderen?«, quengelt sie nach einer Weile. Obwohl der Schmerz nach wie vor noch da ist, weiß ich, dass wir zu den anderen müssen. So ungern ich auch will. Zur Bestätigung nicke ich, hole nochmals tief Luft und unterdrücke so gut es geht den Schmerz. Als ich an Mike vorbeigehe, ignoriere ich ihn voll und ganz. Neben Tina nehme ich Platz und beginne ein Gespräch mit ihr.

Um drei Uhr in der Früh verabschieden sich die ersten. Wolfgang und Tina haben anscheinend schon genug und gehen nach Hause. Die ganze Zeit über habe ich Mike ignoriert, was schwer war, denn die Anziehungskraft ist trotz des Blondchens neben ihm deutlich spürbar. Mehrmals habe ich mich gefragt, wer das wohl ist, und mittlerweile will ich es einfach nur noch wissen.

»Weißt du, wer das ist?«, frage ich Luc. Er ist mein einziger Hoffnungsschimmer. Er wird es mir sagen. Nein, er MUSS es mir sagen.

»Wer? Sarah?« Gut, nun weiß ich wenigstens, wie der Name von Blondchen ist.

»Ja.«

»Mikes Freundin«, antwortet er mir und wendet sich dann wieder Sina zu.

WAS? Mike hat eine Freundin? NEIN! Lucs Antwort trifft mich so stark, sodass ich mich auf die Couch zurücksinken lassen muss. Vorher dachte ich noch, der Schmerz in meiner Brust kann nicht stärker werden, doch mit dieser Antwort wurde ich eines Besseren belehrt. Ich fixiere die beiden und kann es einfach nicht fassen. Mikes Freundin. Er hat eine Freundin. Und erst jetzt wird mir wirklich klar, was dieser Schmerz zu bedeuten hat. Ich bin in Mike verliebt.

Die Antwort von Luc spielt in meinem Gehirn auf und ab wie ein hängen gebliebener Plattenspieler. Und die Tränen, die ich bis jetzt erfolgreich unterdrücken konnte, wollen nun über mich kommen, mehr denn je suchen sie das Freie. Ich muss hier raus. Einfach weg von Mike und diesem Blondchen. Rasch schnappe ich meine Tasche und verabschiede mich von den anderen.

»Bleib doch noch. Bitte!«, bettelt Jana. Aber ich kann nicht, ich kann den Anblick der beiden nicht mehr ertragen, es geht einfach nicht mehr.

»Ich bin müde und die Schuhe bringen mich um«, lüge ich, küsse sie zum Abschied auf die Wange und wende mich von ihr ab. Ich weiß jetzt schon, dass sie Fragen stellen wird, was mir zu diesem Zeitpunkt wirklich egal ist.

Ich beeile mich und dränge mich so schnell es geht zum Ausgang. Der Club ist noch immer ziemlich voll, also komme ich langsamer voran, als mir lieb wäre. Beim Ausgang angekommen, öffnet mir John die Tür und lässt mich hinaus. Die frische Luft schlägt mir ins Gesicht und ich lasse die ersten Tränen über meine Wangen kullern. Verwirrt schaue ich mich nach einem Taxi um, finde jedoch keines. Na toll. Immer wenn man es am dringendsten benötigt. In der Handtasche krame ich nach dem Handy, wähle die Nummer des Taxiunternehmens und bestelle mir ein Taxi.

»Sophie!«, höre ich Mike von Weitem rufen. Bei dem Klang seiner Stimme bricht ein weiteres Stück von meinem Herz ab. Wieso habe ich mich auch in ihn verliebt? Ich wusste ja, dass er nichts für mich ist und trotzdem habe ich mich auf ihn eingelassen.

Hastig wische ich mir die Tränen weg. Mike kommt auf mich zu, schneller als ich von ihm wegkommen kann, und holt mich ein. Er stellt sich genau vor mir hin und hält mich auf. Ich versuche zwar auszuweichen, hab gegen ihn aber keine Chance.

»Sophie, bitte«, fleht er und streckt seine Hand aus, um mich zu berühren.

»Nein!«, schluchze ich und weiche zurück. Wenn ich das jetzt zulasse, zerbreche ich ganz.

»Es ist nicht so, wie du denkst. Bitte, Sophie.« Natürlich nicht. Ist es das denn nie? Der Standardspruch jedes Mannes. Mehr als ein Kopfschütteln bekomme ich nicht zustande. Vor meinen Augen spielt sich alles nochmals ab. Blondchen spielt mit seinen Haaren. Blondchen küsst ihn. Blondchen schmiegt sich an ihn. Sie konnte alles tun, was ich wollte.

Mir wird übel.

»Bitte, Sophie. Schau mich an. Nur einmal. Ich kann ...«, fleht er weiter. Ich höre die Qual aus seiner Stimme. Doch ich kann es nicht. Ich kann ihn nicht anschauen, zu groß ist der Schmerz, an dem er schuld ist.

Da ich meiner Stimme nicht traue, gebe ich ihm keine Antwort. Im Augenwinkel bemerke ich, wie das bestellte Taxi vorfährt. Gott sei Dank. Noch nie wollte ich so sehr weg von ihm wie in diesem Moment, und gleichzeitig sehne ich mich nach ihm. Ich befinde mich mitten in einem Teufelskreis.

Das Taxi hält am Straßenrand. So schnell es die hohen Schuhe zulassen, gehe ich hin. Mike folgt mir, will mich aufhalten, aber ich ignoriere ihn. Ich greife nach dem

Türgriff, öffne sie und gleite auf die Rückbank. Noch bevor er etwas sagen kann, schlage ich die Tür zu und gebe dem Taxifahrer die Adresse meiner Wohnung. Kurz bevor der Wagen losfährt, blicke ich aus dem Fenster, direkt in seine Augen und dann ist er auch schon weg. Endlich kann ich den Druck loslassen und die Tränen laufen lassen. Mir ist ganz egal, dass ich nicht alleine bin.

Sobald ich in meiner Wohnung ankomme, gehe ich als Erstes zum Kühlschrank. Aus dem Tiefkühlfach hole ich einen Behälter mit Schokoladen-Vanilleeis heraus, schnappe mir noch einen Löffel aus der Schublade und verkrieche mich dann auf die Couch. Die ganze Fahrt über habe ich geweint wie ein Schlosshund und auch jetzt sitze ich wie ein Häufchen Elend da. Gut dass die Taschentücher nicht weit weg sind.

Ich kann es einfach nicht glauben. Warum? Warum hat er das gemacht? Wie konnte er mir das antun? Wie konnte er mit mir was anfangen, obwohl er in einer Beziehung ist? Ich verstehe das alles nicht.

Dicke Tropfen laufen an meiner Wange hinunter, aufhalten wäre zwecklos, ich würde es sowieso nicht schaffen. Ich bin zutiefst verletzt, verletzt darüber, wie er mich so benutzen konnte. Ob sie von mir weiß? Wohl kaum. Aber wieso hat er sie mitgebracht? Wollte er mir damit etwas beweisen?

Automatisch fahre ich mit dem Löffel in den Eisbehälter und dann direkt in den Mund. Frustessen, ist das nicht das beste Mittel gegen Liebeskummer? Warum hilft es dann nicht? Ich lasse das Eis in meinem Mund zergehen, bis es meine Kehle hinabrinnt. Die Bilder von den beiden erscheinen wieder vor meinen Augen, so sehr ich auch versuche, sie zu verdrängen. Doch sie sind wie in meinen Kopf gebrannt. Blondchen verschwindet einfach nicht und quält mich bis aufs Letzte.

Wie konnte ich mich nur in ihn verlieben? In dieser kurzen Zeit. So was war bei mir noch nie. Aber bei Mike war alles anders. Er war anders. Er hat mich aus dem tiefen Loch herausgeholt und mir geholfen, ins Leben zurückzufinden. Mike hat mir das Gefühl gegeben, begehrt zu werden und sexy zu sein. Er weckt in mir Gefühle, die ich noch nie gefühlt habe.

War ich wirklich so blind, dass ich nichts gemerkt habe? Er selbst hat gesagt, dass er mich will, aber warum, wenn er vergeben ist? Fragen über Fragen, die ich mir selbst stelle. Nur die passende Antwort fehlt mir dazu.

Zum gefühlten hundertsten Mal wandert der Löffel in den Eisbehälter und dann wieder zu meinem Mund. Taschentücher liegen auf dem Boden. Noch nie habe ich wegen eines Mannes so stark geweint. Noch nie habe ich wegen eines Mannes so gelitten. Warum also jetzt? Weil du, Hals über Kopf, in diesen Mistkerl verliebt bist, sagt mir mein gebrochenes Herz.

Ich frage mich, ob das alles gespielt war? Der Ausflug, als ich ihm Graz gezeigt habe. Seine Überraschung mit dem Picknick. Hat er das tatsächlich alles nur gemacht, um mich ins Bett zu bekommen? Anscheinend! Bestimmt ist das seine Masche und er macht es bei jeder Frau, die er für den Zeitvertreib will. Für einen kurzen Moment verwandelt sich der Kummer in Wut. Ich greife nach einem Kissen und werfe es durch die Wohnung. Das stumpfe Geräusch, als es gegen die Wand schlägt, beruhig mich nicht und ich wiederhole es mit zwei weiteren Kissen. Dann ist der Kummer wieder zurück.

Die restliche Nacht verbringe ich auf meiner Couch. Ich verbrauche meinen gesamten Taschentuchvorrat und esse das Eis auf. Irgendwann schlafe ich dann vor Erschöpfung ein.

ELF

Tack, tack, tack.

Oh Gott was ist das? Was klopft den da so?

Tack, tack, tack.

Dieses Klopfen soll aufhören, es verursacht Kopfschmerzen. Ich drehe mich auf die andere Seite. Vielleicht ist es dann besser.

Stille, so ist es gut. Mein Kopf spielt nur ein bisschen verrückt. Im Halbschlaf kann man sich schon mal was einbilden. Vage spüre ich an der Hand etwas vibrieren, reagiere jedoch nicht darauf. Das ist alles nur Einbildung.

Tack, tack, tack.

»Sophie!«, ruft jemand. Träume ich? Ich kenne die Stimme, kann sie jedoch nicht zuordnen. Für einen kurzen Moment ist es wieder still, bis ich ein Rascheln wahrnehme. Wieder reagiere ich nicht. Kurz darauf packt mich jemand an den Schultern und rüttelt leicht daran. Oh Gott. Ich will doch nur schlafen.

»Sophie, wach auf«, sagt eine männliche Stimme. Diesmal weiß ich, wem sie gehört. Das ist Lucs Stimme.

»Warum? Was ist denn los?«, erkundige ich mich schlaftrunken.

»Das sollten wir dich besser fragen.« Diesmal ertönt dieselbe Stimme wie vorher. Jana ist auch da. Langsam öffne ich die Augen, lasse sie aber zu einem schmalen

Schlitz zusammengekniffen. Das helle Licht vom Fenster hindert mich, sie ganz aufzumachen. Trotzdem erkenne ich die zwei Köpfe, die über mich gebeugt sind. Besorgt mustern sie mich. Irgendwann haben sich meine Augen an das Licht gewöhnt und ich kann sie ganz aufmachen.

Luc hilft mir, mich aufrecht hinzusetzen. Oh verdammt. Die Kopfschmerzen machen sich deutlicher bemerkbar. Links und rechts neben mir haben die beiden Platz genommen. Am Anfang bin ich etwas verwirrt, bis ich den leeren Eisbehälter und die vielen Taschentücher um mich herum sehe. Sofort erscheint ein Bild vor meinen Augen und ich erinnere mich an alles. Mike. Er und dieses Blondchen.

Meine besten Freunde geben mir die Zeit, die ich brauche. Hörbar atme ich ein und aus, um nicht wieder in Tränen auszubrechen. Wie konnte es nur so weit kommen?

»Ich komme gleich«, sage ich mit zittriger Stimme. Taumelnd stehe ich auf, muss kurz mein Gleichgewicht wiederfinden und gehe dann ins Bad. Mein Anblick im Spiegel erschreckt mich fast zu Tode. Die Frau im Spiegel sieht aus, als hätte sie mindestens drei Tage durchgemacht. Kaum zu glauben, dass ich das bin. Das rote Kleid, das ich immer noch anhabe, ist total zerknittert und verrutscht, aber das ist das kleinstes Problem. Meine Augen sind röter als das Kleid und die Wangen sind schwarz von der Wimperntusche. Ich kneife meine Augenlider zusammen und hoffe, es ist nur ein Traum. Aber das ist es nicht.

Am liebsten würde ich die Zeit zurückdrehen, ganz weit zurück. Dahin, wo noch alles in Ordnung war. Dorthin, wo mein Leben noch nach Plan lief. Wieder schaue ich mich im Spiegel an. Oh Gott, ich sehe aus wie ein Junkie auf Entzug.

Ich setze mich auf den Badewannenrand. Meine Beine sind so weich wie Butter und ich beginne heftig zu zittern. Wie dumm bin ich eigentlich? Wie konnte ich mich nur in Mike verlieben? Mit der Handfläche schlage ich mir leicht auf die Stirn, höre aber sofort wieder auf. Kopfschmerzen plagen mich.

»Sophie?« Jana steht hinter der geschlossenen Tür und klopft leise an. Die Besorgnis in ihrer Stimme ist deutlich zu erkennen.

»Ich komme. Zwei Minuten. Ich ... zieh mich nur schnell an«, antworte ich ihr. Rasch reinige ich mir das Gesicht und ziehe mir meine Leggins sowie das übergroße T-Shirt an.

Einige Minuten später bin ich wieder bei Luc und Jana im Wohnzimmer. Gegenüber, auf dem Hocker, habe ich Platz genommen und beide warten, bis ich anfange zu reden. Abwimmeln lassen sie sich nicht mehr, das ist mir klar. Zugegebenermaßen ist mir nach reden und ich glaube, jetzt ist der beste Zeitpunkt dafür. Das alles, was in der letzten Zeit passiert ist, kann und will ich nicht mehr verheimlichen. Es geht einfach nicht mehr. Trotzdem habe ich Angst davor, dass sie gleich reagieren wie Stefan und einfach abhauen. In Gedanken sortiere ich alle Ereignisse der letzten Zeit. Keine Ahnung, mit was ich anfangen soll. Am besten ganz am Anfang. Bevor ich zu reden beginne, hole ich nochmals tief Luft.

»Ich kann keine Kinder bekommen.« Luc reißt seine Augen auf und Jana schnappt nach Luft. Beide wissen, wie sehr ich mir Kinder wünsche und was das für mich zu bedeuten hat. Schon immer wollte ich jung Mutter werden, früh eine Familie gründen und in Stefan hatte ich den perfekten Partner gefunden. Auch er wollte Kinder.

Jana will etwas sagen, aber ich unterbreche sie, indem ich meine Hand hebe. »Bitte lass mich fertig erzählen, sonst ... Ich weiß nicht, ob ich noch einmal von vorn anfangen kann«, schluchze ich. Eine einzelne Träne rollt mir über die Wange. Zur Bestätigung nicken sie und Luc mir zu. Also hole ich erneut tief Luft und rede dann weiter.

»Könnt ihr euch noch erinnern, als ich vor ungefähr drei Monaten starke Bauchschmerzen hatte?« Ich weiß, dass sich Jana sehr gut daran erinnern kann. Sie war die ganze Zeit bei mir. Stefan musste damals wegen seines Jobs nach Deutschland und weil es mir wirklich schlecht ging, ist sie in der Zeit bei mir geblieben. Mit Luc hatte ich damals nur einmal geskypt, aber auch er erinnert sich. »Der Hausarzt und ich dachten, es wäre eine üble Grippe. Ich hatte ja auch Fieber. Jedoch lagen wir wirklich falsch. Später hatte ich dann die halbjährliche Kontrolle beim Frauenarzt. Stefan und ich hatten beschlossen, dass ich die Pille absetze. Wir wollten beide ein Kind. Dr. Slag hat mich dann aufgeklärt, und als er mich untersucht hatte, entdeckte er etwas auf dem Ultraschall. Am Anfang dachte auch er, es wäre bestimmt nichts, über was wir uns Sorgen machen mussten, schrieb mir aber sicherheitshalber eine Überweisung ins Krankenhaus. Er erklärte mir, dass es eine kleine Operation geben werde, und klärte mich über alles auf.« Mit dem Handrücken wische ich mir meine Tränen weg. Ich brauche eine kurze Pause, bevor ich weitererzähle. Für mich ist es nicht leicht, darüber zu reden, und das hört man meiner Stimme auch an. Mein Blick ist auf den Boden gerichtet. Ich kann den beiden einfach nicht in die Augen schauen. Zu groß ist die Angst, das Gleiche darin zu sehen wie damals in Stefans Augen.

»Alles lief planmäßig. Ich bekam rasch einen Termin für die Operation. Der Arzt meinte nur, dass er auch gleich die Durchgängigkeit prüfen will. Da es nur ein Eingriff von einer halben Stunde war und ich es für nichts Großes hielt, genauso wie Dr. Slag, erzählte ich keinem davon, außer Stefan natürlich. Zudem sagte der Arzt, ich dürfe am nächsten Tag nach Hause. Nach der Operation kam der Chirurg zu mir und informierte mich über den Eingriff. Durch seine fachmännischen Ausdrücke verstand ich nur Bahnhof. Mein Frauenarzt kam dann auch zu mir und klärte mich ganz auf.« Ich muss mich echt zusammenreißen, damit mich Jana und Luc verstehen. Mittlerweile schluchze ich nur so dahin, aber ich rede weiter, ich will es einfach hinter mich bringen. »Er sagte mir, dass der rechte Eierstock mit einfachen Worten komplett tot sei und er daher keine Funktion mehr habe. Bei der linken Seite war die Durchgängigkeit nicht so gegeben, wie es eigentlich sein sollte. Er meinte, eine Schwangerschaft ist zu fünfundneunzig Prozent ausgeschlossen. Ich wollte das nicht wahrhaben, also fragte ich ihn nach der Ursache. Er fragte mich dann, ob ich vor dem Termin vermehrt Bauchschmerzen hatte oder mir etwas in der Bauchregion komisch vorgekommen sei. Ich erzählte ihm dann von der Grippe. Wir gingen gemeinsam die ganzen Symptome durch. Schlussendlich meinte er, dass dies wahrscheinlich keine Grippe war, sondern eine sehr starke Entzündung im Unterleib und das auch die Ursache dafür war. Aber weil ich kein Blutbild von damals hatte, konnte er es mir auch nicht mit Sicherheit sagen. Ich ... mein Unterbewusstsein weiß aber, dass es deswegen war.«

Als ich einen kurzen Blick zu Luc und Jana riskiere, sehe ich, wie sie mit mir mitleiden, und in diesem Moment weiß ich, die beiden werden nicht wegrennen. Sie werden an meiner Seite bleiben und mich weiterhin lieben, so wie sie es schon immer getan haben. Ich hole mehrmals Luft und versuche, die Tränen im Zaum zu halten, dann rede ich weiter.

»Ich musste für weitere Untersuchungen im Krankenhaus bleiben, um weiteres auszuschließen. Nachdem ich es Stefan erzählt habe, besuchte er mich täglich im Krankenhaus. Jedoch merkte ich, wie sehr er sich in den wenigen Tagen von mir distanzierte. Am vierten und letzten Tag hatten wir ausgemacht, dass er mich abholt und nach Hause bringt. Er kam aber nicht. Am Anfang dachte ich, er wäre in einem Meeting hängen geblieben, also fuhr ich mit dem Taxi heim. Aber als ich dann hier ankam, lag ein Brief auf dem Esstisch und seine ganzen Klamotten waren weg.« Ich stehe auf und gehe zum Bücherregal. Ich hole den Brief aus der Schublade und reiche ihn Jana, bevor ich mich wieder auf den Hocker setze. Beide beobachte ich, als sie das Geschriebene lesen. In dem Brief steht, wie sehr es ihm leidtue, er aber immer eigene Kinder haben wolle. Dass er mich zwar immer noch liebe, jedoch so nicht weitermachen könne. Es fiele ihm schwer, es zu akzeptieren und ... und ... und ... Obwohl ich mit Stefan abgeschlossen habe, schmerzt der Brief immer noch.

Luc ist der Erste, der wieder aufblickt, in seinen Augen lese ich nicht nur das Mitgefühl, sondern auch Wut und Liebe. Er lehnt sich nach vorn, nimmt meine Hand und streichelt mit seinem Daumen meinen Handrücken.

»Du hättest zu uns kommen können. Warum hast du denn nichts gesagt?«, will er wissen. Auch Jana schaut mich jetzt fragend an.

»Ich konnte nicht. Ich ... Ich hatte solche Angst. Stefan hat mir immer wieder gesagt, wie sehr er mich lieben würde, und ist danach einfach abgehauen. Keine Ahnung, ich dachte ihr lasst mich ebenfalls im Stich. Jetzt weiß ich, dass es Unsinn war, aber ich hatte immer diese Träume, die mir einredeten, dass es so kommen wird. Ein Mann schlug auf mich ein, so als wollte er damit sagen, ich wäre nutzlos«, gebe ich kleinlaut zu. »Seitdem fühle ich mich nicht mehr als Frau. Mir wurde was Wichtiges genommen. Und der Mann ... aus meinem Traum stärkte es auch noch.« Ausgesprochen hört es sich tatsächlich falsch an. Ich hätte nie an ihrer Liebe zu mir zweifeln dürfen.

»Ach Sophie. Wir würden dich nie im Stich lassen. Du bist unsere Freundin. Wir kennen uns schon so lange, haben immer zusammengehalten, egal, was war. Und das wird auch weiterhin so bleiben«, sagt Jana und umarmt mich. »Und du bist immer noch eine Frau. Die Stärkste, die ich kenne. Bestimmt kann man es behandeln«, sagt sie während der Umarmung. Als Antwort schüttle ich den Kopf. Dr. Slag hat von Anfang an Klartext gesprochen, er wollte mir keine Hoffnungen machen. Es wäre ein medizinisches Wunder, wenn es anders kommen würde.

Mein bester Freund schimpft derweil über Stefans Verhalten. Man merkt, welche Wut er auf ihn hat und das macht mir ein wenig Angst. Wie wird er auf das Geständnis mit Mike reagieren? Da ich jetzt schon so viel offenbart habe, mache ich auch weiter. Um Lucs Zorn muss ich mich später kümmern.

»Das war noch nicht alles«, informiere ich beide. Langsam werden meine Tränen weniger. Die Liebe der beiden gibt mir die Kraft, die ich brauche. Jana lässt mich los und setzt sich wieder auf die Couch und ich fange an weiterzureden.

»Nachdem wir beide ausgegangen sind«, ich deute zwischen Jana und mir hin und her, »und wir dich und die anderen im Club trafen«, diesmal zeige ich auf Luc, »kam ich wieder aus meinem Schneckenhaus heraus.«

»Ja, das ist mir aufgefallen. Fand ich gut, dass du den Anstoß auf den Neuanfang so angenommen hast«, lächelt Jana. Ja, sie hat recht. Sie hat mir den Schubs in die richtige Richtung gegeben, aber alles Weitere hat Mike gemacht.

»Mhm, du bist oder besser gesagt, du warst nicht der einzige Grund.«

»Nicht?« Jana schürzt die Lippen und schmollt.

»Kannst du dich noch erinnern, als Mike dich nach meiner Adresse und Nummer gefragt hat?«, frage ich meine Freundin. Sie nickt und Luc hört weiterhin zu. »Er kreuzte am Sonntag dann bei mir auf. Wir haben zusammen was unternommen. Zum Abschluss sind wir dann etwas essen gegangen und hatten wirklich viel Spaß.« Der Gedanke daran lässt mich lächeln. Es war wirklich schön, aber bevor die beiden Fragen stellen können, rede ich weiter.

»Nach dem Essen sind wir dann rauf zum Uhrturm. Und na ja ... wir haben uns geküsst«, gebe ich zu. Sofort muss ich Luc anschauen, dessen Augen auf einmal riesig werden. Jana dagegen macht ein lang gezogenes »Uh« und ist mehr als begeistert. Luc ist nicht der gleichen Meinung, das sieht man ihm an. Wahrscheinlich, weil er weiß, dass er eine Freundin hat. Rasch quassle ich weiter.

»Eines führte zum anderen und wir landeten zusammen im Bett. Wir hatten dann beschlossen, etwas Lockeres zu führen, und trafen uns mehrmals. Die Momente mit ihm haben mich echt aus meinem Loch rausgeholt. Ach Gott, hätte ich gewusst, dass er vergeben ist, hätte ich das nie gemacht. Ich weiß erst seit gestern Bescheid, als du mir gesagt hast, wer die Blonde ist. Zu meinem Übel wurde mir im selben Moment klar, Gefühle für Mike zu haben. Ich hab mich in ihn verliebt, trotz der kurzen Zeit. Deswegen bin ich dann so schnell nach Hause. Und ja, jetzt sind wir hier.«

Ich reibe mir meine Augen, die sich wieder mit Tränen gefüllt haben. Die Last, die ich mit mir herumgetragen habe, fällt plötzlich von mir ab. Jetzt ist es raus. Jana und Luc wissen von der Diagnose und von Mike. Die Erleichterung durchfährt mich. Nun habe ich keine Geheimnisse mehr vor den beiden.

Wir quatschen noch etwas über die Untersuchungen im Krankenhaus, über Stefan und Mike, aber auch über Sina und Luc. Es scheint so, als wäre er richtig angetan von ihr. Zu Janas und meinem Bedauern hält er sich sehr bedeckt. Also nehme ich mir für Montag vor, Sina auszuquetschen. Mit der Frage, ob Jana schon aufgeregt sei, wimmelt er uns ab. Sie redet sofort los und man kann gar nicht dazwischenreden. So aufgeregt habe ich sie noch nie erlebt und das hat was zu bedeuten. Vielleicht ist es diesmal ja was Ernstes. Ich würde es ihr wünschen und Luc ebenso.

Irgendwann habe ich sie dann aus der Wohnung geschmissen. Luc musste mir noch versprechen, nichts wegen Stefan und Mike zu unternehmen, und ich habe ihm befohlen, Zeit mit Sina zu verbringen. Jana musste mir versprechen, sich komplett auf das bevorstehende

Date zu konzentrieren. Ich wünschte ihnen noch viel Spaß und dann war ich endlich alleine. Es ist schön zu wissen, zwei so wundervolle Menschen in meinem Leben zu haben, die immer für einen da sind und immer hinter mir stehen werden. Ich hätte nie daran zweifeln dürfen. Gut, dass jetzt alles raus ist.

Mittlerweile ist die Sonne untergegangen und die Nacht ist angenehm warm. Mit einer Tasse Kaffee und einem Buch habe ich es mir auf dem Balkon bequem gemacht. Jana hat mir vor Kurzem eine Nachricht geschickt, was für ein Traummann Aaron sei und dass alles in Ordnung sei. Somit brauche ich mir keine Sorgen zu machen und versuche, mich auf das Buch zu konzentrieren, lese allerdings mehrmals die gleiche Zeile oder weiß danach nicht, was ich eigentlich gelesen habe. Deswegen lege ich es nach wenigen Minuten wieder weg. Der Tag begann mit so vielen Emotionen und es hat wirklich gutgetan, als ich mit Luc und Jana geredet habe. Endlich wissen sie auch wegen Mike Bescheid.

Ob das Blondchen wohl bei ihm ist? Natürlich, sie ist seine Freundin. Oh Gott. Der Gedanke alleine reicht und es dreht sich mein Magen um.

Damit ich nicht noch mehr an ihn denke, beschließe ich, meine Mum anzurufen. Ich weiß, dass sie sich über den Anruf freuen wird. Unser letztes Telefonat ist viel zu lang her. Dass es meine Schuld ist, weiß ich. Hoffentlich stellt sie nicht zu viele Fragen. Obwohl ich heute Jana und Luc alles erzählt habe, bin ich bei meiner Familie noch nicht so weit.

»Hey Liebes«, ertönt ihre Stimme nach dem zweiten Mal klingeln.

»Hey Mum. Wie geht es dir?«

»Gut, gut und dir? Schön, dass du dich mal meldest.« Sie freut sich, man kann es deutlich an ihrer Stimme hören.

»Ja, ich weiß. Es tut mir leid. Aber jetzt habe ich ja angerufen. Mir geht es gut.«

»Sicher?«, hakt sie nach und ich verdrehe die Augen.

»Ja, Mum, wirklich. Mir geht es gut. Was gibt es Neues bei euch? Geht es Hannes gut?«, lenk ich ab.

»Alles beim Alten. Er ist nur ein wenig verkühlt.«

»Oje. Also ist er sterbenskrank?«, lache ich. Hannes ist mein Stiefvater. Er ist seit über zehn Jahren mit meiner Mutter zusammen. Und natürlich weiß ich, wie er ist, wenn er ein wenig verkühlt ist. Nämlich unerträglich.

»Kennst ihn ja. Er übertreibt wieder einmal«, lacht auch sie. »Wann kommst du mal wieder nach Hause? Du warst schon eine Ewigkeit nicht mehr hier«, will sie von mir wissen. Das stimmt, ich war tatsächlich schon lange nicht mehr zu Hause. Sofort bekomme ich Heimweh. Mum und auch mein Dad wohnen beide auf dem Land und ich vermisse die vertraute Umgebung. Ich presse die Luft aus und denke darüber nach, wann ich zu ihr fahren könnte, es fällt mir aber auf die Schnelle nichts ein.

»Hmm gute Frage. Zurzeit habe ich echt viel Arbeit. Aber so schnell wie möglich. Versprochen.«

»So, so, du gehst also wieder arbeiten?«, fragt sie ein wenig überrascht. Natürlich, das konnte sie ja nicht wissen. Woher denn auch.

»Ja seit dieser Woche«, antworte ich ihr kleinlaut und hab sofort ein schlechtes Gewissen.

»Gut, das freut mich. Ich habe gehört, Luc ist wieder da. Wie geht es ihm? Und Jana, wie geht es ihr? Kommt doch alle zusammen. Jetzt, wo das schöne Wetter beginnt, könnten wir im Garten grillen«, schlägt sie vor. Meine Mum behandelt Jana und Luc wie ihre eigenen Kinder.

Oft lädt sie die beiden zum Essen ein oder auch zu Familienfeiern.

»Denen geht es gut und ich werde mit ihnen reden wegen des Grillens. Bestimmt haben sie nichts dagegen. Du weiß doch, die beiden lieben dein Essen, besonders Luc«, lache ich wieder. Luc kann essen wie ein Mähdrescher und das Gemeine daran ist, ihm sieht man es nicht an, kein bisschen. Würde ich so viel essen wie er, wäre ich kugelrund.

»Dann gibst du mir Bescheid? Ich würde mich wirklich freuen.«

»Natürlich, Mum. Ich werde sie nächste Woche gleich fragen, sofern ich sie nicht früher sehe.«

»Liebes?«

»Ja?«

»Du weißt, du kannst immer zu mir kommen, wenn du reden willst, oder?« Sofort steigen mir Tränen in die Augen. Natürlich weiß ich das.

»Ja, ich weiß, Mum. Aber bitte gib mir noch Zeit. Ich hab dich lieb.«

»Ich dich auch, Sophie, ich dich auch. Ciao.«

»Ciao.«

Nachdem wir das Gespräch beendet haben, starre ich noch ein wenig auf das Handy. Beim Gedanken an Luc und das Essen muss ich lachen. Er liebt ihr Essen wirklich. Früher ist er nach der Schule oft mit mir nach Hause gegangen und hat bei uns gegessen. Er wollte nie sofort nach Hause, weil er seinen Großeltern so wenig Arbeit wie möglich machen wollte, zumindest sagte er das immer. Ich wusste allerdings, dass etwas anderes dahintersteckte.

Als Luc zehn Jahre alt war, verlor er seine Eltern bei einem tragischen Autounfall. Seitdem lebte er, bis er achtzehn wurde, im Haus seiner Großeltern. Meine Mutter wusste von dem Ganzen und sie kannte auch seine Eltern und Großeltern, von denen sie nicht besonders begeistert war. Warum, sagte sie mir nie und deshalb hatte sie nie was dagegen, wenn er mit mir mitkam. Spätestens, als er ihr Essen lobte, hatte sie ihn ins Herz geschlossen. Kochen ist ihre größte Leidenschaft. Für sie ist es kein Problem, für mehrere Leute gleichzeitig etwas vorzubereiten. Ich bin das komplette Gegenteil. Gut, ich kann kochen, wirklich. Aber bei mehr als vier Personen bekomme ich Panik. Der letzte Versuch endete im Restaurant. Gott sei Dank, denn sonst hätte ich wahrscheinlich keine Küche mehr. Schon allein bei der Erinnerung breche ich in Gelächter aus. In der Küche lag wirklich an den unmöglichsten Stellen Essen.

Plötzlich ertönt die Klingel in meiner Wohnung und vor Schreck zucke ich zusammen. Ich erwarte eigentlich keinen Besuch und bin etwas verwundert darüber, dass noch jemand so spät etwas von mir will. Wer das wohl ist? Vielleicht Luc? Oder Jana? Nein, die würden vorher anrufen. Vielleicht ist es ja einfach nur ein Nachbar.

Nichts ahnend öffne ich die Haustür, aber als ich sehe, wer es ist, zieht sich mein ohnehin kaputtes Herz schmerzvoll zusammen.

»Sophie«, sagt der Mann mit den wunderschönen Augen. Und der Funke springt aus unerklärlichen Gründen über. So gut es geht, ignoriere ich das Bedürfnis, mich in seine Arme zu schmeißen. Weil genau er für den Schmerz in meiner Brust verantwortlich ist.

»Was willst du, Mike?« Ich versuche, einen ernsten, abweisenden Ton beizubehalten.

»Lass es mich erklären. Bitte«, fleht er. Natürlich weiß ich sofort, auf was er hinauswill, und blocke ab. Es wäre reinste Zeitverschwendung.

»Es gibt nichts zu erklären, Mike. Du hast eine Freundin. Du hast mich benutzt und fertig mit der Geschichte.« Wieder spüre ich, wie die Tränen über mich kommen wollen.

»Nur fünf Minuten, Sophie. Bitte. Wenn du dann willst, dass ich gehe, mache ich es auch. Aber bitte, gib mir diese fünf Minuten«, fleht er mich weiter an. Ich mustere den Mann vor mir und erst jetzt sehe ich, wie zerknirscht er aussieht. Seine Augen sind mit einer leichten Röte umrandet, so als hätte er nicht geschlafen, und das sonst so perfekt rasierte Gesicht trägt einen Dreitagebart. Und obwohl mein Kopf Nein sagt, sagt mein Herz Ja. Also beschließe ich, ihm seine fünf Minuten zu geben, außerdem bin ich auf seine Erklärung wirklich gespannt.

»Du hast genau fünf Minuten«, sage ich zu ihm, drehe mich um und gehe ins Wohnzimmer. Mike folgt mir schweigend. Auf der Couch setze ich mich hin, ziehe meine Beine an die Brust, mit den Armen umschlinge ich sie und lege den Kopf auf die Knie. Er bleibt derweil stehen.

»Sophie, ich ... Herrgott noch mal.« Mit der Hand fährt er sich durch die perfekt zerzausten Haare und setzt sich in Bewegung. Meine Augen folgen dem auf und ab gehenden Mann in meiner Wohnung. Anscheinend sucht er nach den richtigen Worten. Nur gibt es die dafür überhaupt? Schlussendlich bleibt er am Fenster stehen.

»Als Erstes will ich gleich einmal klarstellen ... Sarah ist nicht meine Freundin.«

Was? Habe ich mich gerade eben verhört? Nicht seine Freundin? Aber? Mike deutet meinen Blick richtig und erklärt weiter. »Sarah und ich hatten nur was miteinander. Mehr nicht. Zwischen ihr und mir war nur Sex. Durch puren Zufall habe ich erfahren, dass sie jedem erzählt hat, wir wären zusammen. Was natürlich ein totaler Bullshit war und nach wie vor ist. Ich habe sie danach sofort zur Rede gestellt und das Ganze beendet. Sie ließ nie locker, kämpfte um eine zweite Chance, aber mir war es egal, ich wollte nicht mehr. Außerdem war sowieso geplant, dass ich Seattle verlasse und hierherziehe.«

Ich beobachte Mike, wie er aus dem Fenster starrt und erkenne sein Gesicht darin. Nach seiner Miene zu urteilen, ist er wütend. Wütend auf das, was Sarah gemacht hat, und gleichzeitig erkenne ich aber auch die Traurigkeit daraus.

Auf irgendeine Art und Weise verstehe ich Sarah, auch wenn ich nie irgendwelche Lügen verbreiten würde. Aber sie ist wahrscheinlich genauso gebrandmarkt wie ich. Sie ist für alle Männer nach Mike verdorben, denn sie wird wie ich alle mit ihm vergleichen und keiner würde an ihn rankommen.

»Luc und Richard denken auch, dass sie meine Freundin ist, natürlich hat sie es denen auch gesagt. Warum ich es nie richtiggestellt habe, weiß ich nicht. Ich dachte wahrscheinlich, dass es sich mit dem Umzug erledigen würde. Aber als ich in dieser Nacht zusehen musste, wie er es dir sagte, wusste ich, dass ich es ändern muss. Am liebsten wäre ich gleich aufgesprungen, konnte aber nicht. Dein Blick ... diese Verachtung in deinem Blick, den du mir zugeworfen hast, zerriss mich.« Mike hört auf zu reden und kommt auf mich zu. Mit hängenden Schultern lässt er sich neben mich fallen. »Ich wollte dich nie verletzen. Gott verdammt, das war das Letzte, was ich wollte.«

»Aber warum hast du es dann gemacht?«, frage ich ihn. Seit dem Zeitpunkt, an dem ich die beiden gesehen habe, stellte ich mir genau diese Frage. Wieder fährt er sich mit seiner Hand durch sein Haar, kneift die Augen zusammen und holt tief Luft. Innerlich wappne ich mich für das, was gleich kommen mag. Was wird er mir jetzt sagen? Er ist doch in sie verliebt? Oh Gott, bitte nicht. Als er zu reden beginnt, fühlt es sich an, als könnte ich nicht mehr atmen.

»Als ich bei dir übernachtet habe. Kannst ...« Er hält inne und ich sehe, wie er mit sich ringt.

»Sag es einfach, Mike«, dränge ich ihn. Ich muss es wissen. Ich kann einfach nicht anders.

»Du erinnerst dich bestimmt noch an das Auto, als du die Straße überqueren wolltest. Den Raser.« Ich nicke, natürlich erinnere ich mich daran. Der Verrückte hätte mich fast überfahren, aber was hat das eine mit dem anderen zu tun?

»Das war Sarah«, gibt er kleinlaut zu.

»WAS?«, bricht es aus mir heraus. SIE? Jetzt verstehe ich gar nichts mehr.

»Ja. Als du am nächsten Tag die Wohnung verlassen hast, habe ich die Tür in Schloss fallen hören. Ich ging gerade ins Bad, als ich vor der Wohnungstür etwas rascheln hörte. Ich dachte, du hättest was vergessen, und machte auf. Aber nicht du hast davorgestanden, sondern Sarah. Sie klebte gerade einen Briefumschlag auf deine Tür.« Wieder hält er inne und seufzt. Ich weiß, dass die fünf Minuten längst vorbei sind, aber ich will alles wissen, also dränge ich ihn, weiterzureden. »Ich wusste sofort, dass sie was im Schilde führte. Also riss ich den Umschlag runter, schnappte meine Sachen und brachte sie weg. Im Brief stand, dass sie dich das nächste Mal erwischen würde, wenn du dich nicht von mir fernhalten würdest.

Da wusste ich, dass sie es war. Sarah drohte dann auch mir und wollte fünfzigtausend Dollar haben. Ansonsten würde sie dir was antun. Und dann erfuhr sie von eurem Abend und zwang mich, mit ihr hinzugehen. Ich hatte so große Angst um dich. Mann, Sophie was hätte ich den tun sollen?« Schockiert starre ich ihn an. Oh mein Gott. Drohung? Sie war der Raser? Umschlag? Fünfzigtausend Dollar? Meine Gedanken überschlagen sich. Zu viel schwirrt mir durch den Kopf.

»Aber ...«, fange ich an. Ich weiß nicht, was ich dazu sagen soll. Mein Mund ist staubtrocken. Jede einzelne Situation des Vorabends gehe ich gedanklich nochmals durch, dabei fällt mir auf, dass er nie ihre Berührungen oder Küsse erwidert hatte. Ganz im Gegenteil.

»Ich habe ihr das Geld überwiesen und sie heute zum Flieger gebracht. Ich wollte auf Nummer sicher gehen.« Das wird ja immer besser. Er hat ihr das Geld überwiesen? Die ganzen fünfzigtausend Dollar? Mir hat es mehr als die Sprache verschlagen. Mike schaut mich mit seinen wunderschönen Augen an. Darin kann ich deutlich die Verzweiflung lesen.

»Warum bist du nicht zur Polizei gegangen?«, frage ich ihn aufgebracht.

»Das hätte ohne Beweise nichts gebracht.«

»Aber den hast du ja ... den Brief«, stelle ich klar.

»Ja, einen der mit Computer geschrieben wurde. Wie hätte ich beweisen sollen, dass der von ihr war? Sie hätte alles geleugnet und dass sie es war, die dich fast über'n Haufen gefahren hätte, kann ich genauso wenig beweisen. Schlussendlich wäre sie sowieso wieder freigekommen«, sagt er und ich kann ihn verstehen, worauf er hinauswill. Aber wieso hat er nicht mit mir geredet? Da ich nichts von mir gebe, spricht er weiter. »Ich habe einen

Bekannten in Seattle angerufen, dem ich alles geschildert habe. Sobald Sarah gelandet ist, wird sie genau beobachtet. Seine Männer und er werden sich um alles kümmern und sie im Auge behalten. Zudem halten sie mich auf dem Laufenden. Aber bis dahin musste ich mitspielen. Ich konnte nichts riskieren. Wäre dir etwas zugestoßen, ich könnte es mir nie verzeihen.« Mike nimmt meine Hand und streichelt mit seinem Daumen über meinen Handrücken. Seine Berührung hinterlässt eine wohltuende Wärme. In meinem Kopf geht es drunter und drüber und ich verstehe rein gar nichts mehr. Mit vielem hätte ich gerechnet, aber mit so was mit Sicherheit nicht.

»Sag doch was«, verlangt er von mir. Nur, was soll ich dazu sagen?

»Du hättest mit mir reden müssen«, sage ich unterdessen. Vorsichtig stehe ich auf und gehe zur Balkontür rüber. Ich brauche frische Luft und Zeit. Zeit zum Nachdenken. Mike tritt mit leisen Schritten hinter mich. Seine Gestalt erscheint im Fenster. Sanft berührt er mich an der Schulter.

»Wie denn? Hätte ich riskieren sollen, dass dir etwas passiert?« In seinem Tonfall liegt so viel Verzweiflung, sodass es mich selbst zerreißt. Ich kann nicht anders, ich muss ihn berühren. Also lehne ich mich nach hinten, sodass ich an meiner Schulter seinen Herzschlag spüre. Er umgreift mich mit seinen Armen und hält mich einfach nur fest.

»Ich kann dich ja verstehen, aber ... du hast mich wirklich verletzt.« Meine Augen füllen sich wieder mit Tränen. Wenn ich ihm nur sagen könnte, warum es so wehgetan hat. Am liebsten würde ich ihm gestehen, dass ich Gefühle für ihn entwickelt habe. Entscheide mich jedoch dagegen.

»Lass mich dir zeigen, wie sehr ich dich will. Lass es mich wiedergutmachen, Sophie.« So gern würde ich ihm um den Hals fallen, einfach alles vergessen und ihm sagen, wie sehr ich mich nach ihm sehne, aber das Bild vor meinen Augen geht einfach nicht weg.

»Gib mir bitte Zeit. Ich muss über alles nachdenken. Es war einfach zu viel«, bitte ich ihn. In seinen Armen wende ich mich um. Sanft fahre ich mit der Hand durch sein seidenweiches Haar. Mustere das Gesicht mit dem Dreitagebart, der ihm unheimlich gut steht, und natürlich auch seine Augen. Gott. Wie sehr ich sie liebe. Ich liebe einfach alles an ihm.

»Darf ich dich küssen?«, flüstert er in die Stille hinein. Ich nicke.

Mir kommt es vor, als würde alles in Zeitlupentempo vergehen, quälend langsam lehnt er sich nach vorne, bis dann endlich seine Lippen auf meine treffen. Von den Zehenspitzen bis rauf in meinen Kopf bricht ein verrücktes Feuerwerk aus. Die letzten Tage habe ich mich nach ihm gesehnt. Nach seinen Lippen, seinen Händen, seiner Zunge, einfach nach Mike. Zögernd schieben wir unsere Zungen zusammen, lassen sie gemeinsam einen Tanz aufführen. Vage spüre ich, wie seine Hände zu meinem Po gleiten, ihn drücken und mich an sich pressen. Meine Finger haben sich längst in seinen Haaren verfangen, so sehr genieße ich diesen Moment. Nach einer viel zu kurzen Zeit lässt er mich wieder los. Um nicht gleich wieder über ihn herzufallen, beiße ich mir auf die Unterlippen und unterdrücke den Drang danach. Wie gut das gerade getan hat.

»Bitte verzeih mir«, bittet er mich und schlingt seine kräftigen Arme um mich. Er hält mich so fest, als hätte er Angst, ich würde fliehen wollen. Wenn ich könnte, würde ich ihm sofort verzeihen, aber die Bilder in meinem Kopf und der Schmerz in der Brust hindern mich daran. Auch wenn ich ihn jetzt ein wenig verstehen kann.

»Ich brauche Zeit und muss über alles nachdenken. Gestern ... dass war ein bisschen zu viel«, erkläre ich ihm, als er die Arme um mich lockert und mir wieder in die Augen schaut. So ungern ich mich auch von ihm trenne, weiß ich, dass ich jetzt wirklich ein wenig Zeit für mich brauche.

»Du solltest jetzt besser gehen«, zwinge ich mich zu sagen.

Er mustert mich und ringt mit sich selbst, bis er schließlich »Okay« sagt. Ich begleite ihn noch bis zur Haustür. Mit einem zärtlichen Kuss verabschiedet er sich von mir.

Nachdem Mike meine Wohnung verlassen hat, habe ich es mir wieder auf dem Balkon bequem gemacht. Gedankenverloren starre ich in den klaren Nachthimmel hinaus. Zu viel schwirrt mir durch den Kopf. Für den heutigen Tag habe ich echt genug. Kaum zu glauben, was ich von Mike erfahren habe. Diese Sarah ist wirklich unberechenbar. Sie war der Raser. Sie wollte mir Angst einjagen, mir drohen oder sogar Schlimmeres. Sie hätte mich mit dieser Aktion verletzen können oder sogar töten und das alles nur wegen Mike, weil er sie nicht mehr will. Wenn ich so darüber nachdenke, krabbelt ein unschöner Schauer mein Rückgrat hinab. Nun verstehe ich, warum er so reagiert hat. Dennoch hätte er mit mir reden müssen, mich vielleicht warnen können. Vielleicht hätte mich der Anblick der beiden nicht so verletzt, was ich jedoch bezweifle. Gut, ich kann es zwar nachvollziehen, warum er es gemacht hat, dennoch muss ich es nicht gutheißen. Herrgott noch mal, warum muss ich auch Gefühle für ihn entwickeln? Warum kann ich nicht so sein wie Jana? Einfach meinen Spaß haben ohne Gefühle und ohne Schmerz. Wieder einmal wünsche ich mir, wenigstens ein klein wenig so zu sein wie sie. Nur kann ich es nicht. Ich bin nicht wie Jana und ich werde so was auch nie tun können. Irgendwann mischen sich bei mir immer Gefühle ein. Und die Tatsache, dass er heute hier bei mir war, nur um mir alles zu erklären, zeigt mir, dass ich ihm nicht egal bin. Was mich im Nachhinein irrsinnig freut. Ich bestreite nicht, dass sich Teile meines zerbrochenen Herzens wieder zusammengefügt haben, als er mir den wahren Grund gesagt hat. Natürlich ist es dennoch schlimm, aber zu wissen, dass er immer noch mich will und nicht sie, lässt mich aufblühen. Vielleicht ist mein Herz noch nicht ganz geheilt und vielleicht kann ich Mike nicht von heute auf morgen verzeihen, aber missen möchte ich ihn auch nicht, dafür will ich ihn zu sehr. Und wenn es heißt, meine Gefühle unterdrücken zu müssen, dann werde ich das auch machen. Mike tut mir gut, auch wenn es jetzt eine Ausnahmesituation war.

Ein kurzer Piepton ertönt und signalisiert mir, eine SMS erhalten zu haben. Auf dem Display erscheint der Name von Mike.

»Ich werde dir zeigen, wie sehr ich dich will. Zu keiner Frau habe ich mich je so hingezogen gefühlt wie zu dir. Bitte gib mir eine zweite Chance. Kuss, M.«

Wieder spüre ich, wie sich zwei Teile meines Herzens zusammenfügen, ignoriere es jedoch und stoße fest den Atem aus. Wenn er mich nur so wollen würde wie ich ihn.

ZWÖLF

»Scheiße!«, fluche ich und stampfe mit dem Fuß auf den Boden. Ich bin ohnehin schon viel zu spät dran und jetzt verpasse ich auch noch den Bus. Der nächste kommt erst in fünfzehn Minuten und die Präsentation von Wolfgang, bei der ich unbedingt dabei sein wollte, beginnt schon in zehn Minuten. Na super, ich werde den Anfang verpassen. Genervt krame ich in der Handtasche nach meinem Handy. Wie ich Schienenersatzfahrzeuge hasse. Entweder kommen sie viel zu früh oder viel zu spät, alles, nur nicht nach Plan. Auf meinem Handy tippe ich rasch die Nummer von meiner Arbeitsstelle ein.

»Sina Pirsen für Design Müller, was kann ich für Sie tun?«, singt sie den Standardspruch ins Telefon.

»Hallo, ich bin es, Sophie. Kannst du mir einen Gefallen tun?«

»Hey. Na klar. Schieß los.«

»In meinem Büro liegt die Mappe des Kunden Klien. Darin befindet sich die Telefonnummer des Maklers, mach bitte einen neuen Termin aus. Herr Klien und ich haben heute ebenfalls einen Termin, kombinier das bitte. Ich will mit ihm hinfahren, weil ich von diesem Grundstück überzeugt bin. Ach, und sag Wolfgang, ich verspäte mich, hab leider den Bus verpasst.«

»Okay. Mach ich.«

»Du bist ein Schatz. Danke. Das Frühstück geht heute auf mich. Ciao.«

»Ciao.« Was würde ich nur ohne sie machen?

Ich stopfe das Smartphone wieder in die Tasche und marschiere los Richtung Bäckerei, um für Sina und mich ein paar Croissants zu kaufen.

Applaus ertönt im Seminarraum.

Der Werbespot, an dem mein Chef nun schon ein halbes Jahr arbeitet, wird sehr gut aufgenommen. Seine Arbeit hat sich wirklich gelohnt und für die Firma ist das ein großer Erfolg. Für Wolfgang und die gesamten Mitarbeiter heißt das, noch mehr Aufträge und eine Vergrößerung der Firma. So lange hat er darauf hingearbeitet, sein Herzblut in diesen einen Spot reingesteckt, nur um den Traum, den er hat, zu verwirklichen, und er hat es geschafft. Ich bin stolz auf ihn und selbst Tina, die neben mir steht und extra hergekommen ist, nur um den Mann, den sie so sehr liebt, zu unterstützen, platzt vor Begeisterung.

Der Gründer von High Fashion steht auf und streckt seine Hand Wolfgang entgegen. Ein gutes Zeichen, ein sehr gutes Zeichen. Man sieht direkt, wie ein riesen Druck von Wolfgangs Schulter fällt. Kurz schaut er in Tinas und meine Richtung, beide zeigen wir ihm ein Daumen-nach-oben-Handzeichen und grinsen ihn an. Wow, er hat es tatsächlich geschafft, den Gründer von High Fashion, einer der bekanntesten Markengründer weltweit, an Land zu ziehen. Während Wolfgang noch alles Weitere bespricht, gehen die anderen und ich aus dem Seminarraum. Das Wichtigste haben wir gesehen, den Spot. Angeregt unterhalte ich mich mit Tina darüber. Sie ist genauso begeistert wie ich. Am Empfangspult sitzt

Sina. Sie war eine der wenigen, die an der Präsentation nicht teilnehmen konnten. Ich werde ihr aber gleich alles erzählen.

»Es war einfach der Hammer, echt. Ich bin so stolz auf ihn«, lobt Tina ihren Partner und redet gleich weiter. »Er war so nervös. Ich glaube, er konnte gar nicht richtig schlafen. Und heute in der Früh konnte er nicht mal die Kaffeemaschine bedienen.«

So kenne ich Wolfgang nicht. Nervös? Er? Diese Eigenschaft habe ich noch nie an ihm gesehen. Jedoch kann ich ihn gut verstehen. Es hing sehr viel von diesem Spot ab und nun hat er es geschafft.

»War es wirklich so toll?«, wirft Sina schmollend ein. Beide nicken wir.

»Ich erzähl dir gleich alles. Richtest du schon mal alles her? Ich begleite sie nur schnell nach unten. Nicht, dass sie mir noch abhebt vor Begeisterung.« Tina und Sina umarmen sich kurz zur Verabschiedung, derweil drücke ich auf den Liftknopf. Kurz darauf öffnet sich die Tür und ein junger Mann betritt mit einem kleinen Wagen voller Kartons und Pakete den Raum. Vorsichtig schiebt er den Hubwagen Richtung Empfang. Beim Vorbeigehen begrüßen wir uns, dann steigen Tina und ich in den Lift.

Sobald ich mich ebenfalls von ihr verabschiedet habe, fahre ich wieder nach oben und steuere mein Büro an. Sina wartet schon auf mich, als ich eintrete und die Tür hinter mir zufällt. Merkwürdig beobachtet sie jeden Schritt von mir.

»Alles okay?«, frage ich sie.

»Na ja, sag du es mir«, antwortet sie mit hochgezogener Braue. Was ist mit ihr? Langsam bewege ich mich auf meinen Schreibtisch zu, doch als ich sehe, was sich auf dem Tisch befindet, verstehe ich, was ihr Blick zu bedeuten hat. Es liegt ein Strauß weißer Lilien darauf.

»Ist der von dir?«, und deute mit meinem Finger in Richtung der Lilien. Gott, wie viele sind das?

»Nein.« Okay, das wusste ich. Blöde Frage eigentlich.

»Wo kommen die her?« Vorsichtig nehme ich den Strauß in die Hand. Wow, sie sind wunderschön und ich rieche kurz daran.

»Keine Ahnung, der Postbote hat ihn gebracht.« Neugierig schaut Sina mich an. Unter den Lilien liegt eine goldene Karte und darauf ist mit einer schwarzen Schrift mein Name geschrieben. Ich lege den Lilienstrauß auf die Seite und klappe die Karte auf.

***

Schlaflos seit jener Nacht.
Mit den Gedanken bei dir.
Bitte verzeih mir.
M.

***

Oh mein Gott.

»Und? Von wem sind sie? Jetzt sag schon.« Sina reckt sich zu mir hinüber. Kopfschüttelnd setze ich mich auf den Stuhl und beginne zu lachen. Er ist unmöglich, wirklich. Am Samstag hatte er zwar angedeutet, er würde mir zeigen, wie sehr er mich will, allerdings wusste ich nicht, dass er ernst machen würde. Wieder spüre ich, wie sich zwei kleine Teile meines Herzens zusammenfügen.

»Mein Gott, nun sag schon oder willst du mich umbringen? Ich platze gleich.«

»Sie sind von Mike«, erlöse ich sie von ihrer Qual.

»Welchem Mike?« Da es die anderen schon wissen, beschließe ich, Sina auch auf den neuesten Stand zu bringen. Gerade, als ich loslegen will, unterbricht sie mich. »Warte. Der Mike? Mike Spenc? Unser Kunde? Der heiße Typ? Nein.« Fassungslos starrt sie mich an. Ich nicke ihr zu und grinse sie an. In ihrer Verblüfftheit winde ich mich.

»Hui ... jetzt muss ich mich erst mal setzen. Mein lieber Scholli.« Ich warte ab, bis sie sich tatsächlich gesetzt hat und fange dann an, ihr alles zu berichten. Den Grund, warum ich im Krankenhaus war, warum ich mich verkrochen habe und wie das mit Mike zustande kam. Auch das, was in jener Nacht passiert ist. Ich erzähle ihr einfach alles. Sina hört mir genauso zu wie die anderen, schenkt mir Mitgefühl, aber kein Mitleid. Wieder einmal wird mir klar, welche herzensguten Menschen ich in meinem Leben habe.

Ihre Begeisterung, dass ich was mit Mike am Laufen habe, ist überwältigend. Bis ins letzte Detail fragt sie mich aus, egal, um welches Thema es sich handelt. Aber so ist sie, neugierig wie eh und je.

»Verdammt, Sophie. Du schleppst einen der heißesten Typen auf dem Planeten ab und erst jetzt rückst du mit der Sprache raus«, tadelt sie mich, verschränkt ihre Arme vor der Brust und lehnt sich schmollend an die Stuhllehne.

Unschuldig zucke ich mit der Schulter. »Wenn man es genau nimmt, habe ich ihn nicht abgeschleppt. Es ... hat sich so ergeben.«

»Jaja, das sagen dann alle«, sagt sie und wir beide beginnen zu lachen.

»Ich hätte es wissen müssen«, sagt sie, nachdem wir uns wieder beruhigt haben.

»Was meinst du?«

»Mike rief damals an und wollte unbedingt einen Termin in deiner Mittagspause haben. Mann, der ließ sich nicht abwimmeln. Hätte ich gewusst, was er vorhat, hätte ich mich nicht ewig mit ihm herumgeschlagen.« Einen kurzen Moment lässt sich Sina alles durch den Kopf gehen. Damit hat sie nicht gerechnet. Eigentlich hat keiner damit gerechnet, nicht einmal ich.

»Wenn du mich fragst, der will mehr von dir, als du denkst«, unterbricht sie die kurze Stille. Um meine Enttäuschung nicht zu sehr preiszugeben, tippe ich etwas in den Computer ein und wende somit mein Gesicht ein wenig von ihr ab.

»Nein, es ist nur Sex.« Leider, wie sehr ich mir wünsche, er hätte auch Gefühle für mich.

»Mmmhm, denk das nur weiter. Kein Mann verschenkt einfach so einen riesigen Blumenstrauß«, sagt sie. Dann beißt sie in ihr Schokocroissant und bröselt damit ihre weiße Bluse voll.

»Und was ist mit dir und Luc?«, frage ich sie, um das Thema von mir auf sie umzulenken. Außerdem bin ich neugierig, aus meinem besten Freund bekomme ich ja nichts raus. Wie auf Kommando fängt sie an zu schwärmen. Sie erzählt mir von der Nacht nach dem Klubbesuch. Gott sei Dank erspart sie mir die pikanten Details, weil alles muss ich nun auch nicht wissen, so sehr ich die beiden auch liebe. Am Samstag, nachdem Luc bei mir war, waren beide zusammen shoppen und das mag bei ihm was heißen. Er hasst Shoppen generell und erst recht mit Frauen. Wenn er Jana und mich beim Shoppen begleitet hat, hat er ununterbrochen gemeckert. Er war schlimmer als ein altes Waschweib und ging uns tierisch auf die Nerven. Also muss Luc ernsthafte Absichten bei

Sina haben. Denn aus eigener Erfahrung weiß ich, dass Sina die Shoppingqueen hoch zehn ist. Einmal waren wir zwei Stunden in einem einzigen Geschäft. Mal ehrlich, das war selbst für mich zu viel. Es gab, glaub ich, kein Kleidungsstück, das sie nicht anprobiert hat, und die Krönung war, sie hat von dem Ganzen nichts genommen. Kein einziges Stück.

Zu sehen, wie ihre Augen zu funkeln beginnen, nur weil sie über Luc redet, zeigt mir, wie gern sie ihn hat. Dasselbe Funkeln habe ich auch in seinen Augen gesehen, auch wenn er sich knapper gehalten hatte als sie. Anscheinend geht es nicht nur mir so, einen Menschen schnell in sein Herz zu schließen. Wenn der Funke überspringt, dann glaube ich, ist es egal, wie lange man sich kennt.

Nachdem unser Montagsritual länger gedauert hat als normal, musste ich mich bis jetzt in die Arbeit knien. Nur kurz habe ich mir eine Unterbrechung genehmigt, um eine Vase für die Blumen zu holen und etwas zu trinken. Oft habe ich mich dabei erwischt, wie ich den Strauß Lilien angestarrt habe und einfach verträumt vor mich hin grinste.

Zum vierten Mal in der Stunde nehme ich die Karte in die Hand und lese sie. Und wieder treibt sie mir ein dümmliches Lächeln ins Gesicht. Bis jetzt habe ich mich geweigert, Mike eine Mail zu schreiben, um mich zu bedanken. Aber in diesem Moment entscheide ich mich um und öffne eine leere Mail.

Betreff: Blumen
Liebster Mike.
Vielen Dank für die nette Überraschung.

Sie haben einen schönen Platz auf meinem Schreibtisch eingenommen.
Für deine netten Worte danke ich dir ebenfalls.
Wieder einmal erhellst du meinen Tag.
S.

Ich drücke auf »Senden«. Um nicht sehnsüchtig auf seine Antwort zu warten, beschließe ich, Wolfgang einen Besuch abzustatten. Mittlerweile müsste er schon aus der Besprechung raus sein. Außerdem will ich unbedingt wissen, wie es weiterhin gelaufen ist.
Gerade als ich die Türklinke hinunterdrücke, ertönt das vertraute Signal aus dem Computer. Meine Neugier siegt, also gehe ich wieder zurück, bewege kurz die Maus, damit der Bildschirm erwacht, und wie erwartet, ist die eingegangene Nachricht von Mike.

Betreff: Erhellte Tage
Liebste Sophie.
Du erhellst meine Tage, seit dem Zeitpunkt, an dem ich dich das erste Mal sah.
Schön, dass dir die Blumen gefallen.
Jedes einzelne Wort entspricht der Wahrheit.
M.

Genauso wie die Karte lese ich seine Antwort öfters. Wie soll ich bei ihm nur standhaft bleiben? Das schaffe ich doch nie. Seufzend lasse ich mich auf dem Stuhl zurückfallen und unterdrücke den Drang, ihm wieder zu schreiben. Ich werde das wohl irgendwie hinbekommen, dass ich Mike zappeln lasse. Bei Stefan war ich doch auch nicht so. Okay, blöder Vergleich. Bei Mike ist alles anders, aber auch nur, weil er so eine intensive Wirkung auf mich hat. Oder ist es, weil ich nach kurzer Zeit so starke Gefühle für ihn habe? Wieso kann nicht alles einfacher sein? Wieder starre ich die Blumen an und da kommen mir Sinas Worte ins Gedächtnis. »Der will mehr von dir, als du dir denkst.«

Ach herrje Sina, wenn es nur wirklich so wäre, dann würde ich bestimmt nicht hier sitzen und grübeln. Solche Typen wie Mike führen keine ernsthaften Beziehungen, sondern Beziehung, in denen es um Sex geht, ohne Drama und Gefühle. Vielleicht fühlt man sich genau deswegen zu solchen Typen hingezogen? Nein, denn wenn Mike weiterhin das arrogante Arschloch gewesen wäre wie anfangs, dann hätte ich mich nie auf ihn eingelassen, hoffe ich zumindest einmal. Oder etwa doch?

Kopfschüttelnd hole ich mich in die Realität zurück, stehe auf und gehe zu meinem Chef. Auf dem Gang treffe ich ihn auch schon. So wie er strahlt, muss es noch weiter gut gelaufen sein.

»Na? Wie war es?«, frage ich Wolfgang.

»Gut. Nein besser als das. Kleine Änderungen müssen wir am Spot machen und das war es dann auch schon. Sobald die neue Kollektion fertig ist, wird geshootet und diverse Seiten werden designed.« Nebeneinander laufen wir durch den Flur.

»Gratuliere. Du hast es geschafft. Wow«, juble ich. Meine Begeisterung ist mir förmlich ins Gesicht geschrieben. Ich bin so stolz auf ihn.

»Komm, ich erzähl dir alles Weitere im Büro.« Ich folge meinem Chef und schließe dann hinter mir die Tür. Gespannt warte ich, bis er anfängt, mir alles zu erzählen.

»Ich kann endlich die Firma vergrößern. Finanziell sind wir durch den Auftrag von High Fashion abgesichert. Es ist so weit, Sophie, endlich.« Wolfgang lässt sich in den

Stuhl hinter dem Schreibtisch fallen und seufzt auf. Er zieht die Krawatte etwas locker und öffnet den ersten Knopf seines Hemdes.

»Das ist toll. Mir fehlen echt die Worte. Ich wusste doch, dass du es schaffen wirst«, lobe ich ihn. Ich halte meine Begeisterung nicht zurück. Ich wusste, dass er es schafft, wir alle wussten es.

»Danke, Sophie. Ohne deine Unterstützung hätte ich es nicht geschafft. Du hast mir so viel Arbeit abgenommen. Vielen, vielen Dank.« In seiner Stimme liegt pure Dankbarkeit. Als er das Angebot bekommen hatte, sagte er mir von Anfang an, dass er mir von seiner üblichen Arbeit viel weitergeben muss, und ich habe ihn unterstützt, wo ich nur konnte. Ich kannte seinen großen Traum, also habe ich mich in die Arbeit reingehängt. Mehrere lange Nächte habe ich in der Firma verbracht, hab an den Wochenenden gearbeitet, nur um alle Aufträge zum richtigen Zeitpunkt fertig zu bekommen. Nur knapp die drei Wochen habe ich gefehlt, aber da hatte ich die meiste und wichtigste Arbeit schon längst geschafft.

»Sei doch nicht albern. Du weißt, du kannst immer auf mich zählen. Egal bei was.« Wolfgang nickt kurz abwesend, ich bin mir jedoch nicht sicher, ob er mich gehört hat. Er kann es anscheinend immer noch nicht ganz glauben.

»Wie wäre es, wenn wir das feiern? Die ganze Firma?«, fragt er leicht aufgekratzt und schlägt mit beiden Handflächen auf die Armlehne. Leicht erschrecke ich mich, damit habe ich nicht gerechnet. »Wie wäre es mit dem Schloss Aiola? Da lässt sich bestimmt was machen und fünfzig Mitarbeiter bekommen wir locker hinein.«

»Okay ...«, antworte ich ihm lang gezogen und zucke mit den Schultern. Wenn er das so will, warum nicht? Er muss es schließlich wissen.

»Am besten kümmert sich Jana darum. Die weiß, wie man eine Feier organisiert.« Da hat Wolfgang recht. Jana ist Eventmanagerin und organisiert jedes Jahr die Weihnachtsfeier für uns und es wird Jahr für Jahr besser. Dabei denkt man jedes Mal aufs Neue, besser kann es nicht mehr werden.

Zustimmend nicke ich meinen Chef zu. »Ja coole Idee«, und erhebe mich dann. Eigentlich wollte ich ihm heute reinen Wein einschenken, genauso wie ich es bei den anderen gemacht habe, aber heute ist sein Tag und das soll auch so bleiben. Also verlege ich das Gespräch auf einen anderen Tag, es rennt ja nicht davon.

»Kann ich später den Spot haben? Ich will ihn nur Sina zeigen. Die konnte ja nicht dabei sein«, frage ich ihn, bevor ich sein Büro verlasse. Wolfgang tippt gerade eine Nummer ins Telefon ein, bestimmt die von Tina, nickt mir aber kurz zu.

Bevor ich wieder in mein Büro gehe, mache ich einen kurzen Abstecher in die Küche. Zwei Kollegen sind auch hier und sitzen am Tisch.

»Hey«, begrüße ich beide freundlich. Kurz blicken sie auf, grüßen mich ebenfalls und unterhalten sich dann weiter. Ich hole mir eine Kaffeetasse aus dem Hängeschrank, stelle sie unter den Ablauf der Kaffeedüse und betätige den Knopf. Während der Kaffee vorbereitet wird, stelle ich mich an meinen gewohnten Platz am Fenster. Meine Kollegen unterhalten sich gerade über den Werbespot von High Fashion, auch sie sind beeindruckt wie bestimmt jeder in der Firma.

Als der Kaffee fertig ist, schnappe ich mir die Tasse und lass die beiden wieder alleine. In meinem Büro duftet es wie in einem Blumengarten und ich muss unwillkürlich lächeln, als ich es betrete. Ich wette, er hat es mit Absicht gemacht, nur damit ich noch mehr an ihn denken muss. Dabei geht das gar nicht mehr. Er schwirrt jede freie Sekunde in meinem Kopf herum, so wie jetzt.

Mit absoluter Sicherheit werde ich Mike eine zweite Chance geben, das weiß ich, aber schadet es, ihn ein wenig zappeln zu lassen? Lachend verdrehe ich meine Augen, als würde ich das lange aushalten.

In meinem Posteingang habe ich mehrere neue Nachrichten erhalten. Eine davon von Wolfgang. Er hat mir den Werbespot weitergeleitet. Perfekt! Später werde ich zu Sina gehen.

Nach der Mittagspause musste ich noch zu einer Präsentation und nun habe ich endlich den Termin mit Herr Klien und dem Makler. Punkt genau trifft der Kunde um fünfzehn Uhr ein.

»Guten Tag, Herr Klien«, begrüße ich ihn und reiche ihm die Hand. Mit festem Händedruck schüttelt er sie. »Guten Tag Sophie.«

»Wollen wir gleich los? Der Makler wäre schon beim Grundstück. Er hat eben angerufen.«

»Sehr gern. Mein Taxi ist noch unten, nehmen wir gleich das«, schlägt er vor und ich willige ein. Herr Klien ist einer der angenehmen Kunden von mir.

Wie erwartet steht der Makler am verabredeten Ort. Hier soll das neue Hotel von meinem Kunden gebaut werden. Hoffe ich zumindest. Meiner Meinung nach wäre es perfekt und die Lage erfüllt die Wünsche des Kunden. Nicht weit vom Zentrum entfernt, dennoch aber in einer ruhigen grünen Lage. So was ist schwer zu finden. Großen Dank an Sina.

Gelassen schaut Herr Klien sich um. Bespricht mit dem Makler noch weitere Details. Ich bleibe unterdessen ein wenig abseits und schwelge in Erinnerungen. Diese lang gestreckte Wiese vor mir erinnert mich an das Picknick mit Mike. Obwohl ich vielleicht ein wenig wütend auf ihn sein sollte, weiß ich, dass ich das nicht mehr kann. Er meinte es im Grunde nur gut und ich verstehe ihn. Außerdem hat er mein Herz gefangen und so schnell wird sich das nicht ändern. Ihm habe ich viel zu verdanken.

»Bereiten Sie alle Unterlagen vor«, informiert mich Herr Klien. Huch, das ging ja schnell. An seiner Seite steht der Makler, der über beide Ohren grinst. Ich kann ihn nur zu gut verstehen. Das Grundstück ist teuer, sehr teuer. Seine Augen verwandeln sich fast in Eurozeichen, für ihn springt eine fette Provision raus.

»Sie haben sich dafür entschieden?«, frage ich sicherheitshalber nach. Man weiß ja nie.

Er nickt. Perfekt. Der nächste große Auftrag für die Firma. Das läuft ja wie geschmiert. Wolfgang wird sich freuen.

»Gut, dann melde ich mich noch diese Woche bei Ihnen.« Zum Abschied schüttle ich die Hand des Maklers. Noch immer grinst er wie ein Honigkuchenpferd. Am liebsten würde ich mit meinen Augen rollen, unterdrücke es jedoch.

»Sie werden Ihre Entscheidung nicht bereuen. Eine perfektere Lage gibt es nicht. Ruhig, im Grünen und doch zentral.«

»Sie haben gute Arbeit geleistet«, lobt Herr Klien mich freundlich.

Vor meiner Arbeitsstätte lässt mich das Taxi des Kunden raus und ich haste zu meinem Chef. Gott, der wird vor Freude platzen, noch so ein großer Auftrag für die Firma. Jetzt kann ich nachvollziehen, wie er sich beim Abschluss des High-Fashion-Auftrages gefühlt hat. Wow.

Auf dem Weg zum Lift treffe ich auf meine beste Freundin. Jana begrüßt mich herzlich mit einem Kuss auf der Wange. Na das ging ja schnell, Wolfgang meint es tatsächlich ernst.

»Bist du wegen der spontanen Feier hier?«, frage ich sie, obwohl ich die Antwort schon kenne.

»Ja. Echt klasse, dass er es geschafft hat.«

»Mhm ... das ist sein großer Durchbruch. Jetzt kann er seinen Traum einer zweiten Firma erfüllen.«

»Und wie geht es dir so?«, fragt sie mich, als wir den Aufzug betreten. Da ich prompt zu lächeln beginne, weiß sie eigentlich schon Bescheid, ich bestätige es ihr aber.

»Sehr gut, danke. Und dir? Wie läuft es mit Aaron?« Bei seinem Namen beginnen ihre Augen zu funkeln und sie schmunzelt. Jana schmunzelt wegen eines Mannes, so was durfte ich noch nie miterleben. Noch nie, und ich kenn sie schon mein ganzes Leben.

Der Lift fährt gleich durch, also haben wir nicht wirklich viel Zeit zum Reden. Zusammen gehen wir zu meinem Chef, kurz gebe ich ihm vom neuen Auftrag mit Herr Klien Bescheid und gehe dann in mein Büro. Bevor ich mich an weitere Arbeit mache, schnuppere ich an den Lilien. Sofort umspielt der Duft mein Herz.

Wie erwartet, warten zahlreiche E-Mails in meinem Posteingang. Nacheinander beantworte ich sie, lösche sie und leite sie weiter. Danach arbeite ich am Auftrag »Spenc Investment« weiter.

Ein lautes, aber kurzes Klopfen ertönt im Raum. Kurz darauf steckt jemand seinen Kopf durch den offenen Spalt.

»Kann ich reinkommen?«, fragt sie mich.

»Natürlich, immer«, sage ich und sammle die Papiere, die quer über den Schreibtisch liegen, zusammen. Jana schließt die Tür hinter sich und setzt sich dann auf den Besucherstuhl.

»Wie ist es gelaufen?«, frage ich sie neugierig.

»Das wird eine riesen Feier und für mich eine riesen Herausforderung, aber das wird schon.« Da habe ich keinen Zweifel daran.

»Mhm ... er hat es echt verdient. Ich bin nur gespannt, wie es sich auf die Firma auswirken wird. Er wird zumindest am Anfang immer im neuen Büro sein.« Jana nickt, sie versteht, was meine Sorge ist. Wenn Wolfgang nicht da ist, muss jemand anderes her. Ich kann nur hoffen, dass er eine gute Wahl treffen wird.

»Sind die von Mike?«, fragt sie mich und ich folge ihrem Blick, die die Blumen anstarren. Mein Lächeln bestätigt ihre Vermutung. Ich beobachte, wie ihre perfekt geformte Augenbraue nach oben wandert und sie zwischen den Lilien und mir hin und her schaut.

»So, so«, formen ihre Lippen.

»Ja, als Entschuldigung, weiter nichts«, sage ich und wedle mit der Hand, als würde ich eine Fliege verscheuchen. Ich kann nur erahnen, was sie denkt. Nämlich das Gleiche wie Sina. Nur liegen beide falsch. Er hat ein schlechtes Gewissen, mehr nicht. So sehr ich mir auch wünsche, dass sie recht haben. Doch ich weiß, Sex ist das Einzige, was er möchte.

Komischerweise fällt mir gerade jetzt das Gespräch mit meiner Mutter ein. Gut, so kann ich das Thema von mir ablenken. Ich informiere Jana darüber, dass meine Mum sie zu dem Grillnachmittag eingeladen hat.

»Oh ja. Ich hab Gerlinde schon so lange nicht mehr gesehen.«

»Dann sag ich ihr Bescheid. Sie wird sich freuen.« Ich greife nach meinem Handy, um meiner Mum eine Nachricht zu schreiben.

»Ähm. Glaubst du ... Dass ich Aaron eventuell mitnehmen kann?«, fragt sie mich etwas zu schüchtern.

»So ernst, ja?« Jana nickt mir lächelnd zu. Ich könnte schwören, ihre Wangen röten sich ein wenig.

»Ich sag ihr einfach Bescheid. Sie hat bestimmt nichts dagegen, das weißt du.« Rasch tippe ich die Nachricht fertig. Danach stehe ich auf, umrunde meinen Tisch und gehe zu ihr. Liebevoll berühre ich sie an den Oberarmen.

»Du hast es verdient. Und ich sehe, wie glücklich er dich macht«, sage ich und umarme sie dann. Obwohl es für mich ein wenig überraschend ist, wie ernst es zwischen den beiden tatsächlich ist. Das liegt allerdings daran, weil Jana bis zum jetzigen Zeitpunkt nie eine ernsthafte Beziehung in Betracht gezogen hat. So wendet sich das Blatt und ich wünsche den beiden nur das Beste.

»Du auch, Sophie. Du auch«, flüstert sie neben meinem Ohr. Kurz darauf verabschieden wir uns.

DREIZEHN

Die restliche Woche ist wie im Flug vergangen. Ich habe mich auf die Arbeit konzentriert und versucht, dem Drang zu widerstehen, zu Mike zu fahren. Standhaft zu bleiben, war wirklich schwer, denn am Dienstag lässt er mir wieder etwas in die Firma liefern. Schokopralinen und eine goldene Karte ist ebenfalls wieder dabei.

***

Du,
so süß wie Schokolade.
Du,
die größte Versuchung meines Lebens.
M.
***

Am Mittwoch schickt er mir einen Picknickkorb. Darin befinden sich eine kleine Flasche Wein, ein Hühnchensalat und ein Muffin sowie eine goldene Karte.

***

Die Erinnerung wird nie vergehen,
zu schön war er,
der Augenblick.
M.
***

Am Donnerstag lässt er eine große weiße Schachtel mit roter Schleife liefern. Als ich sie öffne, sehe ich als Erstes die goldene Karte.

***

Nur das Beste für dich,
zieh es morgen an.
M.
***

Weiter sind ein schwarzes, wunderschönes Kleid und goldene Schuhe darin.

Heute habe ich noch nichts bekommen, warte aber gespannt darauf. Gestern stand auf der Karte, ich solle das Kleid und die Schuhe heute anziehen. Warum, stand allerdings nicht darin, aber ich tippe auf eine Überraschung von Mike, deshalb bin ich der Bitte auch nachgekommen. Nur gut, dass ich ein Geschäftsessen hatte, sonst wäre es zu viel des Guten gewesen. Sina riss förmlich ihre Augen auf, als ich das Büro betrat, und ich muss zugeben, dass mir das Kleid wirklich ausgezeichnet steht. Mike hat eine gute Wahl getroffen.

Ich bin nervös, ungeduldig und gespannt, was er sich heute einfallen lässt. Jedes Mal, wenn das Telefon läutet, hoffe ich, dass Sina am anderen Ende ist und mir sagt, dass der Postbote hier sei und etwas für mich gebracht habe. Leider ist es bis jetzt nicht geschehen.

Mike und ich hatten die ganze Woche E-Mail-Kontakt und haben uns bis spät in die Nacht Nachrichten geschrieben, mehr aber nicht. Ich bin tatsächlich standhaft geblieben und wirklich stolz auf mich. Mike war oft sehr überzeugend, fast hätte ich aufgegeben.

Zwischen meinen Beinen brennt es nur so vor Verlangen, dass ich es kaum noch aushalte. Ich muss ihn sehen. Zum x-ten Mal greife ich zum Telefonhörer, kneife aber dann doch. Ein paar Tage muss ich noch durchhalten, auch wenn es eine Qual ist.

Mittlerweile ist es schon nach 17 Uhr und ich bin extra länger in der Firma geblieben, weil ich, falls er doch noch was schickt, es nicht verpassen wollte. Schlussendlich gebe ich auf und schalte meinen Computer aus.

»Hey. Du noch hier?«, frage ich Sina verwundert, als ich sie am gewohnten Platz sehe. Freitags ist selten jemand so spät noch in der Firma.

»Mhm ... Leider. Ich muss das unbedingt noch fertig machen«, quengelt sie.

»Soll ich dir helfen?«

»Nein, sei nicht albern. Du hast genug Arbeit«, verneint sie. Ich gehe trotzdem hinter das Pult, um zu sehen, an was sie arbeitet. Während ich die Daten im Computer studiere, höre ich vage die Lifttüren aufgleiten und die Luft verändert sich schlagartig. Sie knistert förmlich. Ich bin jedoch zu vertieft, um zu reagieren. Erst als mich Sina an der Schulter anstupst, schaue ich auf und traue meinen Augen nicht. Mike steht vor mir. In seiner Hand hält er einen Strauß roter Rosen. Unfassbar starre ich als Erstes ihn an, dann die Rosen und dann wieder ihn. Das wiederhole ich des Öfteren. Oh mein Gott. Träume ich? Vielleicht sollte mich mal jemand kneifen?

Im Augenwinkel sehe ich, wie sich meine Freundin langsam wegbewegt. Wusste sie davon?

»Guten Abend, Sophie«, erklingt seine raue, sexy Stimme. Wie sehr ich diesen Klang vermisst habe. Sofort breitet sich die Wärme in mir aus und mein Herz fängt wild an zu pochen

»Mike«, sage ich und es ist auch das Einzige, was ich rausbekomme.

»Ich dachte, ich bring es dir heute persönlich vorbei. Nicht immer der Postbote«, lächelt er und deutet mit seinen Augen auf die Blumen. Über das Pult überreicht er mir den Strauß, auf die Schnelle kann ich fünfzehn Rosen zählen. Danach holt er aus dem Inneren seines Sakkos eine goldene Karte raus. Auch die überreicht er mir. Sie schaut genauso aus wie all die anderen. Ein wenig unbeholfen öffne ich sie. Meine Hände sind plötzlich von der Nervosität und Aufregung ganz feucht.

***

Deine Reaktion wollte ich sehen,
die Freude in deinen Augen lesen.
Bitte geh mit mir essen,
bitte sag JA.
M.

***

Kann mich einer mal festhalten? Ich glaub, meine Knie geben nach.

Ich lese die Karte sicher schon das dritte Mal und kann es kaum glauben. Als ich wieder aufschaue, bin ich wie vom Donner gerührt. Mike steht mit den Händen in den Hosentaschen da und beobachtet mich. Den leicht glänzenden silbergrauen Anzug konnte man vorher durch die Rosen nicht so gut sehen, dafür jetzt umso besser. Er sitzt wie angegossen und unterstreicht die arrogante Seite von Mike. Er schaut so verdammt heiß darin aus und ich merke prompt, dass das lodernde Feuer in mir aufsteigt. Gott, am liebsten würde ich ihn hier, auf der Stelle, anspringen. Ich will ihm die Klamotten vom Leib reißen und ihn an jeder Stelle küssen, ohne auch nur einen einzigen Zentimeter auszulassen.

Mit den Blumen in der Hand trete ich vor das Empfangspult, wobei mir seine dunklen Augen folgen.

»Nun …«, beginne ich. Und bevor ich mich versehe, zieht mich Mike in seine Arme und küsst mich. Seine Zunge drängt sich zwischen meine Zähne und umgarnt die meine. Sein Kuss ist gierig und mir geht es genauso. Wie ich das vermisst habe. Ich lege die Hände auf seine starken Schultern. Was sich mit den vielen Rosen ein wenig schwierig gestaltet, dennoch schaffe ich es, ohne ihn zu verletzen.

Mike gibt ein kurzes Knurren von sich, was in meinem Mund weiter vibriert und direkt in meinen Unterleib fährt. Besitzergreifend legen sich seine Hände auf meinen Po und drücken mich fester an ihn. An meinem Bauch spüre ich sein hartes Glied. Wie sehr ich diese Bestätigung vermisst habe. Genauso wie das Gefühl, mich in seinen muskulösen Armen zu verlieren. Das Feuer, welches er in mir auslöst. Seine Küsse. Seine Haut. Einfach alles habe ich vermisst. Herr im Himmel, Hilfe! Der Mann hat mir meinen Verstand, meine Seele und mein Herz gestohlen.

Langsam lässt er wieder ab von mir. Sanft legt er seine Stirn an meine. Seine Augen sind geschlossen. »Wie sehr ich dich vermisst habe«, schnurrt er nahe an meinem Mund. Sein Atem duftet nach Minze.

»Ich … ich dich auch«, gebe ich zu. Es ist die Wahrheit. »Ich sollte die Blumen in eine Vase geben. Danke dafür, Mike. Sie sind wunderschön.«

»Ich begleite dich.« Er küsst mich kurz auf die Stirn und nimmt dann meine Hand. Obwohl es mein Büro ist, führt er mich durch den Gang direkt in die Büroküche. So als würde ich mich hier nicht auskennen. Im Schrank suche ich nach einer passenden Vase. Eindringlich beobachtet er mich dabei wie ein Adler seine Beute. Er lässt mich keine Sekunde aus den Augen. Nachdem ich ein passendes Gefäß gefunden habe, befülle ich es mit Wasser und gebe die Blumen hinein. Mike greift wieder nach meiner Hand und zieht mich in Richtung meines Büros. Herrgott, wie selbstbewusst er doch ist und das Beste ist, er geht voraus und verschafft mir damit eine wunderbare Aussicht auf seinen knackigen Po.

Sobald wir in meinem Büro ankommen, stelle ich die Rosen auf den Schreibtisch neben die Lilien. Abrupt zieht er mich wieder an sich, hebt mich hoch und setzt mich auf den Tisch. Er positioniert sich zwischen meinen Beinen und das Kleid rutscht ein wenig nach oben. Ein Stückchen Stoff kann er von meinem Höschen erkennen, allerdings macht es mir nichts aus. Er hat mich schließlich schon nackt gesehen.

»Sag Ja!« Es ist mehr ein Befehl als eine Bitte. Lange muss ich nicht darüber nachdenken.

»Ja«, hauche ich. Eine Sekunde später liegen seine Lippen auf meinen.

Nachdem ich eingewilligt habe, fahren wir mit dem Lift nach unten. Die Hand von ihm ruht derweil auf meinem unteren Rücken und durch den Stoff des Kleides merke ich, wie er seinen Daumen leicht auf und ab bewegt. Vor dem Bürogebäude halte ich nach seinem sportlichen Audi Ausschau, doch er ist weit und breit nicht zu finden. Stattdessen steht ein schnittiger, silbergrauer Aston Martin in der Einfahrt. Ob er den Wagen mit seinem Anzug abgestimmt hat?

»Ist der neu?«, frage ich ihn, als er auf der Fahrerseite einsteigt. Mit meiner Hand fahre ich über das schwarze Armaturenbrett. Wow.

»Ja. Gefällt er dir?«

»Sehr.«

Die Fahrt ist sehr kurz und wir halten bald nach unserem Start an einer Schranke. Mike lässt die Scheibe hinunter und spricht kurz mit dem Wächter, der daraufhin den Schlagbaum öffnet. Ich weiß, wo wir hier sind, und ich weiß auch, wo uns die schmale Straße hinführt. Zum Restaurant ganz oben auf der Schlossbergspitze. Eines der teuersten Restaurants Österreichs. Oh Gott, nein.

Die wenigen Menschen, die die laue Nacht genießen und einen Abendspaziergang machen, weichen uns aus oder drehen sich nach uns um. Der Aston lenkt deren Aufmerksamkeit auf uns. Kurz lässt Mike den Wagen aufschnurren und ich muss über sein Verhalten schmunzeln. Männer und ihr Spielzeug, ist das Einzige, das mir in dem Moment durch den Kopf geht.

»Hier gehen wir essen?«, frage ich ein wenig schockiert. Hoffentlich sagt er Nein. Vielleicht ist es ja nur ein Zwischenstopp und wir fahren dann woanders hin.

»Ja«, antwortet er mir und legt seine Hand auf mein nacktes Knie. Mein Hoffnungsschimmer löst sich in Luft auf. Ich bin ein wenig hin und hergerissen, denn so viel Geld sollte er für mich nicht ausgeben. Allein die Sachen, die ich heute anhabe, haben mehrere Tausend Euro gekostet. Er war zwar so klug und hat das Preisschild abgemacht, wenn die überhaupt so was haben, allerdings gibt es ja Google und ich habe eine Modeexpertin namens Sina im Freundeskreis. Mike und ich hatten danach eine hitzige Diskussion per Mail. Er war so stur und setzte sich schlussendlich durch. Er lieferte mir einige Argumente, die mich umstimmten.

»Mike ...«

»Nein, Sophie, keine Diskussion. Ich will dich hier zum Essen einladen und Punkt«, unterbricht er mich herrisch. Schnaufend rolle ich mit meinen Augen, widerspreche ihm aber nicht mehr.

Vor dem Restaurant bleiben wir stehen. Mike steigt aus, umrundet den Wagen und öffnet mir die Tür. Ein kurzer Windstoß durchfährt meine Haare und eine Strähne bleibt an meinem Mund kleben. Sanft wischt er sie weg, legt die Hand in meinen Nacken und küsst mich. Wie immer hinterlässt er ein Prickeln darauf. Tief in meinem Inneren spüre ich, wie sich wieder Teile zusammenfügen. Bald ist mein Herz wieder ganz.

Hand in Hand gehen wir auf den Eingang zu. Er überreicht einem gut gekleideten Mann den Schlüssel des Aston Martin sowie einige Euroscheine. Kaum betreten wir das Foyer, wird Mike sofort begrüßt.

»Herr Spenc, schön, Sie hier zu haben.«

Derweil lasse ich meine Augen durch das Restaurant wandern und mir bleibt fast der Mund offen stehen. Die Einrichtung ist wunderschön. Eine Mischung aus modern und altmodisch. Wirklich sehr stilvoll und elegant und alles ist in goldbraunen Farbtönen gehalten.

Mike legt seine Hand wieder auf meinen Rücken und deutet mir, dem Mitarbeiter zu folgen. Im Augenwinkel merke ich, wie manche Frauen und auch Männer aufschauen und uns anstarren, während wir durch den Saal geführt werden. Bei so viel Aufmerksamkeit spüre ich direkt, wie ich nervös werde. Mike merkt, wie unwohl ich mich fühle, und tritt näher an mich. Ich bin zwar daran gewöhnt, dass manchmal mehrere Augenpaare auf mich gerichtet sind, aber da bin ich in der Arbeit und halte eine Präsentation und bin dementsprechend vorbereitet.

Ich folge dem netten Herrn, der sich auf die Terrasse zubewegt und versuche, die anderen auszublenden. Vor einem kleinen hübsch gedeckten Tisch bleibt er stehen.

»Ihr Tisch«, teilt er uns mit.

Mike schiebt mir den Stuhl zurecht und ich setze mich. Wie gewohnt nimmt er mir gegenüber Platz. Aufmerksam hört er dem Mitarbeiter zu, der mehrere Aperitifs vorschlägt. Ich wende mich derweil der Skyline zu. Wir haben den perfekten Moment getroffen. Vor uns spielt sich gerade ein wunderschöner Sonnenuntergang ab. Wie kann er nur immer so einen perfekten Augenblick erwischen. Als hätte er alle Hebel in Bewegung gesetzt, nur um mir diese traumhafte Aussicht zu bieten.

»Wow. Wunderschön«, sage ich mit Begeisterung und staune über das Geländer hinweg.

»Mhm, wie du sagst ... Wunderschön«, antwortet er mir genauso begeistert. Ich spüre, wie sich meine Wangen leicht röten. Mike schaut sich nicht, so wie ich, den Sonnenuntergang an. Nein, seine Augen sind auf mich gerichtet.

Eine sehr junge Kellnerin kommt an unseren Tisch und stellt zwei Gläser vor uns ab. Ich beobachte sie und muss mit ansehen, wie sie den Mann, mit dem ich hier bin, anschmachtet. Mit ihren getuschten Wimpern klimpert sie, als hätte sie was im Auge, und mich ignoriert sie. Wie alt sie wohl ist? Achtzehn oder vielleicht auch schon neunzehn? Älter auf alle Fälle nicht.

»Kann ich sonst noch was für Sie tun?«, fragt sie Mike etwas zu freundlich.

»In fünfzehn Minuten die Speisekarten bitte«, herrscht er sie an, würdigt sie keines Blickes.

»Sehr gern«, sagt sie und verschwindet dann fast lautlos.

»Gefällt es dir hier?«

»Ja, sehr sogar.« Mir gefällt alles hier, aber dass er mir gegenübersitzt, ist mit Abstand am besten.

»Wieso tust du das?«, frage ich ihn nach einer kurzen Stille. Eben sind mir Sinas Worte wieder eingefallen. Ich muss wissen, ob da vielleicht wirklich was dran ist. Unbeholfen spiele ich mit den Enden meiner Stoffserviette. Vor Angst auf seine Antwort fängt mein Herz wild zu rasen an und meine Finger zittern. Auch wenn ich es nicht gern zugebe, doch seit Sinas Worten ist in mir ein Hoffnungsschimmer aufgekeimt.

»Was meinst du?« Oh nein, jetzt muss ich es auch noch aussprechen.

»Die Blumen. Die Karten an mich. Das Kleid. Die Schuhe. Das alles hier. Wieso tust du das, Mike?«

»Ich habe dir ja gesagt, ich werde es dir beweisen.« Er nimmt einen kurzen Schluck von seinem Aperitif und spricht dann weiter. »Sophie, es tut mir leid, dass ich dich verletzt habe, dass Sarah so unberechenbar ist und dir was antun wollte. Aber es tut mir nicht leid, dass ich dich beschützen wollte.« Seine Stimme ist eine Mischung aus Sanftheit und Wehmut, aber auch herrisch und arrogant. Sofort habe ich ein schlechtes Gewissen.

»Ich ... mir tut es leid. Meine Reaktion war übertrieben«, gebe ich zu und senke den Kopf, so als würde ich mich schämen. Die ganze Woche über habe ich genau darüber nachgedacht und bin immer zum selben Ergebnis gekommen. Ich hätte in seiner Situation das Gleiche gemacht und ihn, so wie er mich, mit aller Macht beschützt. Außerdem, und das ging mir genauso die ganze Woche durch den Kopf, konnte er machen, was er wollte. Wir führen keine Liebesbeziehung. Zumindest nicht auf beiden Seiten. Ich habe mich schon längst in ihn verliebt. Er sich allerdings nicht in mich.

»Hey. Schau mich wieder an«, sagt er einfühlsam und legt die Hand auf meine. »Ich hätte es irgendwie verhindern müssen. Dann wäre das Ganze nicht passiert. Hätte ich dich mit einem anderen gesehen, wüsste ich nicht, wie ich reagiert hätte.« Wieder spüre ich das Zusammensetzen zweier Herzstücke in der Brustgegend. Wie soll ich das nun wieder verstehen? Aus diesem Mann werde ich einfach nicht schlau.

Leider werden wir von der gleichen jungen Kellnerin, die ich immer noch nicht mag, gestört. Sie überreicht uns die große braun gebundene Speisekarte und verschwindet dann wieder. Neugierig studiere ich die Karte, was nicht ganz so einfach ist. Durch komische Benennungen weiß ich nicht, was ich eigentlich mag und was nicht und weil kein Preis darauf steht, kann ich mich auch nicht danach richten.

»Soll ich dir was empfehlen?«, schmunzelt Mike. Sofort schießt mir, aus Peinlichkeit, die bekanntliche Röte ins Gesicht. Jedoch habe ich keine andere Wahl.

»Bitte«, sage ich und klappe die Speisekarte wieder zu.

»Auf was hättest du denn Lust?« Gute Frage. Kurz überlege ich, worauf ich Lust hätte, und antworte schließlich. »Vielleicht etwas mit Hähnchen oder Fisch.«

Mike klappt ebenfalls die Speisekarte zu, als hätte er geahnt, was ich möchte. Wie gerufen kommt die überfreundliche Kellnerin an unseren Tisch. Gekonnt bestellt Mike unser Essen und dazu den passenden Wein. Danach stoßen wir mit unseren Aperitifs an und ich genehmige mir einen Schluck. Eine Mischung aus süß und fruchtig rinnt meine Kehle hinab. Es ist genau mein Geschmack. Lecker.

Bis das Essen kommt, erzähle ich Mike von dem abgeschlossenen Auftrag mit Herrn Klien. Er hört mir aufmerksam zu und das schätze ich sehr. Er wiederum erzählt mir, dass er gerade auf Wohnungssuche sei und auch schon zwei Besichtigungstermine für den morgigen Tag habe, was mich sehr für ihn freut. Unwillkürlich frage ich mich, wo die beiden Wohnungen sein werden.

Nach einer viel zu kurzen Zeit kommt die Kellnerin zurück, leider mag ich sie immer noch nicht, und bringt uns das Essen, was er uns bestellt hat.

»Lackierte Maishähnchenbrust mit rotem Thai-Kürbiscurry und Basmatireis«, erklärt sie mir und stellt den Teller vor mir ab. Danach geht sie zu Mike.

»Beef de Chorizo mit Steak Fries für Sie«, präsentiert sie ihm und serviert Mike den Teller. Professionell schenkt sie zuerst mein Glas mit dem Wein voll und dann seines. Etwas skeptisch begutachte ich mein Gericht. Der köstliche Duft steigt direkt in meine Nase. Na hoffentlich schmeckt es auch so gut.

Ich spieße mit der Gabel ein Stück Hähnchen auf, schneide es mit dem Messer durch und positioniere dann die Beilage. Vorsichtig führe ich es zu meinem Mund. Nach dem ersten Mal kauen bricht darin ein wildes Feuerwerk mit verschiedensten Aromen aus. Verdammt schmeckt das gut.

»Und? Habe ich eine gute Wahl getroffen?«, fragt Mike, der mich unterdessen beobachtet hat.

Da ich meinen Mund immer noch voll habe, bringe ich nur ein leises »Mhm« heraus und nicke dazu. Danach probiert er auch von seinem Gericht.

»Willst du von dem Steak probieren?«

»Aber nur, wenn du auch von meinem Hähnchen probierst«, sage ich, nachdem ich den Bissen runtergeschluckt habe. Mike schneidet mir ein Stück von seinem Steak ab und füttert mich über den Tisch hinweg.

Das Gleiche mache ich bei ihm. Auch seines ist wirklich lecker.

»Vielen Dank für die Einladung«, sage ich zum hundertsten Mal. Mike hat mir sein Sakko über meine Schultern gelegt und wir wandern Hand in Hand den schmalen Gehweg hinab. Den restlichen Abend über haben wir geredet, als gäbe es kein Morgen mehr. Ich habe so viel über diesen Mann erfahren, dass ich geradezu überwältigt bin. Den Nachtisch, der ebenfalls köstlich war, haben wir uns geteilt. Wie ein verliebtes Pärchen haben wir uns gefüttert und ich muss zugeben, es hat sich auch so angefühlt, als wären er und ich schon ewig zusammen.

»Hör auf, dich immer zu bedanken«, tadelt er mich und zieht mich näher an seine Seite. Zärtlich küsst er mich auf den Scheitel und legt die Hand um meine Schulter. »Viel wichtiger ist mir, ob zwischen uns wieder alles in Ordnung ist.« Der Abend war so wunderschön und je weiter er voranschritt, umso mehr wurde mir bewusst, wie stark meine Gefühle für Mike tatsächlich sind. Ich habe mein Herz längst an den Mann neben mir verloren. Das sollte mir spätestens heute klar sein.

»Ja«, bestätige ich ihm und bekräftige es mit einem Nicken. Inzwischen sind wir an dem Punkt angekommen, wo alles begann. Am Uhrturm. An der besagten Stelle bleiben wir stehen und genießen die Zweisamkeit. Mike stellt sich hinter mich und hält mich mit seinen kräftigen Armen fest.

»Kann ich heute bei dir schlafen?«, flüstert er mir ins Ohr. Kaum merklich gibt er mir einen Kuss auf den Hals. Wie auf Kommando schmelze ich dahin.

»Gerne.« Ich wende mich in seiner festen Umarmung um. Nichts würde ich mir in dem Moment lieber wünschen. Ich schlinge meine Arme um seinen Bauch und lasse meinen Kopf auf seiner Brust ruhen. Aufmerksam höre ich zu, wie sein Herz pocht.

Nach einer Weile zückt Mike sein Handy aus der Hosentasche und ruft jemanden an. Kurz gibt er per Telefon Anweisungen durch und legt dann auf. Gleich darauf fährt ein schwarzer Wagen vor. Der Fahrer steigt aus und öffnet für uns die hintere Tür.

Ich bin ein wenig verwundert. Mike kommt mir nicht wie der typische Mitfahrer vor und so kenne ich ihn auch nicht. Bis jetzt ist er immer selber gefahren. Nichtsdestotrotz gleite ich auf die Rückbank und rutsche auf die andere Seite rüber, damit Mike Platz nehmen kann. Der vordere Bereich ist mit einer Trennwand von dem hinteren Bereich abgetrennt. Weil ich so was noch nie gesehen habe, bin ich etwas fasziniert davon. Mike wechselt derweil ein paar Worte mit dem Fahrer und steigt dann ebenfalls ein.

»So kenne ich dich gar nicht«, schmunzle ich vor mich hin.

»Was meinst du?«

»Na ja. Du bist keiner, der mitfährt. Du bist jemand, der sportliche Wagen selber lenkt.«

»Ach ja? Ist das so?«, fragt er belustigt und rückt näher zu mir. Seine Augen werden von einer Sekunde auf die andere dunkler und seine Stimme rauer. Was das zu bedeuten hat, weiß ich nur zur Genüge. Noch bevor ich antworten kann, zieht er mich auf seinen Schoß.

»Vielleicht habe ich ja was anderes vor, als einen sportlichen Wagen zu fahren«, knurrt er. Sanft streichelt er die Haut meines Oberschenkels. Mein Puls beschleunigt sich in Sekundenschnelle und aus meinen Lungen entweicht jegliche Luft. Tief schaut er mir in die Augen. Kein Mann hat je eine solche Wirkung auf mich gehabt wie Mike.

»Und ... was?«, bringe ich gerade noch heraus. Mike wandert mit seiner Hand zwischen meine Schenkel, schiebt mein Höschen auf die Seite und beginnt sorgfältig, den kleinen Hügel zu massieren. Seufzend schließe ich die Augen und gebe mich ihm ganz hin.

»Wie sehr ich deine Nässe vermisst habe«, raunt er, während er mich am Hals küsst. Behutsam schiebt er den Finger in mich und beginnt ihn zu bewegen. An meinem Po spüre ich, wie sein Glied immer härter wird.

Um mein Verlangen nach ihm ein wenig zu stillen, fahre ich mit meinen Händen in sein Haar. Leicht ziehe ich daran und entlocke Mike ein leises Stöhnen. Sein Finger neckt meinen klitschnassen Eingang und schiebt sich noch tiefer in mich. Gekonnt umspielt er meinen G-Punkt, während Mikes Lippen sich besitzergreifend über meinen Mund legen, den ich nur zu gern für ihn öffne. Ich bekomme einfach nicht genug von ihm. Spielerisch beiße ich ihm auf seine Unterlippe und bitte um mehr. Er versteht und küsst mich umso härter. Seine Zunge drängt sich in meinen Mund und beginnt mit meiner zu tanzen.

Als ich bemerke, wie der Wagen plötzlich anhält, werde ich wieder in die Realität zurückgeholt. Geschockt starre ich Mike an, der seinen Finger noch immer in mir hat.

Oh Gott. Ob der Fahrer was mitbekommen hat? Sofort werfe ich einen Blick auf die Abtrennwand, das Fenster ist immer noch oben. Erleichtert stoße ich die Luft aus, die ich, ohne es mitzubekommen, angehalten habe.

»Habe ich dir nicht schon mal gesagt, dass ich so was nie zulassen würde?«, knurrt er verärgert und schiebt seinen Finger noch einmal tief in mich, sodass ich kurz aufjapse. Dann zieht er ihn heraus und schiebt ihn sich stattdessen in den Mund. Ich beobachte ihn, wie er an den beiden Finger, die vorher noch in mir waren, genussvoll saugt.

»Mmhm ... so gut«, raunt Mike und schaut mir dabei unentwegt in die Augen. Seine Verärgerung war nur von kurzer Dauer. Gott sei Dank.

Fest umschlingt er mit seiner Hand meinen Nacken und zieht mich an sich. Wie sehr ich es liebe, wenn er das tut. Wie schon einmal schmecke ich mich auf seinen Lippen. Kaum haben wir den Kuss beendet, hebt er mich sanft von seinem Schoß. Dann öffnet er die Autotür und steigt aus. Um mir aus dem Wagen zu helfen, reicht er mir seine Hand, die ich dankend annehme.

Kaum haben wir meine Wohnung betreten, wirbelt Mike mich herum und drückt mich gegen die Wand.

»Endlich«, raunt er. An meinem Bauch spüre ich deutlich seinen steinharten Schwanz. In meinen Adern beginnt das Blut zu brodeln und in meinem Kopf höre ich, wie sich der Puls überschlägt.

»Viel zu lang musste ich auf dich verzichten.« Oh Gott ja! Ich weiß, was er damit meint. Das Einzige, was ich jetzt will, ist ihn in mir. Sofort.

Fest drücke ich ihn von mir weg, nur um meine Schuhe wegzuschleudern. Dann liegen unsere Lippen auch schon wieder aufeinander. Meine Finger machen sich derweil an die Arbeit, Mikes Hemd zu öffnen. Das wilde Verlangen nach ihm breitet sich noch mehr in mir aus.

Er macht es mir mit den Schuhen nach und knotet nebenbei die Krawatte auf, die er unbeeindruckt auf den Boden schmeißt. Hier und da höre ich etwas umfallen, ignoriere es aber. Nichts ist im Moment wichtiger als wir beide. Nur für einen kurzen Augenblick müssen wir den wilden Tanz unserer Zungen unterbrechen, damit mir Mike das überteuerte Kleid über den Kopf ziehen kann. Weil ich vor lauter Ungeduld mit den restlichen Knöpfen seines Hemdes nicht mehr zurechtkomme, reiße ich es mit einem Ruck auf, sodass sie quer durch den Raum fliegen.

Etwas ungeschickt stolpern wir in das Schlafzimmer, ohne auch nur eine Sekunde die Finger voneinander zu lassen. Gott sei Dank hat sich Mike um seine Hose selbst gekümmert. Ich bin viel zu gierig nach ihm und hätte das nicht mehr geschafft. Mike wirft mich auf das Bett und mustert mich eindringlich. Dann spüre ich seinen Körper auch schon auf mir. Wie wild und ausgehungert küsst er mich am Hals entlang runter zur Brust. Mit seinen Zähnen schiebt er den Stoff meines BHs weg und entblößt somit meinen Nippel. Danach wandert er weiter zum anderen. Unentwegt stöhne ich und presse die Hände in die Matratze.

»Sag, dass du mich willst«, knurrt er und beißt mir fest in die Brustwarze.

»Aah ... Mike ...«, stöhne ich schreiend auf. Oh Gott. Der kurze Schmerz treibt meine Lust auf Hochtouren. Nie hätte ich gedacht, dass mich so was anmacht, und will sofort mehr. Viel mehr.

»Sag es!«, befiehlt er und wiederholt das Spiel. Unter seiner Neckerei winde ich mich.

»Ja ... Oh Gott ja, ich will dich«, stöhne ich. Fest umschlinge ich mit meinen Beinen seine Hüften. Sein harter Schaft reibt an meinem Höschen und stimuliert mich wild. Wenn er so weitermacht, überkommt mich der Orgasmus, ohne dass er in mir war.

Ein weiteres Mal küsst er mich auf die Lippen und schält sich dann aus meiner Umklammerung. Als könnte er meine Gedanken lesen, streift er mir mein Höschen ab. Das Gleiche macht er mit seiner Boxerhorts. In seinen Augen kann ich die pure Lust herauslesen und das lässt mich kurz erschaudern.

»Dreh dich um«, ertönt plötzlich seine raue Stimme.

»Was?«, frage ich ihn verblüfft und stütze mich auf den Ellbogen ab. Was hat er vor?

»Vertraust du mir?« Sofort nicke ich. Darüber brauche ich gar nicht erst nachdenken. Ich vertraue ihm mehr als mir selbst. Komisch, aber wahr.

»Dann dreh dich um«, murrt er und ich tue, was mir befohlen wird. Mein Körper ist auf Hochalarm eingestellt. In der Hoffnung, ein Geräusch wahrzunehmen, spitze ich meine Ohren.

Mike ergreift meine Fußknöchel und spreizt meine Beine. Plötzlich nehme ich etwas Feuchtes in meiner Kniebeuge wahr. Langsam wandert es meine Hüften entlang Richtung Po. Unter Mikes Gewicht senkt sich die Matratze. Am Anfang kann ich es nicht einordnen, was Mike da macht, bis er mir in die Pobacke beißt und mir einen kurzen Schrei entlockt. Seine Berührungen sind die reinste Folter und treiben mich an den Rand der Begierde. Mit seiner Zunge wandert er weiter zu der Falte zwischen meinen Pobacken hinab. Sofort verspanne ich mich. Oh Gott, was hat er vor?

»Entspann dich, Süße«, sagt er und wandert mit seiner Zunge wieder retour und setzt seine Folter weiter fort. Mike hinterlässt eine feuchte Spur über meinem Steißbein, entlang der Wirbelsäule bis hinauf zu meinem Ohr, sodass sich eine Gänsehaut auf meinem ganzen Körper verteilt.

Mit einem Ruck stemmt sich Mike auf und zieht mich zugleich an sich. Ich strecke ihm meinen blanken Hintern entgegen. Angst keimt in mir auf. Er wird doch nicht etwa? Nein. Oder doch? Oh Gott. Das habe ich noch nie gemacht und hatte es eigentlich auch nicht vor.

»Keine Angst. Ich werde deinen verführerischen Arsch nicht ficken. Noch nicht«, sagt er und schiebt seinen Finger in meine klitschnasse Muschi. Ich entspanne mich ein klein wenig. »Aber mein Finger wird dein kleines Poloch stimulieren, während mein Schwanz deine Muschi fickt«, murrt er und stöhnt auf. Automatisch kneife ich meine Arschbacken zusammen. Will ich das überhaupt?

»Sophie. Vertrau mir. Versuch es und wenn du dann Nein sagst, höre ich auf der Stelle auf. Versprochen.« Seine Worte beruhigen mich ein wenig und machen mich auf das neugierig, was ich zuvor noch verhindern wollte. Langsam lasse ich meine Pobacken locker und versuche, mich zu entspannen.

Mike schiebt einen weiteren Finger in mich. Wahrscheinlich, um mich abzulenken. Jedoch nehme ich jede noch so kleine Berührung wahr. Ich bin hoch konzentriert.

»So ist es gut. Ganz locker lassen«, lobt er mich und zieht beide Finger wieder aus mir raus. Ich spüre, wie er meine Nässe an meinem Poloch verteilt, was sich etwas komisch anfühlt. Unerwartet schiebt Mike seinen pulsierenden Schwanz in mich, sodass ich laut aufschreien muss. So tief wie möglich versenkt er sich in mir und lässt seine Hüften kreisen. Seufzend schließe ich die Augen und folge seinen rhythmischen Bewegungen. Mike greift nach meinem Haar und zieht meinen Kopf nach hinten. Zugleich schlägt er mir fest auf den Arsch. Abermals stöhne ich laut auf. Ich bin etwas überrascht, dass mich das nur noch mehr anmacht, und will augenblicklich mehr davon. So kenne ich mich gar nicht.

»Zu lange musste ich auf dich verzichten. Es war die Hölle«, knurrt er. Mit einem weiteren festeren Schlag bekräftigt er seine Worte.

»Ah ... Mike!« Immer schneller und tiefer rammt er seinen steinharten Schwanz in mich. Das Klatschen nackter Haut hallt in meinem Zimmer wieder und wird lauter denn je. Mikes Atem kommt stockender und er knurrt unentwegt vor sich hin. Plötzlich spüre ich den Finger an der besagten Stelle und ohne Vorwarnung schiebt er ihn in meinen Po. Wie ein Blitz durchfährt es mich. Sein Finger fühlt sich ein wenig fehl am Platz an, trotzdem gebe ich dem Ganzen eine Chance.

Nachdem Mike seinen Finger ein wenig hin und her bewegt hat, fühlt es sich besser an, als gedacht. Ich muss zugeben, dass es mir gefällt.

»Sehr gut«, lobt er mich und ich entspanne mich noch mehr. Mit dem Finger im Po fühlt es sich noch enger an, als es ohnehin schon ist.

Es dauert nicht lange, bis Mike den ersten Orgasmus in mir auslöst. Mein Gestöhne treibt ihn an und lässt seine Hüften schneller bewegen. Ich spüre, wie sein Schaft in mir anschwillt, bis er sich dann in mir ergießt und mir einen weiterer Orgasmus entringt.

VIERZEHN

Am nächsten Morgen werde ich von den Sonnenstrahlen, die mir direkt ins Gesicht scheinen, geweckt. Mikes schwerer Körper liegt halb auf mir und unsere Beine sind wild miteinander verknotet. So behutsam wie nur möglich schiebe ich ihn von mir weg. Kurz knurrt er auf, schläft aber weiter. Ich schnappe mir etwas zum Anziehen und husche dann aus dem Schlafzimmer. Kaum habe ich den Flur betreten, stolpere ich schon über das erste Kleidungsstück. Mikes Hose. Jetzt weiß ich wenigstens, wo er sie verloren hat. Ich räume alle Kleidungstücke, die kreuz und quer in der Wohnung herumliegen, auf und schmeiße Mikes Sachen in die Waschmaschine, damit ich sie mit einem Schnell-Wasch-Programm starten kann. Im Wohnzimmer sammle ich die abgerissenen Knöpfe seines Hemdes auf und muss auch feststellen, dass es eine Vase nicht überlebt hat.

»Scherben bringen Glück«, murmle ich glücklich vor mich hin und kehre die Scherben mit einem Besen auf.

Da Mike immer noch im Land der Träume ist, hole ich mir meinen iPod aus der Kommode. Damit ich ihn nicht wecke, höre ich über die Kopfhörer Musik, während ich nebenbei das Frühstück vorbereite. Beim Kochen gibt es nichts Besseres, als Musik zu hören. Ich nehme die

Brötchen aus der Verpackung und lege alle auf das Blech. Sobald der Ofen aufgeheizt ist, schiebe ich sie hinein und stelle die Zeit auf zehn Minuten ein. Gerade, als ich das Ei aufschlage und in die Pfanne gebe, ertönt einer meiner Lieblingssongs. Ich wirble einmal herum und beginne dann zu tanzen. Selten habe ich mich so gut wie jetzt gefühlt. Mike begehrt mich immer noch und die Bestätigung von gestern hat mir gutgetan. Bei der Erinnerung von letzter Nacht muss ich lächeln. Er hat sich so viel Mühe gegeben und seine Entschuldigung war einfach wunderschön. Nur selbstverständlich, dass ich nicht mehr böse sein kann. Obwohl ich das eigentlich auch nie wirklich war. Ich war nur verletzt. Allerdings hat er gestern die letzten offenen Wunden wieder geheilt und mein Herz vollständig zusammengesetzt. Und der Sex mit ihm war einfach perfekt. Mike versteht es, mir Neues zu zeigen und mich dabei völlig aus der Bahn zu werfen. Er hat mit seinem Finger tatsächlich mein Poloch stimuliert und mir hat das Ganze auch noch gefallen, genauso wie die Schläge. Ich bin über mich selbst überrascht.

Plötzlich schlingen sich kräftige Arme um mein Becken und lassen mich kurz zusammenzucken. Ich erhole mich jedoch gleich wieder von diesem kurzen Schreck und ein Lächeln schleicht sich auf mein Gesicht. Mike zieht mich an seinen muskulösen Körper und ich fühle mich sofort in den starken Armen wohl. Ich entferne meinen Kopfhörer, um den Mann hinter mir zu begrüßen.

»Guten Morgen. Frühstück ist gleich fertig.«

»Morgen ... Du bist ein Engel«, antwortet er mir schläfrig und gibt mir einen Kuss auf den Scheitel.

»Dann setz dich. Es ist gleich fertig.«

Ich stelle die frisch aufgebackenen Brötchen auf den Tisch und serviere uns jeweils ein Spiegelei sowie den Kaffee. Gegenüber von ihm nehme ich Platz.

»Begleitest du mich dann?«, fragt er mich, nachdem er einen Bissen vom Spiegelei genommen hat. Fragend schaue ich ihn an, weil ich nicht weiß, was er meint, und genehmige mir einen Schluck vom Kaffee. Habe ich etwas verpasst? Mike merkt meine Verwirrung sofort.

»Der Besichtigungstermin von den beiden Wohnungen. Ich hätte dich gerne dabei«, erklärt er mir. Mike sagt das, als wäre es das Normalste auf der Welt. Vielleicht ist es das auch, aber für mich ist das alles andere als normal. Wieso will er mich dabeihaben? Ist von seiner Seite vielleicht auch mehr im Spiel? Der kleine Hoffnungsschimmer blüht noch weiter in mir auf. Wie sehr ich mir genau das wünsche.

»Ich ... ähm ... ja, also, wenn du willst, dass ich mitkomme, dann gern«, stottere ich vor mich hin. Komischerweise spüre ich, wie sich meine Wangen rot verfärben. Warum ist es mir peinlich? Er will mich ja dabeihaben, nicht umgekehrt.

»Gut«, sagt er und schenkt mir, bevor er weiterredet, ein kurzes Lächeln. »Der Erste ist um drei Uhr. Was willst du bis dahin machen?« Gute Frage. Darüber habe ich mir noch keine Gedanken gemacht. Eigentlich dachte ich, er würde gleich nach dem Frühstück verschwinden wollen. Schlagartig spüre ich, wie mein Herz zu strahlen beginnt und meine Mundwinkel verziehen sich zu einem dümmlichen Lächeln. Ich nehme einen Bissen von meinem Frühstück und denke über seine Frage nach. Ob es ihm recht ist, wenn wir einfach zu Hause bleiben würden? Oder wird er sich eingeengt fühlen? Vielleicht findet er mich dann auch langweilig. Wieso fällt es mir bei ihm so schwer, einen einfachen Vorschlag zu machen? Gott verdammt.

Ich spüre, wie sein Blick auf mir ruht. Er erwartet eine Antwort von mir. Logisch.

»Wie wäre es mit einem Film?« Es ist mehr eine Frage als ein Vorschlag. Mike spießt das letzte Stück seines Spiegeleis auf und führt es zu seinem Mund.

»Mhm ... und welchen möchtest du sehen?« Sein Gesicht bleibt ausdruckslos. Ist das ein gutes oder ein schlechtes Zeichen?

»Ähm ... also wir müssen nicht, wenn du nicht willst«, sage ich verunsichert. Mike legt die Gabel beiseite und greift nach meiner Hand und führt sie zu seinem Mund. Zärtlich küsst er jeden einzelnen meiner Fingerknöchel.

»Egal, was wir machen. Die Hauptsache ist, du bist dabei.« Dann steht er auf, räumt seinen Teller in die Spülmaschine und lehnt sich danach sexy an die Küchenzeile. »Also? Auf was hast du Lust? Komödie? Thriller? Action oder vielleicht Horror?«, fragt er und zuckt bei dem Wort Horror mit den Augenbrauen.

»Ich schaue keine Horrorfilme«, sage ich fest entschlossen und stehe ebenfalls auf, um meine Sachen wegzuräumen. Ich hasse Horrorfilme.

»Wieso nicht?« Weil ich danach total Schiss habe. Das muss er jedoch nicht wissen. Ich bin ja sonst ein offenes Buch für ihn.

»Kein Interesse«, antworte ich ihm stattdessen und zucke mit den Schultern.

»Hast du etwa Schiss?«, fragt er mich mit einem unterdrückten Lächeln. Verdammt. Wieso bin ich für Mike so leicht zu durchschauen?

»Nein!«, quieke ich etwas zu laut und räume die restlichen Sachen vom Tisch.

»Vor was denn? Dass dir jemand in deinen rattenscharfen Arsch beißt?« Mike, der Bastard, zwickt mir in den Po.

»Mike!«, tadle ich ihn und gehe zur anderen Tischseite, außer Reichweite von ihm.

»Nein. Ich habe keine Angst«, antworte ich ihm so selbstbewusst wie möglich. »Und wenn ich mich recht erinnere, hat genau das jemand gestern Nacht gemacht.« Sein spitzbübisches Lächeln ist zurück.

»Ach? Tatsächlich? Das war bestimmt ein Ungeheuer.« Ein Schauer läuft mir über das Rückgrat. Nicht wegen dem, was er sagt. Nein. Viel mehr hat es etwas damit zu tun, wie er es sagt. Von einer Sekunde auf die andere haben sich Mikes Augen verdunkelt. Deutlich kann ich die Lust daraus lesen. Der Mann ist unersättlich und faszinierend zugleich.

»Nun ... Wenn das so ist. Muss der Besagte mich erst erwischen.« Ich stelle den Brotkorb wieder ab. Die Luft zwischen uns knistert so stark, dass es fast ein Außenstehender hören könnte.

»Soso ...«, knurrt er zwischen zusammengebissenen Zähnen. Kurz fixiert mich Mike und dann rennt er los. Im selben Moment wende ich mich um und renne vor ihm weg. Ich umrunde die Couch und versuche, so gut es geht zu entkommen. Durchlaufe die ganze Wohnung. Nochmals laufe ich in die Küche, umrunde den Tisch, an dem wir zuvor gefrühstückt haben, und schiebe ihm die Stühle in den Weg. Vage höre ich ihn belustigt fluchen. Im Schlafzimmer springe ich schnell aufs Bett und drehe mich dann um. Mike hält gerade davor an und grinst siegessicher. Zwischen meinen Beinen bricht erneut der Druck aus, der gestillt gehört. Gott, wie sehr ich ihn schon wieder will.

»Und jetzt?«, knurrt er. »Jetzt sitzt du in der Falle.« Und wie ich das tue und ich würde nichts lieber wollen als das.

Mike greift nach mir und zieht mich zu sich. Nur zu gern gebe ich mich geschlagen.

Mit einer kleinen Verspätung, an der nur er schuld ist, treffen wir bei der ersten Wohnung ein. Mike und ich haben das Bett in der Zwischenzeit so gut wie nie verlassen. Selbst den Film haben wir über den Laptop geschaut. Zugegeben, ich habe keine Ahnung, um was es beim Film ging, wir waren anderweitig beschäftigt. Als wir es dann doch geschafft haben, aufzubrechen, hat plötzlich der Aston vor meiner Haustür gestanden. Ich habe keinen blassen Schimmer, wie Mike das geschafft hat, allerdings habe ich mich tierisch gefreut, weil wir wieder mit dem Wagen fuhren. Nichts gegen den Audi, aber der Aston ... Hammer Schlitten.

Als wir mit dem Wagen am verabredeten Ort vorfahren, wartet eine Dame vor dem Eingang auf uns. Vermutlich ist das die Maklerin. Wir steigen aus und gehen zu ihr rüber.

»Herr Spenc, guten Tag. Ich wusste nicht, dass Sie mit Begleitung kommen«, begrüßt sie ihn. Mike tut es ihr gleich und stellt mich dann vor. Warmherzig lächelt sie mich an, sie ist mir auf Anhieb sympathisch.

»Am besten, wir fangen gleich an. Hinter uns ist gleich das erste Objekt«, erklärt sie uns. In der Gegend bin ich selten unterwegs, dennoch weiß ich, dass es eines der teuersten Viertel in Graz ist.

Sobald wir in der Wohnung angekommen sind, schaue ich mich ein wenig um, während Mike der Maklerin zuhört. Ich erwische mich dabei, wie ich mir tatsächlich vorstelle, wie es wäre, wenn wir beide hier zusammen wohnen würden. Wie das Zusammenleben mit ihm wohl wäre? Würden wir überhaupt aus dem Bett kommen? Der Gedanke lässt mich verlegen grinsen. Seit ich ihn kenne, habe ich nur noch solche Gedanken. Das Schlimme dabei ist, er weiß meistens, was ich denke. Bestimmt auch jetzt.

In der Küche finde ich eine wunderschöne Küchenausstattung vor. Mit der Hand fahre ich über die glatte, helle Steinplatte. Die Küche ist riesig. Einfach alles hier ist riesig. Allein meine Wohnung würde in dieses Apartment dreimal reinpassen. Unglaublich.

Als ich aus dem Fenster blicke, sehe ich den großen Stadtpark. Es ist eine wunderschöne Ablenkung von den ganzen Hochhäusern und Wohnblöcken.

»Und wie findest du die Wohnung?«

Ich zucke mit den Schultern. »Dir muss sie gefallen.«

»Deine Meinung interessiert mich dennoch.« Mike stellt sich hinter mich und küsst mich liebevoll auf den Kopf. Ich liebe es, wenn er so einfühlsam ist. Ach, ich liebe alles an ihm.

»Ich finde sie schön. Allein die Küche haut mich um und es ist eine super Gegend ...«

»Aber?«, fordert er mich auf, weiterzureden.

Wieder zucke ich mit meinen Schultern. »Aber sie passt nicht zu dir. Die Wohnung strahlt nicht das aus, was du ausstrahlst«, sage ich wahrheitsgemäß und so empfinde ich auch. Das hier ist wirklich wunderschön, allerdings passt sie zu ihm überhaupt nicht.

»Ach? Und was strahle ich aus?«, fragt er mich. Ich drehe mich um und lege die Arme um seinen Hals. Sein spitzbübisches Lächeln erscheint kurz und er drückt mich an sich.

»Du bist unersättlich, weißt du das?«

»Nur deinetwegen«, knurrt er. Ich küsse ihn kurz und wende mich dann von ihm ab. Ich fahre erneut mit meiner Hand die Steinplatte entlang. Dabei schwinge ich verführerisch meine Hüften und bleibe am anderen Ende stehen. Eigentlich ist Mike immer der, der mich aus dem Konzept bringt. Mal schauen, ob ich das auch kann.

»Du brauchst eine Wohnung ... Wie soll ich sagen ...« Ich tue so, als würde ich nach dem richtigen Wort suchen. Mit meinen Unterarmen stütze ich mich auf der Arbeitsfläche ab, sodass Mike einen Blick in meinen Ausschnitt werfen kann. Seine Augen verengen sich, bestimmt hat er mich durchschaut. »Du brauchst eine Wohnung, die eine gewisse Arroganz ausstrahlt. Die zeigt, dass du dir alles erarbeitet hast. Die zeigt, dass hier ein Mann wohnt, der alles bekommt, was er will. Das gewisse Etwas fehlt in dieser Wohnung.«

Mike verschränkt seine Arme vor der Brust. Mit hochgezogener Braue mustert er mich.

»Arrogant ja?«, fragt er ernst. Würde ich Mike nicht kennen, würde ich glatt denken, er wäre sauer. Doch die Rauheit in seiner Stimme verrät mir etwas ganz anderes.

»Jap«, antworte ich ihm und stelle mich wieder gerade hin. Langsam schlendere ich auf ihn zu und sobald ich unmittelbar vor ihm stehe, zieht Mike mich in seine Arme und erobert meine Lippen. Er neckt meinen Mund und schiebt seine Zunge hinein.

Wie aus dem Nichts ertönt ein leises Klopfen und unterbricht unseren leidenschaftlichen Kuss. Lächelnd meldet sich Frau Prügger zu Wort.

»Haben sich Ihre Lebensgefährtin und Sie schon entschieden?« Sofort drücke ich Mike von mir weg. Röte schießt mir ins Gesicht und am liebsten wäre mir, ich könnte im Erdboden versinken. So kenne ich mich nicht. Rumknutschend in der Öffentlichkeit? Ich? Oh Gott.

»Ich ... ähm ... ja ... also nein, ich bin nicht seine Lebensge...«, stottere ich, Mike schneidet mir allerdings das Wort ab.

»Ja, wir haben uns entschieden. Wir nehmen die Wohnung nicht.« Mike berührt mich am unteren Rücken, verblüfft starre ich ihn an. Er dagegen schenkt mir ein warmherziges Lächeln.

»Gut ... dann auf zur zweiten Wohnung?«, fragt die Maklerin Mike.

»Ja.«

Unten angekommen, steuere ich schnurstracks zum Wagen und steige ein. Mike unterhält sich noch kurz mit Frau Prügger. Ich habe kaum die Wagentür geschlossen, da stoße ich lautstark den Atem aus. Mir kommt es vor, als hätte ich den ganzen Weg nach unten die Luft angehalten. Mein Brustkorb hebt und senkt sich, als wäre ich gerade gerannt.

Ich bin wie vom Donner gerührt und verstehe die Welt nicht mehr. Lebensgefährtin? Und er bejaht das auch noch? Okay nicht ganz, aber widersprochen hat er auch nicht. Ich kann mich noch gut erinnern, als er zu mir sagte »Sei mein« und ich frage mich jetzt nur noch mehr, ob von seiner Seite vielleicht auch mehr ist. Hat er mir gegenüber vielleicht auch Gefühle? Oder interpretiere ich zu viel hinein? In meinem Kopf schlagen die Gedanken Purzelbäume.

Als sich die Fahrertür öffnet und Mike einsteigt, verstaue ich sie in die hinterste Ecke meines Kopfes. Darüber kann ich nachdenken, wenn ich alleine bin.

»Bist du bereit?«, fragt er mich und startet den Wagen. Ich nicke. Er fädelt sich in den Verkehr ein und legt dann, wie gewohnt, seine Hand auf mein Knie.

Nach einigen Fahrminuten bleiben wir vor einem weißen Hochhaus stehen. Sobald wir ausgestiegen sind, nehme ich sofort die Frauen wahr, die Mike angaffen. Schnell wuscheln sie sich durch das Haar oder tippen ihre Freundin an, deren Aufmerksamkeit noch nicht auf Mike liegt, und beginnen zu tuscheln. Ich kann sie ja verstehen, er ist nun mal ein Hingucker. Jedoch bahnt sich das Gefühl in mir an, fehl am Platz zu sein. Die Frauen sind durchgestylt bis in die letzte Haarspitze. Sie sind Vorzeigefrauen, mit denen sich ein Mann nicht schämen muss. In deren Gegenwart bin ich nur ein graues Mäuschen und meine dunkelblaue Jeans und mein weißes Shirt unterstreichen das Ganze auch noch. Ich trage klassische No-Name-Kleidung. Die dagegen haben bestimmt einen Kleiderschrank voller Chanel, Gucci und Prada.

So gut es geht, versuche ich, mich abzulenken, und betrachte das Gebäude, als hätte ich es noch nie gesehen, dabei kenne ich es, zumindest von außen. Ob es wirklich so ist, wie manche sagen? Wenn ja, dann ist es das perfekte Gebäude für ihn.

In dem Moment, als sich Mike zu mir gesellt, fährt die Maklerin vor und hinter uns beginnen die Vorzeigefrauen noch mehr zu tuscheln. Wahrscheinlich fragen sie sich, wie ein Mann, wie Mike einer ist, sich mit mir abgegeben kann. Tja, das frage ich mich auch des Öfteren.

»Es tut mir leid. Der Verkehr ist grauenhaft. Kommen Sie, wir fangen gleich an ... Um die Ecke gibt es eine Tiefgarage, für Ihr Apartment sind fünf Stellplätze reserviert. Der Eigentümer kann es jedoch noch erweitern, wenn es gewünscht ist. Im Foyer gibt es ein Restaurant, das auf Wunsch auch ins Apartment liefert«, erklärt Frau Prügger uns. Mike nickt und lässt der Maklerin den Vortritt. Im Foyer werde ich von den ganzen neuen Eindrücken völlig erdrückt. Ich weiß nicht, wo ich als Erstes hinschauen soll. Alles ist stilvoll, glamourös und bestimmt übermäßig teuer. Am liebsten würde ich sogar meine Schuhe ausziehen, weil der Boden glänzt, als wäre er vor ein paar Sekunden poliert worden. Würde ich es nicht besser wissen, würde ich denken, ich bin im Himmel. Zu meiner Erleichterung weicht mir Mike nicht von der Seite. Seine Hand ruht auf meinem Rücken und gibt mir, zumindest ein wenig, das Gefühl, nicht fehl am Platz zu sein. Ein paar von den Vorzeigefrauen sind uns mit hineingefolgt und stehen in der Ecke neben dem Eingang. Ihre Augen fokussieren nur Mike.

»Und? Strahlt das mehr aus?«, fragt er mich belustigt.

»Joaah ...« Ich versuche, meine Begeisterung in Grenzen zu halten. Mike gibt mir einen zärtlichen Kuss auf die Schläfe und ich bin froh, dass er die anderen Frauen ignoriert.

Als wir mit der Maklerin den Lift betreten, bin ich wirklich sprachlos. Er besteht rein aus verdunkeltem Glas, sodass man ohne Probleme alles im Blick hat. Von außen kann man jedoch nicht reinschauen. Wow... einfach toll.

Frau Prügger gibt auf dem Touchscreen einen Pin ein und die Türen schließen sich. Blitzschnell kommen wir am letzten Stockwerk an. Die Türen gleiten wieder auf und gemeinsam betreten wir den ersten Raum des Apartments, der zugleich ein offener Wohnbereich ist. Mir stockt der Atem. Oh mein Gott.

Mitten im Raum steht eine riesige Ledercouch, auf die

ich mich am liebsten gleich schmeißen würde, so bequem schaut sie aus. Alles ist aus Marmor und Stein. Die Wohnung verkörpert Mike perfekt. Ich muss mich echt zusammenreißen, sonst flippe ich noch aus. Die riesen Küche ist in creme und braun gehalten und davor steht ein mindestens drei Meter langer Glastisch. Wow.

Die Maklerin führt uns durch das ganze Apartment. Na ja, Palast würde besser passen. Und ich dachte schon, die vorherige Wohnung wäre groß, aber das hier übertrumpft wirklich alles.

»Wenn Sie mir bitte folgen würden. Es gibt noch ein kleines Highlight.«

»Noch mehr?«, bricht es aus mir heraus.

Frau Prügger schenkt mir ein Lächeln und nickt. »Noch viel besser.« Mike ist mir nicht ein Mal von der Seite gewichen. Eng umschlungen folgen wir der Maklerin. Wir steigen die Treppe hinauf und ich frage mich, wie viel Räume ein einzelner Mensch brauchen kann. Das Untergeschoss reicht für mindestens zehn Personen. Doch als wir das obere Geschoss erreichen, fallen mir fast die Augen aus dem Kopf. Wir befinden uns auf einer riesigen Dachterrasse. Genauso wie am Uhrturm liegt uns ganz Graz zu Füßen. Mike lässt mich los und ich gehe zum Geländer vor und staune über die Stadt. Mittlerweile kann ich meine Begeisterung nicht mehr unterdrücken.

»Wow …« Ich bin wirklich sprachlos.

»Und? Passt die Wohnung besser zu mir?«, fragt Mike mich, als er sich wieder an meine Seite gesellt. Lässig stützt er sich am Geländer ab.

»Viel besser«, nickend bekräftige ich ihm meine Antwort. Die Wohnung ist einfach perfekt.

»Gut, denn ich habe schon zugesagt.«

»Wirklich?«

»Ja. Du bist so begeistert davon. Ich musste sie einfach nehmen.«

Wir bleiben eine Weile am Geländer stehen und genießen den Ausblick, während wir warten, bis die Maklerin den Vertrag fertig hat.

»Du hast dich richtig entschieden«, sage ich zu ihm, als wir das Gebäude Hand in Hand verlassen. Mike öffnet mir die Tür des Astons und ich gleite hinein. Wie immer folge ich dem Ritual und beobachte ihn, wie er seinen Wagen umrundet, und bin glücklich darüber, dass dieser Mann, wenigstens für kurze Zeit, an meiner Seite ist. Ich kann nur hoffen, dass es nicht zu schnell vorüber ist.

Mike schlägt gerade seine Autotür zu, als plötzlich der Klingelton meines Handys ertönt. Ich hole es aus meiner Tasche und lese den Namen meiner besten Freundin auf dem Display ab.

»Hey Jana«, begrüße ich sie. Währenddessen startet Mike den Motor und fährt los.

»Hey du. Was machst du gerade?«

»Ich bin gerade unterwegs. Ich war bei einer Wohnungsbesichtigung«, antworte ich ihr. Ich will nicht schon wieder Geheimnisse vor ihr haben. Außerdem hätte ich ihr spätestens nächste Woche von Mikes Überraschungen erzählt.

»Kann ich deine Wohnung haben?«, fragt sie mich blitzschnell.

»Nein, Jana. Die Wohnung ist nicht für mich. Mike hat eine gesucht.« Ich höre, wie sie schnauft, und ich beginne zu lachen.

»Herrgott, Sophie, und ich hab mich schon gefreut«, sagt sie enttäuscht. Weil ich sie kenne, weiß ich, dass die Enttäuschung nur gespielt ist. Na ja, zumindest ein wenig, denn sie würde meine Wohnung echt gern haben, das hat sie mir schon mehrmals gesagt.

»Mike, ja?«, fragt sie gleich darauf.

»Ja, aber das erzähle ich dir wann anders.«

»Na hoffentlich. Allerdings trifft es sich gut. Wie wäre es mit einem Doppeldate? Ich wollte dich nämlich fragen, ob wir Cocktails trinken gehen. Ich würde dir gern Aaron vorstellen.« Ein Doppeldate. Automatisch drehe ich meinen Kopf zu Mike, so als hätte er gehört, was Jana gesagt hat. Ich glaube nicht, dass er bei so was dabei sein will. Außerdem ist das so beziehungstypisch, daher eigentlich nichts für uns.

»So ernst, ja?«, frage ich sie, um ihre Frage auszuweichen.

»Na na. Sophie. Ich weiß, was du vorhast. Frag ihn. Jetzt.« Verdammt. Sie kennt mich genauso gut wie ich sie.

»Ja okay«, blaffe ich meine Freundin an. Mike hält gerade an einer roten Ampel und ich senke mein Handy. Wenn ich schon frage, muss Jana nicht alles mitanhören, also halte ich mit meiner Hand das Mikrofon zu.

»Mike?« Er lenkt seine Aufmerksamkeit auf mich. »Jana will wissen, ob wir mit ihr Cocktails trinken gehen? Ihr Freund kommt auch«, frage ich ihn. Augenblicklich wünsche ich, mir er würde Ja sagen. Gott, ich führ mich wie ein Kleinkind auf.

Kurz denkt er nach, bis er schließlich antwortet. »Ja, gern.« Sofort blüht mein Hoffnungsschimmer weiter auf. Er hat tatsächlich eingewilligt.

»Jana?«, spreche ich ins Telefon, sobald es wieder an meinem Ohr ist.

»Ja?«

»Er kommt mit.«

»Perfekt ... Sagen wir um halb acht im Coco? Ihr seid natürlich eingeladen.«

»Okay. Wir werden da sein. Freu mich. Ciao«, verabschiede ich mich bei ihr.

»Ciao.« Als ich merke, dass die Leitung tot ist, klemme ich das Handy zwischen die Schenkel. Ich blicke aus dem Fenster und beobachte die Häuser und Fußgänger, an denen wir vorbeifahren. Er hat tatsächlich eingewilligt. Die Worte meiner beiden Freundinnen drängen sich wieder an den Vordergrund: »Wenn du mich fragst, der will mehr von dir, als du denkst.« Haben die beiden vielleicht doch recht? Will er vielleicht auch mehr? Genauso wie ich? Wieder hält der Wagen an einer roten Ampel und ein Liebespaar überquert die Straße. Ob wir auf andere auch so wirken? Wirken Mike und ich wie ein Liebespaar?

»Jana weiß über uns Bescheid?«, fragt er plötzlich und ich fühl mich auf frischer Tat ertappt.

»Ja, Luc und Sina auch.« Ein kleines Lächeln erscheint auf seinen Lippen. Ist er glücklich darüber, dass die anderen Bescheid wissen? Ich bin es zumindest.

»Gut ...«, erwidert er noch und drückt leicht mein Knie. Ein angenehmes Schweigen legt sich über uns und ich weiß, dass er es tatsächlich gut findet.

Kurz darauf biegt er an einer Seitenstraße ab und bleibt vor seinem Hotel stehen. Ein älterer Mann mit grauen Haaren öffnet mir die Tür. Ich steige aus und bedanke mich bei ihm. Mike nimmt meine Hand und führt mich ins Hotel.

»Guten Tag, Herr Spenc«, begrüßt die Rezeptionistin ihn.

»Wurde etwas Wichtiges abgegeben?«, fragt er sie, worauf sie um einen Moment bittet und sich schwungvoll umdreht. Buhle ich in seiner Gegenwart auch so um Aufmerksamkeit? Oder bilde ich mir das alles nur ein?

Die Rezeptionistin wendet sich den hinteren Fächern zu. Es dauert eine Weile, aber nachdem sie gefunden hat, was sie sucht, dreht sie sich wieder um und überreicht Mike ein kleines Paket sowie mehrere Briefe.

»Sie müssen mir für das Paket eine Unterschrift hierlassen«, sagt sie zu ihm. Verführerisch lehnt sie sich nach vorne, damit Mike einen perfekten Blick in ihren Ausschnitt hat. Dann tippt sie etwas in den Computer ein. Während Mike seine Post studiert, versucht Frau Mondeo, zumindest steht das auf ihrem Namensschild, die Aufmerksamkeit auf sich zu lenken. Ich kann nicht anders, als genervt mit den Augen zu rollen. Nein, so bin ich bestimmt nicht.

Als Frau Mondeo auch noch anfängt, mit ihren langen Haaren zu spielen, wende ich mich kopfschüttelnd von ihr ab. Gott, verdammt, hilf mir.

Das Foyer ist eine perfekte Ablenkung. Hier wimmelt es nur so von Geschäftsmännern, die hektisch das Büro verlassen oder Frauen, die ihre Männer begleiten oder selbst geschäftlich hier sind.

»Wo soll ich unterschreiben?«, fragt Mike die junge Dame und ich drehe mich wieder um.

»Hier, bitte.« Sie legt ein Blatt Papier vor ihm hin. Er ignoriert den Stift, den Frau Mondeo ihm hinhält, und nimmt den, der daneben auf dem Pult liegt. Innerlich lache ich. Die junge Rezeptionistin ist kurz irritiert, hat sich aber gleich wieder gefangen und buhlt weiter.

»Vielen Dank. Kann ich Ihnen sonst noch ... behilflich sein?«, fragt sie Mike und beißt sich auf die Unterlippe. Mir fällt fast die Kinnlade hinunter. Die Zweideutigkeit ist nicht zu überhören. Was sie sich eigentlich erhofft, weiß man spätestens jetzt. Gott, die Frau hat wirklich kein Schamgefühl und ihr Getue geht mir wirklich auf die Nerven. Am liebsten würde ich ihr die Augen auskratzen und ihr empfehlen, sich schleunigst zusammenzureißen. Oh Gott, was ist nur los mit mir? Solche Gedanken hatte ich noch nie.

»Ja«, antwortet er ihr und sie wird hellhörig, genauso wie ich. »Frau Mayer bekommt eine eigene Zugangskarte zu meiner Suite und egal, was sie will, sie bekommt es. Setzen Sie alles auf meine Rechnung.« Er schenkt mir ein Lächeln, das mich fast in die Knie zwingt. Einen Moment richtet Frau Mondeo ihre Aufmerksamkeit auf mich, in demselben Augenblick hebe ich triumphierend den Kopf. Vermutlich ist es lächerlich, aber verdammt, es muss sein.

»Gerne«, antwortet sie ihm. »Ich brauche jedoch mehrere Daten von Frau ...«, wieder schaut sie mich an, »Mayer.«

»Die maile ich Ihnen. Lassen Sie die Sachen bitte auf meine Suite bringen und bevor ich es vergesse«, diesmal setzt Mike ein Pokerface auf, dass selbst mir Angst macht, »das nächste Mal, wenn Frau Mayer neben mir steht oder auch wenn sie alleine ist, wird sie begrüßt. Sonst war's das mit Ihrem Job.« Nun fällt mir tatsächlich die Kinnlade hinunter und meine Augen fallen mir fast aus dem Gesicht, so weit reiße ich sie auf. Hat er das gerade wirklich gesagt? Oh. Mein. Gott. Selbst Frau Mondeo hat es die Sprache verschlagen. Mike legt mir seine Hand auf den Rücken, mit leichtem Druck sagt er mir, ich solle mich in Bewegung setzen. Es fällt mir ein wenig schwer, weil sich meine Füße wie Zehn-Kilo-Betonklötze anfühlen und ich noch immer nicht ganz glauben kann, was eben passiert ist. Ich bin innerlich wie erstarrt, gebe jedoch mein Bestmögliches.

Als wir endlich den Aufzug erreichen, habe ich mich ein wenig von meiner Starre erholt. Es fühlt sich zwar unbeschreiblich gut an, dass er mich so verteidigt, aber das schlechte Gewissen gegenüber der Rezeptionistin überwiegt. Obwohl ich das wirklich nicht haben müsste.

»Das hättest du nicht tun müssen«, versuche ich, Frau Mondeo zu verteidigen.

»Ich weiß, aber die Frau an meiner Seite behandelt man mit Respekt.« Seine Antwort durchfährt mich wie ein Stromschlag und sorgt dafür, dass mein Hoffnungsschimmer noch weiter aufgeht. Die Frau an meiner Seite ... das hört sich so real an, so als würden wir tatsächlich ein Liebespaar sein. Vermutlich interpretiere ich wirklich zu viel hinein, aber nur, weil ich es mir so sehr wünsche.

FÜNFZEHN

In der Suite angekommen, geht er schnurstracks in den Raum nebenan. Ich bleibe derweil im Wohnbereich und schaue mich ein wenig um. Neben der Couch entdecke ich auf einem Beistelltisch ein Foto und nehme es in die Hand. Sofort weiß ich, dass es sich um ein Familienfoto handelt. Mike ist seinem Vater wie aus dem Gesicht geschnitten. Dieselben dunklen Augen, ähnliche Gesichtszüge und auch die Haarfarbe ist geradezu identisch. Selbst das Lächeln ist gleich. Seine Mum ist zierlich, blond und blickt verliebt den Mann an ihrer Seite an. Der kleine Junge, der wohl Mike ist, hat den Arm um ein jüngeres Mädchen gelegt. Vermutlich ist das die Schwester. Zuckersüß strahlen beide in die Kamera.

Als ich höre, wie sich die Tür des anderen Raums öffnet, stelle ich das Bild wieder zurück. Ich drehe mich um und ergattere noch einen kurzen Blick auf seinen nackten Oberkörper, bevor das Hemd vollständig zugeknöpft ist. Augenblicklich baut sich der Drang in mir auf, ihn zu berühren.

Mike kommt zu mir, mustert mich kurz und streicht mir eine Haarsträhne aus dem Gesicht. Dann legt er seine Stirn an meine. Ich spüre den warmen Atem von ihm an meinem Mund. Schlagartig ist die Spannung zwischen uns wieder da.

War sie überhaupt jemals weg?

»Wann sind wir mit Jana verabredet?«, fragt er mich, seine Lippen sind nur wenige Millimeter von meinen entfernt.

»Halb acht in der Cocktailbar.« Er weicht einen Schritt zurück und hebt die Hand, um an der Armbanduhr die Uhrzeit abzulesen. Keine Ahnung, wie spät es ist, allerdings haben wir bestimmt noch reichlich Zeit. Zwischen meinen Beinen baut sich der Druck erneut auf, nur weil ich weiß, was jetzt kommt. Mein Körper reagiert prompt. Bevor Mike überhaupt etwas tun kann, schiebe ich ihn auf die Couch und setze mich rittlings auf ihn.

»Mhm ... Sophie, du überraschst mich immer mehr«, schnurrt er, während ich an seinem Hals entlangküsse. Sobald er die bekannte verruchte Sexstimme annimmt, wird ein Schalter in mir umgelegt und mein Körper macht, was er will.

Liebevoll fährt er mit den Händen unter mein Shirt, wandert meine Wirbelsäule hinauf und hinterlässt ein wohltuendes Brennen darauf. Als ich meine Lippen auf seine presse, schiebt sich seine Zunge gierig in mich. Wie im Suchtmodus knöpfe ich das Hemd von ihm auf, bis ich endlich seine nackte Haut an meinen Fingern spüre. Man sollte meinen, ich hätte längst genug von ihm, aber je öfter ich mit ihm schlafe, desto mehr will ich ihn.

Kurz unterbricht er unser wildes Zungenspiel, damit er mir das Shirt über den Kopf ziehen kann, und legt danach seinen Mund wieder auf meinen. Mikes Muskeln spannen sich unter meinen Händen an und ich lasse langsam die Hüften kreisen. Die Beule in seiner Hose wächst und die Laute, die er von sich gibt, sind Musik in meinen Ohren.

»Sophie ... Du bist so ... Verdammt, ich will dich ...«, knurrt er in mich hinein. Mike schiebt seine Hände unter meinen Po und richtet sich auf. Gleich darauf liege ich auf der Couch, er über mir und zwischen meinen Beinen. Er bedeckt meinen Bauch mit hauchzarten Küssen. Seine Hände sind überall und doch nirgends. Es ist die reinste Qual und der absolute Wahnsinn zur selben Zeit. Mit der Zunge umspielt er meinen Bauchnabel und wandert hinauf zu meinem Hals. Gott verdammt, es fühlt sich so gut an.

Ich biege mich durch, winde mich unter seinem Körper, allerdings wird das Verlangen nach ihm immer mehr. Die Beule in seiner Jeans drückt sich gegen mich und ich stöhne laut auf.

Als ich erneut den Rücken durchstrecke, öffnet er den Verschluss meines Büstenhalters und wirft ihn weg. Blitzschnell ist sein Mund an einem Nippel und reizt mich. Weil er mich wieder einmal so sehr quält, fahre ich mit den Fingern in sein Haar und vergrabe sie darin. Mein Atem kommt abgehackt und ich spüre die Wärme, die sich in meinem ganzen Körper verbreitet. Ich halte es einfach nicht mehr aus, ich brauche ihn ganz.

Gierig ziehe ich ihn an mir hoch, bis seine Lippen auf meinen liegen. Gott diese Lippen, dieser Geschmack. Ich bin süchtig danach.

Aber Mike hat andere Pläne, er stemmt sich auf und betrachtet mich. In seinen Augen lodert das Verlangen, wie bestimmt auch in meinen. Mit einer leichten Berührung fährt er mit dem Finger von meinem Mund abwärts über meine Kehle, zwischen den Brüsten durch, hinab zu meinem Bauchnabel bis hin zum Jeansknopf.

»Oh Gott, Mike ...«, stöhne ich und bohre die Finger in die Ledercouch. Als er den Knopf öffnet, spüre ich nach wie vor seinen Blick auf mir. Ich schlage die Augen auf und Mike hält in seiner Bewegung inne. Sein Mund öffnet sich zu einem kleinen Spalt, sein Brustkorb hebt und senkt sich, als wäre er um sein Leben gerannt. Ein Anflug von Angst baut sich in mir auf. Habe ich was falsch gemacht?

Ich stütze mich auf meinen Ellbogen ab und will gerade etwas sagen, als seine raue Stimme erklingt. »Du bist wunderschön, Sophie. Weißt du das eigentlich?« Seine Augen sagen mir, dass er wirklich so empfindet, doch ich kann nichts erwidern. Mike beugt sich über mich, schiebt seine Hand an meine Wange und legt seine Stirn an meine.

»Du bist der reinste Wahnsinn. Du zwingst mich in die Knie und du machst mich verrückt. Verrückt nach dir«, knurrt er dicht an meinen Lippen. Ich sauge seinen Atem ein und stöhne leise auf. Würde jetzt jemand ein Feuer entzünden, würde der Raum explodieren, so viel Spannung liegt darin.

Willig recke ich ihm das Becken entgegen und Mike beginnt zu schmunzeln. Er hat verstanden, was ich ihm damit sagen will. Denn auch ich bin verrückt nach ihm. Mike zieht mir die Schuhe sowie Socken aus. Danach folgen meine Jeans und der Slip. Im Nu sind auch seine Sachen weg. Ich betrachte ihn von Kopf bis Fuß, bis meine Augen seine volle Pracht fixieren. Widerwillig kaue ich auf der Unterlippe herum. Zwischen meinen Schenkeln platziert er sich, lehnt sich nach vorn, bis sein Mund an meinem Ohr ist.

»Gefällt dir, was du siehst?«, fragt er mit rauer Stimme. An meiner klitschnassen Spalte spüre ich, wie er ihn bewegt. Wortlos nicke ich. Gott verdammt und wie.

Qualvoll langsam wandert er hinab, bis er mit seiner Zunge meinen Kitzler erreicht, und beginnt mich zu lecken. Die kleinste Berührung reicht und ich spanne alle

Muskeln in mir an. Glückshormone durchströmen mich. Mein Atem wird immer flacher.

Als er seinen Finger in mich schiebt, schreie ich laut auf. »Oh Gott, Mike!«

Vage höre ich sein Lachen. »Willst du mehr?«

»Ja ... Mike ... Bitte ...«, flehe ich ihn an. Er zieht den Finger aus mir zurück und führt stattdessen seinen prallen, harten Schwanz hinein. Sein Becken schlägt gegen mich. Seine Stöße sind hart, willig und bereit, mich zum Orgasmus zu bringen. Gegenseitig stöhnen wir uns in den Mund und mit jedem Laut drängt er sich noch tiefer in mich. Auf seiner Haut liegt ein leichter Schweißfilm. Mike hebt ein wenig mein Becken und das Reiben an meinem Hügel wird intensiver. Kurz darauf biege ich mich durch und bohre ihm die Finger in die Schulter. Der Orgasmus überkommt mich und ich stöhne laut auf. Sekunden später sackt Mike über mir zusammen.

Nackt und zusammengekuschelt liegen wir auf der Couch. In dem kleinen Spalt zwischen ihm und der Rückenlehne habe ich es mir bequem gemacht. Sein Arm ist um mich gelegt und sein Finger zeichnet imaginäre Kreise auf meinem Oberarm. Draußen beginnt es bereits zu dämmern und der Straßenlärm wird weniger.

»An was denkst du gerade?«, will ich von ihm wissen.

»Das es sich wundervoll anfühlt«, antwortet er leise. Mike hält seine Augen geschlossen. Seine Lippen zeigen ein zufriedenes Lächeln.

»Hmm und was?« So ganz verstehe ich ihn nicht.

»Das hier ... Du in meinem Arm.« Seine Antwort bringt mich zum Lächeln. Oh ja, wie recht er doch hat, denke ich und kuschele mich noch mehr an ihn.

»Bleib heute hier«, erklingt seine Stimme nach einer Weile. Ich richte mich auf, sodass ich sein Gesicht sehen kann.

»Hmm ...«, summe ich und tue so, als müsste ich ernsthaft darüber nachdenken. Mike starrt mich ungläubig an und ich zucke mit den Schultern. »Na gut ... wenn du es unbedingt willst, dann bleibe ich heute hier«, antworte ich ihm gespielt ernst und presse die Lippen aufeinander, damit ich nicht zu lachen anfange.

»Und wie ich das will.« Er nimmt meine Hand und küsst die Fingerknöchel.

»Ich muss dann aber noch nach Hause. Ich brauche Wechselsachen und duschen muss ich auch noch.« Es ist mir unerklärlich, allerdings bin ich mit einem Mal richtig nervös. Vielleicht weil es ein Highlight ist, denn bisher hat er nur bei mir übernachtet und nicht ich bei ihm. Mike steht von der Couch auf und hält mir seine Hand hin.

»Duschen kannst du hier und Anziehsachen holen wir danach«, bietet er mir an und ich willige ein. Als ich bemerke, dass er mir ins Badezimmer folgen will, drehe ich mich abrupt um und lege die Hand auf seine Brust. »Ich gehe allein ins Badezimmer.«

»Ernsthaft? Ohne mich?«

»Ja, ohne dich. Ich brauch auch mal Zeit für mich«, sage ich und zwinkere ihm zu. Ich will mich gerade von ihm abwenden, da zieht er mich in seine Arme.

»Ausnahmsweise«, knurrt er und küsst mich leidenschaftlich.

In der Dusche prasselt das angenehm warme Wasser auf meine Haut. Mike hat mir von der Lobby ein Duschgel für Frauen besorgt, jedoch entscheide ich mich für seines. Männerduschgel hin oder her, so habe ich wenigstens ein wenig von ihm an mir. Ich drücke das dickflüssige Gel auf die Handfläche und verteile es auf meinem gesamten Körper. Wie sehr ich diesen Duft liebe.

»Hey, da sind sie ja«, informiere ich Mike und winke Jana zu. Hand in Hand kommt sie mit ihrem neuen Freund auf uns zu. Meine Freundin schaut wieder einmal verboten gut aus und ihr Strahlen unterstreicht es noch. Nur gut, dass ich mich noch umgezogen habe, als Mike und ich in meiner Wohnung waren.

Ich bin leicht aufgeregt und gespannt, den Mann, der es geschafft hat, Jana für sich zu gewinnen, kennenzulernen. Daher mustere ich den breit gebauten, blonden Mann schon von Weitem.

»Du siehst gut aus«, begrüßt sie mich. Sie schlingt mir ihre Arme um den Hals und ich spüre direkt, wie nervös sie ist. Danach begrüßt sie Mike ebenfalls mit einer kurzen Umarmung.

»Sophie, das ist Aaron. Aaron, das ist meine beste Freundin, Sophie«, stellt sie uns gegenseitig vor. Ihr Grinsen gleicht einem Honigkuchenpferd. Dass ich das noch erleben darf, Jana benimmt sich wie ein verliebter Teenager.

»Die berühmt berüchtigte Sophie. Hallo, schön dich endlich kennenzulernen.« Wir begrüßen uns mit einem Küsschen links, rechts. Auf Anhieb ist er mir sympathisch.

Lächelnd verteidige ich mich. »Wenn sie was Schlimmes erzählt hat, dann glaub ihr bloß kein Wort.«

»Und das ist Mike. Sophies ... ähm ...« Jana sucht nach dem richtigen Wort, wird allerdings unterbrochen.

»Freund. Ich bin Sophies Freund«, wirft Mike ein. Die Männer schütteln sich die Hände. Währenddessen wirft mir Jana einen vielsagenden Blick zu. Ich zucke nur mit den Schultern, denn ich bin ja selbst überrascht, dass er sich so vorstellt.

Nachdem wir unser Begrüßungsszenario beendet haben, ergattern wir einen Tisch und bestellen uns was zu trinken. Aaron erzählt uns von seinen Auslandseinsätzen und berichtet uns seine schönsten Momente, aber auch, wie tragisch es ist, mit den Schicksalsschlägen von anderen umgehen zu müssen. Von Minute zu Minute wird er mir sympathischer. Das Beste ist aber, dass er meine Freundin glücklich macht. Ich kann nur zu gut verstehen, warum Jana bei ihm weich wurde. Er ist ein klasse Kerl. An seiner Art, wie er sie ansieht, merkt man, wie gern er sie hat und das finde ich gut. Vielleicht ist er der Mann, auf den sie so lange gewartet hat, zumindest hoffe ich das für sie.

Als die Männer schlussendlich anfangen, sich über Sport zu unterhalten, klinken sich Jana und ich aus. Ihrem Blick zufolge will sie alleine mit mir reden.

»Wir sind gleich wieder da. Sorgt ihr für Nachschub«, wirft sie in die Runde und zieht mich förmlich aus der Bar. Kurz darauf hüpft sie in der Damentoilette auf und ab. Sie ist wirklich verrückt geworden. Wortwörtlich.

»Wie findest du ihn? Sag schon.« Jana nimmt meine Hände und drückt sie. Erwartungsvoll starrt sie mich an und ich schüttle lächelnd meinen Kopf. Es gibt keinen Zweifel, sie ist definitiv verrückt geworden.

»Jetzt beruhig dich mal. Er ist total nett. Ich mag ihn soweit«, sage ich ihr und hoffe, das beruhigt sie. Lautstark pustet Jana ihren Atem aus. Hat sie etwa die Luft angehalten?

»Huch ... Gott sei Dank. Du weißt, wie wichtig mir das ist.«

»Das weiß ich doch. Er ist schwer in Ordnung und ihr passt gut zusammen.« Jana umarmt mich kurz, sichtlich erleichtert über meine Antwort und verschwindet dann in die Kabine. Während ich auf sie warte, lehne ich mich an die kalten Wandfliesen.

»Was ist zwischen euch?«, fragt sie mich aus der Kabine heraus. Kurz darauf geht die Tür auf und sie geht zum Waschbecken.

»Nichts«, antworte ich ihr schulterzuckend.

»Ja klar ... Erzähl das wem anders. Mike ist total verrückt nach dir, genauso wie du nach ihm. Da ist nicht nichts.« Ein lautes Geräusch ertönt, als sie ihre Hand unter dem Handtrockner hält. Sobald sie fertig ist, spricht sie weiter. »Vorhin, als Aaron dich begrüßt hat, dachte ich, Mike bringt ihn um. Ich wollte mich schon dazwischenstellen. Und dann stellt er sich auch noch als dein Freund vor. Ich meine, habe ich etwas verpasst, oder so?« Sie wendet sich mir zu.

Ich zucke mit den Schultern. »Na ja ...« Sie hat ja tatsächlich was verpasst.

»Na ja, was? Raus mit der Sprache!« Jana stemmt ihre Hände in die Hüften. Sie ist unmöglich, wirklich.

»Kannst du dich noch an die Blumen erinnern? Seine Entschuldigung? Na ja, das war nicht alles, da kam noch mehr.« Ich kann mir mein Grinsen nicht zurückhalten, rede allerdings weiter. »Er hat mir die ganze Woche etwas geschickt und gestern waren wir essen. Im Schlossbergrestaurant.« Jana reißt den Mund auf.

»Halt die Klappe ... Oh mein Gott.« Ich nicke. Diesmal hüpfen wir beide wie zwei Verrückte herum. »Wie war es? So, wie man erzählt?« Ihre Verblüfftheit steht ihr ins Gesicht geschrieben. Jetzt bin ich es, die wie ein Honigkuchenpferd grinst. »Verdammt, ich beneide dich. Nächste Woche habe ich einen Termin mit Wolfgang, danach gehen wir essen und dann erzählst du mir jedes noch so kleine Detail.«

»Ja okay. Lass uns lieber zurückgehen, bevor die beiden noch einen Suchtrupp losschicken.« Beide beginnen wir zu lachen. Allerdings würde ich es den Männern tatsächlich zutrauen.

Gerade, als ich die Tür öffnen will, hält mich Jana auf. »Sophie?« Ich drehe mich zu ihr um.

»Glaub mir, Mike ist verrückt nach dir. Und wenn da nicht mehr ist, dann fresse ich einen Besen samt der Putzfrau. Allerdings musst du es auch zulassen. Akzeptiere, dass er dich will. Sei endlich wieder glücklich. Er tut dir gut und er ist nicht Stefan.« Prompt verdecken aufkommende Tränen meine Sicht. Ihre einfühlsamen Worte gehen mir unter die Haut und vielleicht hat sie wirklich recht. Anzeichen hat es tatsächlich schon gegeben.

»Außerdem ... und das ist mein voller Ernst. Verletzt er dich, reiß ich ihm die Eier aus und serviere sie ihm zum Frühstück.« Kurz bin ich geschockt, muss allerdings dann doch lachen. Jana ist unmöglich und dafür liebe ich sie so sehr. Zusammen gehen wir zurück zu den anderen beiden.

Kaum sind wir wieder am Tisch angekommen, werfen uns die Männer skeptische Blicke zu. Bestimmt können sie sich denken, was wir getrieben haben.

»Was? Frauengespräche«, sagt Jana und quittiert es mit einem Schulterzucken. Daraufhin schütteln Mike und Aaron den Kopf. Als ich mich wieder auf meinen Stuhl setze, legt Mike seinen Arm über die Rückenlehne und küsst mich innig. Für einen kurzen Moment bleibt meine Welt stehen und ich vergesse, dass wir in einer Bar sind. Erst, als sich jemand räuspert, trennen sich unsere Lippen.

»Und Mike ... begleitest du Sophie zur Firmenfeier?« Erwartungsvoll beäugt Jana ihn, während er keine Ahnung hat, wovon sie redet. Ich habe mir zwar vorgenommen, ihn zu fragen, nur hat es noch keinen passenden Zeitpunkt gegeben. Zugegeben, ich hatte Angst vor einer Abfuhr.

»Was für eine Feier?« Verwirrt starrt er mich an und mein Herz rutscht mir in die Hose. Sein Gesichtsausdruck sagt mehr als tausend Worte. Verdammt Jana.

»Wolfgang macht ein zweites Büro auf. Zu diesem Anlass gibt es eine Firmenfeier«, erkläre ich ihm. Er verengt seine Augen ein wenig und nimmt einen Schluck von seinem Bier. Seine Art, wie er die Flasche abstellt, sagt mir, dass er darüber nicht erfreut ist. Worüber genau, weiß ich nicht, aber dass er so reagiert, hätte ich auch nicht gedacht. Ich werfe Jana einen vielsagenden Blick zu und sie wechselt rasch das Thema.

Den restlichen Abend versucht Mike, sich nichts anmerken zu lassen, dennoch spüre ich, dass er sauer ist. Er beachtet mich so gut wie nie und vermeidet jeden Körperkontakt. Jedes Mal, wenn ich meine Hand auf seinen Oberschenkel lege, tut er sie wieder weg und das verpasst mir einen Stich in mein Herz. Es ist so, als wäre eine Wand zwischen uns hochgefahren. War es das vielleicht?

Selbst bei der Heimfahrt bleibt mein Knie unberührt. Mit jeder Minute wird er immer distanzierter. Ich fühle mich beschissen und in meinem Magen keimt das schlechte Gewissen auf. Meine Kehle ist wie zugeschnürt und ich überlege, wie ich anfangen soll, mich bei ihm zu entschuldigen. Zu meinem Glück bringt er mich nicht nach Hause. Wir fahren direkt in sein Hotel. Also will er mich immer noch bei sich haben. Gott sei Dank.

Mike biegt in die Tiefgarage ab, wartet, bis das Tor offen ist, und fährt dann hinein. Als der Wagen eingeparkt ist, ergreife ich endlich das Wort.

»Ich wollte dich nicht verärgern.« Nein, das wollte ich mit Sicherheit nicht. Er presst seine Lippen zusammen, schließt seine Augen und atmet mehrmals tief durch.

»Willst du mit jemand anderem hingehen? Wenn ja, dann sag es einfach.« Seine Stimme ist leise und betrübt. Seine Augen sind immer noch geschlossen und mir tut es in der Seele weh.

»Nein, natürlich nicht.« Wie kann er so was nur denken? Daher versuche ich, es ihm zu erklären. »Ich wollte dich echt fragen, nur ... Ich war mir so unsicher.«

»Warum?«

Ich zucke mit den Schultern. »Dann wissen alle Bescheid. Nicht nur Luc, Jana und Sina, sondern alle und wir wollten es doch geheim halten.« Mike seufzt und schüttelt den Kopf, danach wendet er sich mir zu.

»Das stimmt nicht, Sophie. Du wolltest es geheim halten, nicht ich. Von dir allein ging das aus.«

»Aber ...« Ich will mich verteidigen, er jedoch legt den Finger auf meinen Mund und unterbricht mich.

»Ich habe nur eingewilligt, weil du es wolltest. Ich hätte sonst riskiert, nicht in deiner Nähe sein zu dürfen, und das wollte ich noch viel weniger. Zugegeben, am Anfang war es mir egal ... Mittlerweile allerdings nicht mehr. Ich will an deiner Seite sein. Dich halten und dich Mein nennen. Sophie, versteh doch. Du weckst in mir Gefühle, von denen ich dachte, die würde es nicht mehr geben. Ich weiß nicht, wohin sich das mit uns entwickeln wird, jedoch bist du mehr für mich als nur was Lockeres.« Mein

Herz rast wie wild, mein Mund ist staubtrocken und ich kann wirklich nicht glauben, was er eben gesagt hat. Ich versuche mehrmals, was zu sagen, allerdings funktioniert es nicht so, wie ich will, also mache ich das Erstbeste, was mir einfällt. Ich falle ihm um den Hals.

Nachdem ich mich von Mike wieder gelöst habe, kann ich ihm endlich die Antwort geben, die er verdient hat. »Für mich ist es auch längst mehr. Ich ... hab mich in dich verliebt.« Seine Augen funkeln in dem Licht und ich lege die Hand auf seine Wange. Endlich ist es raus. Ich habe es tatsächlich gesagt. Kurz lächle ich ihn an und dann küsse ich ihn. In diesen einen Kuss stecke ich all meine Gefühle, die ich für ihn empfinde, hinein. All das, was ich eigentlich sagen will, es allerdings nicht schaffe.

»Kein Versteckspiel mehr?«, fragt er mich, sobald sich unsere Münder getrennt haben, und ich schüttle den Kopf. »Kein Versteckspiel mehr. Nie mehr.«

Im selben Moment verabschiedet sich der Hoffnungsschimmer, weil er sich bewahrheitet hat. Liebe, Vertrauen und Glück, all die Gefühle breiten sich in mir stattdessen aus.

»Du weißt schon, was das bedeutet, oder?« Er küsst meine Fingerknöchel.

»Nein was?« Was meint er?

»Fasst dich jemand unangemessen an, bring ich ihn um«, erklärt er mir und ich pruste los. Mike bleibt ernst und ich verstumme. Glaubt er wirklich, jemand würde das bei mir tun?

»Als würde mich jemand anfassen.« Ich steige kopfschüttelnd aus dem Auto und lache in mich hinein. Was denkt er? Dass ich ein Männermagnet bin?

»Du hast ja keine Ahnung, Liebes.« Er legt den Arm um mich und wir gehen gemeinsam zum Aufzug. Sobald die

Türen geschlossen sind, drückt er mich gegen den Spiegel und hebt mich hoch.

»Jetzt bist du mein«, knurrt er und mein Herz macht einen Satz. Er presst seine Lippen auf meine und lässt mich all den Zweifel von vorhin vergessen. Er hat recht, jetzt gehöre ich ihm und das schon länger, als er ahnen konnte.

SECHZEHN

»Sorry, sorry, sorry ...« Jana hetzt geschafft herein und lässt sich in den Stuhl fallen.

»Macht nichts. Ich habe für dich schon mal mitbestellt.«

»Danke. Huch, ich sags dir, die Feier wird großartig. Weißt du schon, was du anziehst?«, fragt sie mich und nimmt einen Schluck von ihrer Cola.

»Ne, leider nicht.« In meinem Kleiderschrank befinden sich zwar einige Kleider, allerdings nichts, was zu diesem Anlass passen würde. Verdammt, ich muss wohl shoppen gehen. Der Gedanke allein reicht und mir graut es jetzt schon davor.

»Dachte ich es mir doch. Deswegen habe ich Sina Anfang der Woche gebeten, dir den heutigen Nachmittag freizuschaufeln. Wir gehen nämlich shoppen.« Sie lächelt mich siegessicher an, während ich nicht glauben kann, was sie eben gesagt hat.

»Echt jetzt? Ich meine ... Ich bin mir ziemlich sicher, es waren noch Termine eingetragen.« Gedanklich gehe ich den Kalender durch. Ich könnte schwören, es waren noch mindestens zwei Meetings notiert.

»Ja als Attrappe. Wir wissen ja, wie gern du shoppen gehst«, lacht sie. »Aber erzähl mal lieber, ist zwischen dir und Mike wieder alles okay?« Sofort beginne ich zu lächeln. Am liebsten hätte ich sie am nächsten Tag gleich angerufen, jedoch wollte ich es ihr lieber persönlich erzählen.

Jana stupst mich an der Schulter an. »Erzähl. Was ist passiert?«, fordert sich mich auf, mit der Sprache rauszurücken.

»Mike und ich sind ... Nun ja, irgendwie zusammen«, sage ich ihr und mein Herz beginnt wild zu pochen. Mike und ich sind zusammen. Es hört sich einfach toll an.

»Ach was? Erzähl keinen Scheiß«, sagt sie erstaunt und klatscht aufgeregt in ihre Hände. »Ich wusste es. Verdammt, ich wusste es ... Ich hätte darauf wetten sollen«, lacht sie. Unsere Sitznachbarn werfen uns einen verärgerten Blick zu und schütteln über ihr aufgeregtes Verhalten den Kopf. Im selben Moment bringt uns der Kellner unser Essen. Ich könnte wirklich im Erdboden versinken und ich wette, mein Gesicht gleicht der Tomate auf dem Salat.

Sobald sie sich wieder eingekriegt hat, fange ich an, ihr über die letzte Woche zu berichten. »Das mit den weißen Lilien und der ersten Karte weißt du schon, aber wie schon gesagt, da kam noch mehr ... noch viel mehr. Am Dienstag hat er mir Pralinen geschenkt mit einer goldenen Karte. Ich hab mich so darüber gefreut und am Anfang dachte ich mir, die wollte er mir zu den Blumen dazu schenken, allerdings ist der Bote am Mittwoch wiedergekommen und hat mir einen kleinen Picknickkorb geliefert.«

Jana hebt ihre Gabel. »Einen Picknickkorb?«, unterbricht sie mich irritiert und ich muss lachen. Sie hat ja keine Ahnung.

»Ja, einen Picknickkorb. Hört sich jetzt komisch an, allerdings hat das einen Zusammenhang.«

Sie runzelt die Stirn. »Na, da bin ich aber gespannt.« Die Erinnerung an diesen Tag treibt mir eine Gänsehaut über meine Arme. Es war einer der schönsten Tage in meinem Leben.

»Mike hat mich zu Mittag einmal mit einem Picknick überrascht. Irgendwo außerhalb der Stadt, es war wunderschön. Und ... na ja ... da ...« Ich schaue, ob uns jemand zuhören könnte, und lehne mich dann zu ihr nach vorn. »Da hatten wir Sex ...«, flüstere ich.

»Was du? In der Öffentlichkeit?«, fragt sie mich mit normaler Stimme. Für mich jedoch hört es sich an, als würde sie es durch das Bistro schreien.

»Ja, nicht so laut.«

»Was macht der Mann nur mit dir? So kenne ich dich gar nicht«, sagt sie und ich nicke ihr zu. Ich kenne mich so auch nicht, dass macht alles nur er.

»Ja, deswegen der Picknickkorb.«

»Mike ist echt romantisch. So hätte ich ihn nicht eingeschätzt. Eher das Gegenteil«, gibt sie zu und isst weiter. Ich muss Jana recht geben, denn auch ich hätte ihn nicht so eingeschätzt. »Ging es dann noch weiter? Also nach dem Picknickkorb?«, fragt sie mich.

»Mhm ... Am Donnerstag hat er mir ein schwarzes Kleid und goldene Schuhe geschickt. Er war zwar so gut und hat den Preis abgemacht, aber du kennst ja Sina. Sie ist Profi, was Mode anbelangt. Die Sachen waren sauteuer und es war wieder eine Karte mit dabei, in der stand, ich solle es am nächsten Tag anziehen. Und am Freitag hat er mich dann bis zum Schluss warten lassen. Ich habe wie verrückt auf den Boten gewartet. Nur kam der nicht, sondern Mike ist persönlich in die Firma gekommen und überraschte mich mit einem riesigen Blumenstrauß aus roten Rosen und dann sind wir ins Schlossbergrestaurant gefahren.«

»Wow«, ist das Einzige, was Jana sagt. Sie ist sprachlos. Ich esse meinen restlichen Salat auf und schiebe den Teller dann beiseite. Danach erzähle ich ihr noch von der Wohnungsbesichtigung und wie wichtig ihm meine Meinung war.

»Der will bestimmt, dass du mit ihm dort einziehst.«

»Nein, dafür ist es noch viel zu früh«, verteidige ich mich. Obwohl ich zugeben muss, dass ich schon einmal darüber nachgedacht habe. Okay, schon mehrmals.

»Na ja, weißt du, bei euch geht ja alles relativ schnell und wenn doch, dann ...«

»Jaja, wenn, dann willst du meine Wohnung haben. Ich weiß«, lache ich und rolle mit den Augen. »Du bist die Erste, die es erfährt. Erhoff dir aber nicht zu viel, das wird noch eine ganze Weile dauern.«

Plötzlich ertönt Sinas Stimme. »Hey, da seid ihr ja.« Hinter ihr steht Tina und schaut über ihre Schulter. Mit einem Mal dämmert es mir. Die stecken unter einer Decke. Sie haben sich tatsächlich abgesprochen, nur damit sie mit mir shoppen gehen können. Herrgott, ich habe die unmöglichsten und besten Freundinnen der Welt, und als könnten sie meine Gedanken lesen, beginnen sie zu lachen.

Nach mehreren Stunden in verschiedensten Geschäften werde ich langsam gereizt und würde am liebsten alles stehen und liegen lassen und verschwinden. Ich verfluche Wolfgang bis aufs Letzte und bitte Tina, es ihm auszurichten. Wie kann er mir so was nur antun?

Bis jetzt habe ich noch kein passendes Kleid gefunden, nicht einmal eines, das in die engere Auswahl kommen würde. Die anderen dagegen sind schon vollgepackt mit Tüten. Vielleicht bin ich auch ein wenig wählerisch, was eigentlich nicht meine Art ist, aber da Mike mich begleitet, will ich etwas Besonderes anhaben.

»Komm. Da waren wir noch nicht drinnen«, sagt Sina und hakt sich bei mir ein.

»Es sperren gleich alle Geschäfte zu und da finde ich bestimmt nichts«, seufze ich genervt und betrachte das etwas schäbige Gebäude von außen. Tina hakt sich ebenfalls mit ihrem Arm ein und hilft Sina, mich dazu zu bringen, den Shop zu betreten. Genervt gebe ich nach. Sobald wir es betreten haben, holt Jana eine Beraterin, die sofort herbeieilt.

»Was kann ich für Sie tun?«, fragt die Dame eigentlich mich, dennoch beginnen die anderen, auf sie einzureden. Sie hört eine Weile zu, wobei ich mir ziemlich sicher bin, dass sie kein Wort versteht. Irgendwann hat sie allerdings genug und unterbricht Sina, die gerade ihre Vorstellung zu meinem Kleid erklärt.

Die Beraterin wendet sich wieder mir zu. »Und wie ist Ihre Vorstellung von Ihrem Kleid?«

Ich denke kurz nach. »Farbe ist mir egal. Ob kurz oder lang eigentlich auch. Ich will mich wohlfühlen«, zucke ich mit den Schultern. Und es soll etwas Besonderes sein, füge ich gedanklich bei.

»Wissen Sie was ...« Die Dame schaut auf ihre Uhr. »Ich sperre nur schnell zu. Machen Sie es sich im hinteren Bereich bequem. Ich glaube, ich weiß, was Sie suchen.«

Die Mädels und ich begeben uns nach hinten. Dort ist alles voller Kleider in verschiedensten Farben und das Geschäft ist viel größer, als man von außen ahnen könnte. Sina, Jana und Tina schauen die Kleider durch und stehen an den verschiedensten Kleiderstangen. Ich dagegen setze mich auf die Couch. Ich kann einfach nicht mehr. Shoppen macht mich immer fertig.

Kurz darauf gesellt sich die Beraterin wieder zu uns und die anderen machen es sich neben mir bequem.

»Ich bin mir ziemlich sicher, dass ich das richtige Kleid für Sie habe. Kommen Sie, ich zeige es Ihnen«, sagt sie und ich stehe auf. Sie öffnet die Vorhänge zur Umkleidekabine. »Ziehen Sie sich aus. Ich komme sofort«, weist sie mich an. Etwas irritiert drehe ich mich zu den Mädels um. Alle drei nicken mir bestätigend zu. Ich gehe in die Umkleide, schließe die Vorhänge und entkleide mich.

»Kann ich reinkommen? Ich werde Ihnen beim Kleid helfen müssen«, fragt sie mich und ich bitte sie hinein. Sie hängt einen weißen Kleidersack an den Haken, macht ihn auf und holt ein roséfarbenes Kleid mit weißer Spitze heraus.

Oh mein Gott, es ist wunderschön. Ich hoffe, an mir schaut es genauso toll aus.

Minuten später und mit Hilfe habe ich es endlich an. Ich starre mich im Spiegel an und bin sprachlos. Mehrmals fahre ich mit meiner Hand über den Stoff.

»Es passt wie angegossen«, sagt die Beraterin, wobei sie sanft meinen Arm drückt.

»Jetzt komm endlich raus. Wir sind schon so gespannt«, ruft Jana. Ich lächle die Beraterin an und sie öffnet den Vorhang. Langsam trete ich hinaus.

»Wow«, »Oh mein Gott« und »Wunderschön« höre ich meine Mädels sagen. Sie sind genauso erstaunt wie ich. Wie in Zeitlupe drehe ich mich, damit sie alles genau sehen können.

»Wow, das Rückenfrei steht dir. Das gesamte Kleid steht dir. Das musst du nehmen«, sagt Jana und die beiden anderen nicken mir einstimmig zu. »Mike wird aus den Latschen kippen.«

»Es ist ein Unikat. Ich habe es selbst entworfen«, erklärt uns die Dame und strahlt über beide Ohren. Ich will es gar nicht mehr ausziehen.

»Wie viel kostet es?«, frage ich sie und hoffe zugleich, dass sie mir jetzt nicht einen vierstelligen Betrag sagt, obwohl das Kleid mindestens das verdient hätte.

Sie lächelt mich an. »Sie können es für fünfhundert haben.«

»Gekauft!«, jubelt Sina, während ich die Verkäuferin ungläubig anstarre. Fünfhundert für ein Unikat? An dem Kleid hat sie bestimmt mehrere Stunden oder sogar Tage gesessen. Das ist viel zu wenig.

Als würde in meinem Gesicht geschrieben stehen, was ich denke, kommt sie auf mich zu. »So viele junge Damen haben das Kleid schon angehabt und obwohl die meisten es kaufen wollten, wollte ich es nicht verkaufen. Aber Ihnen steht es so gut. Ich will, dass Sie es tragen.«

»Aber das ist viel zu wenig«, sage ich ihr.

»Lassen Sie das mal meine Sorge sein. Nehmen Sie es, sonst schenke ich es Ihnen.« Sie lächelt mich an und ich umarme sie. Ich bin so glücklich. Sie hat mir gerade den Tag gerettet und ich muss nicht noch einmal einkaufen gehen. Was für ein Glück. Am liebsten würde ich sie küssen. Rasch hole ich meine Kreditkarte und gebe sie ihr.

Ich verschwinde wieder in die Kabine und ziehe mir das Kleid aus. Danach gebe ich es wieder in die Schutzhülle und ziehe mir meine Sachen an. Ich habe das perfekte Kleid gefunden und mit Sicherheit wird es Mike genauso gut gefallen wie mir. Nachdem die Beraterin mir meine

Kreditkarte zurückgegeben hat, bedanke ich mich nochmals bei ihr und gehe glücklich aus dem Geschäft.

Jetzt kann die Feier kommen.

Am Tag der Firmenveranstaltung treffen die Mädels und ich uns erneut. Wir haben zusammen in einem Kosmetiksalon einen Termin ausgemacht und gönnen uns das volle Programm. Tina erzählt uns, wie aufgeregt Wolfgang ist und wie aufgezogen er durch die Wohnung rennt.

»Welche Farben hätten Sie gerne für Ihre Nägel?«, fragt mich die Dame, die meine Nägel macht.

»Einen matten Roséton bitte.« Sie steht auf, um die Farben zu holen, und stellt mehrere Nagellacke vor mich hin.

»Er ist unmöglich. Ich liebe ihn zwar, aber ich bin froh, mal ein paar Stunden von ihm wegzukommen«, jammert Tina. Ich kann sie nur zu gut verstehen.

»Na? Wie sehe ich aus, Ladys?« Jana dreht sich einmal um ihre eigene Achse. Ihre Haare sind hochgesteckt, vereinzelnd fallen Strähnen in ihr Gesicht. Sie hat sich nur die Haare machen lassen, weil sie noch zur Location muss.

»Wow, sieht klasse aus«, ruft Sina ihr zu. Sie sitzt gerade bei der Pediküre. Tina und ich stimmen ihr zu. Kurz darauf verabschiedet sich Jana von uns und verspricht mir, pünktlich um acht bei mir zu sein.

»Weiß Wolfgang schon, wer die Leitung in der Zwischenzeit für das Büro übernimmt?«, frage ich Tina, die neben mir sitzt und sich ebenfalls die Nägel machen lässt.

»Ja, mehr oder weniger.«

»Wirklich?« Ich bin überrascht.

»Ja, er hat einen Favoriten, allerdings ist noch nichts fix. Er gibt es heute bekannt und hofft sehr auf eine Zusage«, erklärt sie mir. Na, das sind ja Neuigkeiten.

»Was flüstert ihr da drüben?«, beschwert sich Sina. Tina und ich beginnen zu lachen.

»Wolfgang gibt heute bekannt, wer die Leitung fürs Büro übernimmt«, informiere ich sie.

»Was? Wer?« Schnurstracks setzt sie sich auf und schüttet fast das Fußbad um. Wir haben ihre volle Aufmerksamkeit. Ihre Modezeitschrift ist Schnee von gestern.

»Oh nein ... ich verrate es euch sicher nicht. Mein Liebster killt mich sonst.«

»Ach komm schon«, nörgelt Sina.

»Nein. Ganz bestimmt nicht. Ihr werdet es früh genug erfahren.«

Die Nagelstylistin deutet mir, dass sie nun mit den Nägeln fertig ist, und bittet mich zum Friseurstuhl. »Meine Kollegin kommt sofort.«

»Aber du kannst doch nicht damit anfangen und dann nicht fertig erzählen. Das ist nicht fair. Zuerst machst du uns neugierig und dann lässt du uns wie eine heiße Kartoffel fallen. So geht das nicht«, beschwert sich Sina und verschränkt ihre Arme vor der Brust. Manchmal hat sie was von einem trotzigen Kind.

»Wie haben Sie sich Ihre Frisur vorgestellt?«, fragt mich nun die Friseurin. Gute Frage, über das habe ich mir noch keine Gedanken gemacht.

»Vielleicht, lockig? Ich will sie nicht hochgesteckt haben«, erkläre ich ihr und sie macht sich an die Arbeit. Währenddessen blättere ich in einer Zeitschrift.

Nach mehreren Stunden im Salon sind wir endlich fertig. Meine Haare sitzen perfekt, meine Nägel sind lackiert und manikürt und meine Füße pedikürt. Die Mitarbeiter haben wundervolle Arbeit geleistet. Auch Sina und Tina sind mit ihrem Ergebnis zufrieden. Sina hat ihre Haare ebenfalls offen und Tina trägt einen seitlich, locker sitzenden Dutt.

»Ich bezahle bitte alles«, sage ich der Mitarbeiterin hinter der Kasse. Die daraufhin ihren Computer checkt.

»Es wurde schon alles bezahlt«, informiert sie mich. Verdammt, wenn ich sie in die Finger bekomme, dann kann sie was erleben.

»Von wem? Heißt sie zufällig Jana Hofner?« Wieder schaut die Mitarbeiterin im Computer nach.

»Nein. Die Kreditkarte läuft auf einen Herrn Mike Spenc. Er hat vor ein paar Minuten angerufen und hat alles bezahlt.« Ich schüttle ungläubig den Kopf. Er ist unglaublich.

»Vielen Dank«, lächle ich sie an und wende mich zum Gehen. Draußen zücke ich mein Handy und schreibe Mike eine Nachricht.

»Danke fürs Bezahlen. Das hätte nicht sein müssen. Wie läuft das Meeting? Kuss, S.«

Sina und ich verabschieden uns von Tina und machen uns dann auf den Weg in meine Wohnung. Wir haben nicht mehr viel Zeit. Gut, dass der Salon nur um die Ecke ist.

»Wie läuft es zwischen dir und Luc?«, frage ich sie.

»Mhm ... eigentlich sehr gut.« Oh, das klingt nicht gut. So wortkarg kenne ich sie gar nicht. Hoffentlich ist zwischen den beiden nichts vorgefallen.

»Alles okay?«, frage ich nach und sie zuckt mit ihren Schultern. Ich schließe meine Wohnungstür auf und lasse ihr den Vortritt.

»Eigentlich ist ja wirklich alles gut. Er war die Woche nur so abwesend. Vielleicht habe ich etwas falsch gemacht.« In der Küche hole ich zwei Gläser mit Sekt. Ich überreiche ihr eines und lasse mich ebenfalls auf die Couch nieder. Ich muss nicht lange darüber nachdenken, was mit Luc sein könnte. In dieser Woche war der Sterbetag seiner Eltern. Ab dem Tag war für Luc jeder Tag ein Kampf. Ich weiß, wie sich Sina fühlen muss. So oft musste ich mit ansehen, wie er sich zurückgezogen hatte.

»Weiß du ... Ich will mich nicht zu viel einmischen. Luc soll lieber selber mit dir reden. Nur, diese Woche war sehr schwer für ihn. Und du hast bestimmt nichts falsch gemacht«, erkläre ich ihr. Obwohl ich ihr am liebsten alles erzählen würde, damit sie sich keine Gedanken mehr macht, mache ich es doch nicht. Das ist Lucs Angelegenheit und er muss mit ihr darüber reden, ich würde nur im Notfall eingreifen. Sina tut ihm gut. Er sollte es nicht vermasseln.

»Ich wünschte, er würde mit mir reden.«

»Das wird er bestimmt. Lass ihm die Zeit, die er braucht. Wahrscheinlich ist er heute schon wieder der, den du kennengelernt hast.« Sie nickt und schlürft an ihrem Sekt.

»Komm. Jetzt schalten wir mal Musik ein und machen uns weiter fertig. Die Männer sind bestimmt bald da und Jana muss jeden Moment kommen.« Ich zerre Sina auf die Beine und schiebe sie in Richtung Schlafzimmer. Mein Handy ertönt im selben Moment.

»Meeting ist gleich vorbei. Wir holen euch dann um neun ab. Liebes, bedank dich nicht immer, gewöhn dich besser daran. Kuss, M.«

Schmunzelnd lege ich es wieder beiseite. Ich höre die Wohnungstür aufgehen und Jana kommt herein. Schnurstracks verschwindet sie ins Bad. Kopfschüttelnd gehe ich zu Sina, die gerade in ihr Kleid schlüpft. Ihre langen Beine kommen in den High Heels perfekt zur Geltung. Ich helfe ihr bei den Knöpfen auf der Rückseite. Danach hole ich mein Kleid aus dem Schrank. Seit ich es habe, habe ich es mehrmals am Tag betrachtet und ich habe es tatsächlich geschafft, dass Mike es nicht gesehen hat. Zugegeben, ich musste ihm mit einem Sexverbot drohen. Danach knickte er sofort ein.

Ich behandle das Kleid mit höchster Sorgfalt. Es ist einfach wunderschön. Ich kann es kaum erwarten, es anzuhaben, hoffentlich gefällt es ihm genauso wie mir.

Ich zieh mir meine Sachen aus und nehme das Kleid vom Bügel. Fünfzehn Minuten später habe ich es endlich an.

Sina frischt mir gerade mein Make-up auf, als die Klingel ertönt. Jana spricht in die Sprechanlage und sagt, dass wir gleich unten seien, und mein Herz beginnt unterdessen wild zu rasen. Als Sina mit meinem Make-up fertig ist, schicke ich die Mädels vor, weil ich noch einen Moment für mich brauche. Meine Nerven fahren wie eine Achterbahn auf und ab und ich betrachte mich eindringlich im Spiegel. Mit zittrigen Händen streiche ich mein Kleid glatt und hole, bevor ich die Wohnung verlasse, nochmals tief Luft.

Mike dreht mir den Rücken zu, als ich unten ankomme. In seinem Smoking schaut er einfach atemberaubend aus.

Schlicht. Elegant. Sexy.

Er unterhält sich gerade mit Luc und als könnte er spüren, dass ich hinter ihm stehe, dreht er sich um. Sofort kommt er auf mich zu.

»Du bist umwerfend, Sophie.« Er legt seinen Finger unter mein Kinn und führt meine Lippen zu seinem Mund. Selbst der tausendste Kuss von ihm verzaubert mich immer wieder aufs Neue.

Als ich Richtung Limousine gehe und er meinen tiefen Ausschnitt am Rücken bemerkt, höre ich Mike nach Luft schnappen. Genau das wollte ich erreichen. Gedanklich lobe ich mich selbst.

»Willst du mich quälen?«, fragt er mich, nachdem er wieder an meiner Seite ist.

»Wieso?« Ich lächle ihn unschuldig an und klettere dann in den Wagen, gefolgt von Mike.

»Weil dein Ausschnitt bis zum Steißbein reicht. Würden die anderen nicht hier sein, würde ich dich jetzt hier im Wagen ficken«, knurrt er an meinem Ohr. Diesmal bin ich die, die nach Luft schnappt. Doch unser intimer Austausch wird sofort unterbrochen.

»Ich bin so gespannt, wer die Leitung im Büro übernimmt«, sagt Sina zu mir und ich nicke ihr abwesend zu.

SIEBZEHN

Der Parkplatz ist schon rappelvoll, als wir vorfahren, und das Schloss ist mit Lichterketten dekoriert. Ich bin einfach überwältigt. Jana hat ganze Arbeit geleistet. Sie hat sich wirklich selbst übertroffen, das steht fest.

»Wow ... Jana ... Du ... Ich weiß nicht, was ich sagen soll.«

»Wart mal ab, bis du siehst, wie es innen ist«, sagt sie mit voller Begeisterung. Der Fahrer hält den Wagen vor dem Treppenaufgang, auf dem ein langer roter Teppich ausgebreitet ist, und öffnet uns dann die Tür, damit wir aussteigen können. Eine Dame am Empfang begrüßt uns und führt uns in den Saal. Zu meiner Verwunderung werden wir an Wolfgangs Tisch gebracht. Ich habe eher gedacht, er teilt sich den Tisch mit unseren Kunden, die er eingeladen hat, und wir würden an einem anderen sitzen, aber da habe ich mich anscheinend geirrt.

»Herzlich willkommen ... Hat Jana nicht super Arbeit geleistet?«, begrüßt uns Wolfgang. Danach nehmen wir Platz. Im Hintergrund spielt auf der Bühne eine Band leise Musik, das Licht ist gedämmt und auf dem schönen, mit weißen Blumen verzierten Tisch stehen große Kerzenständer. Es ist einfach wunderschön hier und ich bin mir sicher, dass es ein wundervoller Abend wird.

Zwischen Mike und meinem besten Freund habe ich Platz genommen. Luc unterhält sich gerade mit Sina und Aaron, während Jana in die Küche verschwunden ist. Auch wenn sie als Gast hier ist, muss sie sich um den reibungslosen Ablauf kümmern. Tina und Wolfgang begrüßen derweil die anderen Gäste.

Mike streichelt sanft meinen nackten Rücken, sodass sich die wohlbekannte Gänsehaut auf meinem Körper verteilt. Ich bin mehr als glücklich, dass das zwischen ihm und mir nun alles offiziell ist. Jeder kann sehen, dass wir zusammen sind. Und ich zeige es nur allzu gern. Wir küssen uns und suchen auch die Nähe zueinander, egal, ob Freunde neben uns stehen oder jemand, der uns vollkommen fremd ist.

Als alle eingetroffen sind, wird uns das mehrgängige Menü serviert. Im Raum ist es großteils still geworden und jeder genießt das köstliche Essen.

»Machst du das mit Absicht?«, fragt Mike, als ich gerade die Gabel zu meinem Mund führe.

»Was?«

»Über deine Lippen lecken?«

»Mach ich doch gar nicht.«

»Doch, bei jedem Bissen und wenn du so weitermachst, muss ich dich entführen und dich um den Verstand bringen, so wie du mich gerade.« Ich halte inne und schlucke hart den Bissen runter. Meine Haut beginnt zu brodeln. Ich schiele zu Luc hinüber und lasse dann meine Augen den Tisch entlangwandern. Hoffentlich hat ihn niemand gehört.

»Haben Sie noch einen Wunsch?«, fragt mich der Kellner.

»Nein ... Danke.« Er nimmt meinen Teller weg, ich kann ohnehin nichts mehr essen und nehme einen Schluck von meinem Wein. Mike streichelt mir erneut über die nackte Stelle am Rücken. Sein Finger wandert am Rande des Stoffes entlang nach unten.

»Das, was du kannst, kann ich auch«, flüstert er mir ins Ohr. Sein heißer Atem streift meine Wange.

»Was mache ich denn?«, frage ich und spiele die Unschuldige. Mit aller Macht kontrolliere ich meinen Atem.

»Du weißt genau, was du machst. Du leckst dir verführerisch über die Lippen. Du hast einen verdammt heißen Rückenausschnitt, der obendrein verboten gehört. Und verdammt bin ich, dass ich mich zusammenreißen muss.« Mein Körper reagiert prompt. Die Luft um uns verändert sich schlagartig und würden die anderen nicht hier sein, würde ich ihm um den Hals fallen.

Doch wieder werden wir unterbrochen, als Wolfgang aufsteht. »So meine Lieben ... wünscht mir Glück«, sagt er und geht zur Bühne. Sobald er in das Mikrofon spricht, hat er die volle Aufmerksamkeit von allen, die sich im Saal befinden. Auch ich versuche, mich auf meinen Chef zu konzentrieren.

»Liebe Damen und Herren, liebe Mitarbeiter. Als Erstes will ich nochmals alle herzlich willkommen heißen. Ich möchte die Gelegenheit nutzen, um einiges loszuwerden. Danach wird das Buffet für das Dessert eröffnet. Versprochen«, sagt er und hält kurz inne, bis er weiterredet. »Obwohl ich in meinem Berufsleben sehr oft Präsentationen halte und alle Augen auf mich gerichtet sind, ist das heute doch was ganz anderes. Ich bin tatsächlich aufgeregt und das, obwohl ich mehrere Reden vorgeschrieben habe. Allerdings hat es nichts gebracht ... das alles steht gar nicht darauf.« Er hält die Karten hoch und legt sie dann auf die Seite. Die Leute im Saal beginnen zu lachen.

»Nun gut, habt ein bisschen Mitleid mit mir, dann werde ich die Rede auch kurz halten.« Das erste Klatschen ertönt. Als es wieder abebbt, spricht er weiter. »Der Grund, warum ich diese Feier veranstalte, ist nicht nur, um die Vergrößerung der Firma zu feiern. Nein. Sondern auch, um einen großen Dank loszuwerden. Jedem von euch habe ich zu danken. Ihr alle habt tolle Arbeit geleistet, daher lasst es euch gut gehen, trinkt und esst und habt einfach Spaß. Natürlich ist es mir nicht entgangen, dass ihr euch fragt, wer die Leitung übernimmt, wenn ich nicht da bin, und auf diese Frage habe ich eine Antwort.« Alle werden hellhörig. Sina ist total aufgeregt und auch ich bin es. Hoffentlich passt derjenige ins Team.

»Ich möchte die Feier heute dazu nutzen, es bekannt zu machen, und hoffe wirklich zugleich, dass das Angebot angenommen wird. Ich muss aber auch zugeben, es war eine der leichtesten Entscheidungen, die ich jemals treffen musste. Ich kann mir auch niemand anderes an meiner Seite vorstellen.«

»Jetzt mach es nicht so spannend«, schreit jemand aus der hintersten Reihe und alle beginnen erneut zu lachen.

»Okay ... okay nur mit der Ruhe. Ich bitte nun ... Sophie Mayer auf die Bühne.«

Für einen Augenblick bleibt meine Welt stehen. Oh mein Gott. Was? Hat er gerade meinen Namen gesagt? Oh mein Gott ...

Ich bin innerlich wie erstarrt, kann mich dennoch irgendwie bewegen und stehe langsam auf. Durch den Saal sind lautes Klatschen, Pfiffe und Rufe zu hören. Ich sehe, dass manche aufgestanden sind. Luc schlingt seine

Arme um mich, danach Sina und Jana. Tina lächelt mich an, sie wusste es ja schon. Mike küsst mich und drückt meinen Arm. Danach werde ich Richtung Bühne geschoben. Ich steige die paar Stufen hinauf. Noch nie sind mir ein paar Meter wie Kilometer vorgekommen. Es fühlt sich wie eine Ewigkeit an, bis ich vor meinem Chef stehe.

»Sophie, du bist seit deinem Eintritt immer an meiner Seite. Du hast eigene Meinungen, du bist kreativ und du weißt, was du tust. Du hast ein Gespür, was die Kunden wollen. Ich vertraue dir zu hundert Prozent. Und in den letzten Monaten hast du mir wirklich bewiesen, dass du die Richtige dafür bist. Du weißt, wie die Firma läuft, und du kennst die Mitarbeiter. Du kennst deren Stärken und Schwächen und deswegen möchte ich dir die Stelle anbieten und hoffe inständig, dass du sie annimmst«, sagt er ins Mikrofon.

»Oh mein Gott. Ich ... ähm ... Ich weiß nicht, was ich sagen soll.« Ich bin von seinem Angebot überwältigt. Überwältigt davon, wie viel er mir tatsächlich vertraut und von dem, wie viel Verantwortung er mir damit übergibt. Damit hätte ich nicht gerechnet. Wirklich nicht.

»Sag: Ja, ich will«, schreit wieder jemand aus der hintersten Reihe. Alle beginnen erneut zu lachen.

Wolfgangs Augen ruhen auf mir, wie, glaube ich, jedes Augenpaar in diesem Saal und alle warten auf meine Antwort. Würde ich annehmen, wäre ich ganz oben, es wäre so wie meine eigene Firma. Wiederum ruht dann eine enorme Verantwortung auf mir. Andererseits habe ich die letzten Monate nichts anderes gemacht, als Wolfgangs Vertretung zu sein, und außerdem ist er nicht aus der Welt.

Wieso denke ich darüber eigentlich nach?

»Ähm ... Ja ... gern«, krächze ich.

»Huch ... Gott sei Dank. Du hast es echt spannend gemacht. Ich hatte echt kein Ass im Ärmel. Komm her ...« Er umarmt mich und die Leute im Saal klatschen erneut, als sie bemerken, dass ich eingewilligt habe.

»Danke ... Danke, dass du mir so viel Vertrauen schenkst.«

»Ach Quatsch, Sophie. Ich habe zu danken. Du bist einmalig und die Richtige dafür«, sagt er und spricht dann ins Mikrofon, dass das Buffet eröffnet ist, währenddessen gehe ich von der Bühne. Mike hilft mir die Stufen hinunter. Das Kleid ist zwar wunderschön, allerdings sollte ich Stufen weiterhin meiden und meine Aufregung ist mir keine große Hilfe.

»Gratuliere, meine Schöne«, sagt er aufrichtig und küsst mich innig.

»Danke. Ich kann es einfach nicht glauben.« Kaum bin ich am Tisch angekommen, würde ich mich am liebsten setzen, allerdings werde ich wieder von allen umarmt. Sina flippt gerade ein wenig aus, weil sie sich so freut.

»Na? Überrascht?« Tina lächelt mich an.

»Und wie.« Sie gratuliert mir ebenfalls und gesellt sich dann zu Wolfgang. Auch die anderen Kollegen und geladenen Gäste kommen vorbei, um mir zu gratulieren.

Inzwischen habe ich einen Überfall an Glückwünschen hinter mir und die Band hat angefangen, langsame Tanzmusik zu spielen. Einige haben sich auf der Tanzfläche versammelt und die anderen machen sich über das Dessertbufett her. Ich dagegen beobachte die kleinen Blasen im Champagner und bin überglücklich. Leiterin von Design Müller ... Leiterin von Design Müller ... gedanklich sage ich mir das mehrmals vor. Ich kann es einfach nicht glauben. Ich werde die Leiterin von Design Müller sein.

»Darf ich um den Tanz bitten? Jetzt, wo ich dich wieder für mich habe.« Mike hält mir seine Hand hin, die ich selbstverständlich ergreife, und lasse mich von ihm zur Tanzfläche führen. Eng umschlungen bewegen wir uns zur Musik. Er ist ein guter Tänzer. Seine Schritte sind sanft und passen perfekt zum Rhythmus.

»Ich wurde schon fast eifersüchtig«, sagt er. Er wirbelt mich einmal herum und drückt mich dann wieder an sich.

»Weil?«

»Ich sehe es nicht gerne, wenn dich so viele Männer küssen. Und sei es nur auf die Wange.« Ich muss über seine Antwort lachen. Ist er eifersüchtig?

»Das waren nur Glückwünsche ...«, erkläre ich ihm. Natürlich weiß er das.

»Außer bei einem«, entgegnet er und wirbelt mich nochmals herum. Sofort weiß ich, wen er meint. Herr Schaller. Er hat extrem lange an meiner Seite gestanden. Und der Alkoholfahne nach war er auch nicht mehr ganz klar im Kopf. Er hat immer wieder meine Nähe gesucht, gratulierte mir mehrmals und versuchte, mich jedes Mal auf den Mund zu küssen. Mike hat ein wenig abseits gestanden und kochte vor Wut.

»Mit dem werde ich schon fertig«, beruhige ich ihn, zumindest hoffe ich es. »Und jetzt lass uns den Abend genießen.« Ich küsse seinen Mundwinkel. Mike drückt mich etwas mehr an sich.

»Weißt du eigentlich, wie schwer das für mich ist?« Ich spüre seine Hand an meinem Rücken immer tiefer wandern.

»Was genau meinst du?« Natürlich weiß ich, was er meint. Allerdings ist es zu schön, die Bestätigung aus seinem Mund zu hören.

»Dein Outfit heute ... Dich anzusehen und zu wissen, dass ich noch warten muss. Dich berühren und zu wissen, dass ich mich noch zusammenreißen muss. Weißt du eigentlich, wie sehr ich dich will?«, knurrt er verrucht. Kopfschüttelnd lächle ich ihn an. Seine Augen durchdringen mich und ich weiß sofort, an was er denkt. Ich will ihn ebenfalls.

»Darf isch abklaaatschen?« An unserer Seite erscheint Herr Schaller. Seine Fahne schlägt mir ins Gesicht. Allerdings nicke ich Mike zu, ich will wirklich keinen Aufstand. Nur ein Lied, das schaffe ich schon. Irgendwie ... Hoffentlich.

»Aber sicher doch«, murrt Mike unfreundlich. Nur widerwillig lässt er mich los. Sein Gesichtsausdruck ist weniger begeistert.

»So lange musste isch auf den Moment warten.« Ich versuche, Abstand zwischen ihm und mir zu gewinnen. Er versucht jedoch das Gegenteil. Sein Anzug stinkt so sehr nach Zigarettenqualm, dass mir übel wird. Plötzlich legt er seine Hand auf meinen Po.

»Nehmen Sie bitte Ihre Hand da weg«, bitte ich ihn und versuche, ruhig zu bleiben.

»Regen Sie sich ab. Mit dem Schnösel gehen Sie auch ins Bett.« Er redet von Mike. Der Tanz wird nicht von langer Dauer sein. »Von wegen, Sie gehen mit keinem Kunden ins Bett. Und dieschmal bin isch an der Reihe.« Wieder schlägt mir sein Gestank ins Gesicht. Seine Worte jedoch sind es, die dafür sorgen, dass sich mir der Magen umdreht.

»Sie entschuldigen mich bitte.« Ich winde mich aus seinen Armen und gehe Richtung Damentoilette. Doch weiter als in den lang gezogenen Flur komme ich nicht. Jemand packt mich am Arm und drückt mich gegen die Wand.

»Nein ... Dieschmal nicht. Dieschmal bin isch am Zug.« So gut ich kann, versuche ich, den schweren Körper wegzudrücken, bin jedoch zu schwach. Er krempelt mein Kleid nach oben, bis seine Hand meine nackte Haut berührt.

»Herr Schaller, hören Sie auf. Sie tun mir weh.« Wieder wehre ich mich.

»Das willscht du doch. Du Miststück. Zuerst heißmachen und dann einfach abservieren? Nischt mit mir!« Er drückt sein Becken gegen mich. Panik steigt in mir auf. Ich will gerade um Hilfe schreien, da drückt er seine Hand auf meinen Mund und hindert mich daran. Verdammt, ich muss ihn irgendwie wegdrücken. Ich ... Grob wird er von mir weggerissen und fällt zu Boden.

»Was zum ...«, schreit Herr Schaller. »Was willscht du denn? Lass misch mit meinem Mädchen allein.« Mike baut sich vor mir auf. Seine Adern am Hals sind deutlich zu erkennen, sein Zorn ist unverkennbar. Scheiße. So wütend habe ich ihn noch nie gesehen. Eigentlich habe ich ihn noch nie wütend gesehen.

»Erstens ist das mein Mädchen und zweitens, wenn du sie noch einmal anfasst, breche ich dir das Genick. Also sieh zu, dass du Land gewinnst, sonst verlässt du das Gebäude im Leichensack.« Mike ballt seine Hände zu Fäusten. Sein Brustkorb hebt und senkt sich vor Wut.

»Soll das eine Drohung sein?«

»Oh nein! Das ist ein Versprechen!«, faucht er ihn an und macht einen Schritt auf ihn zu. Ich berühre ihn am

Arm, weil ich ihm jetzt im Moment alles zutrauen würde. Herr Schaller dreht sich um und flieht Richtung Saal. Mike beobachtet ihn mit Argusaugen, erst als er außer Sichtweite ist, wendet Mike sich zu mir um.

»Ist alles in Ordnung? Hat er dich verletzt? Es tut mir leid, ich hätte besser aufpassen müssen.« Mike nimmt mich in den Arm. Er lodert zwar vor Wut, mir gegenüber ist sie aber wie weggeblasen.

»Nein. Du warst rechtzeitig hier. Mir geht es gut. Danke.« Ich will gar nicht daran denken, was passiert wäre, wenn er nicht rechtzeitig aufgetaucht wäre.

»Soll ich dir was bringen? Wasser? Oder möchtest du nach Hause? Wir können sofort los«, fragt er mich fürsorglich.

Ich schüttle den Kopf. »Nein. Ich möchte hierbleiben.« Es ist ja nichts passiert. Nicht ganz zumindest. »Ich gehe nur schnell ...« Ich deute auf die Damentoilette. Ich brauche einen Moment, bevor wir zurückgehen. Mike weicht mir nicht von der Seite. Er hält mir die Tür auf und folgt mir hinein.

»Willst du wirklich nicht nach Hause?«

»Nein. Der Zwischenfall soll den Abend nicht verderben. Und mir geht es gut. Wirklich.« Ich nehme von der Anrichte ein Handtuch, befeuchte es mit Wasser und tupfe meinen Nacken ab. Mike nimmt es mir aus der Hand und übernimmt. Es beruhigt mich. Er beruhigt mich.

»Es tut mir leid. Ich hätte dich besser beschützen müssen«, sagt er leise.

»Nein, hättest du nicht. Du kannst so was ja nicht ahnen.« Ich allerdings schon. War ja nicht das erste Mal, dass er versucht hat, bei mir zu landen. Heute war nur noch Alkohol im Spiel, das hat ihn übermütig gemacht.

So was darf nicht noch einmal passieren, Wolfgang muss davon erfahren. »Mach dir bitte keinen Vorwurf.« Ich drehe mich um und lege meine Hand auf seine Wange. Dann küsse ich ihn sanft. Es ist nicht seine Schuld.

»Ich weiche dir heute nicht mehr von der Seite. Kommt er nur ansatzweise in deine Nähe ... Ich kann für nichts garantieren«, sagt Mike im ernsten Ton und ich nicke ihm zu. Von draußen ertönt plötzlich die Stimme meines Chefs.

»Komm, lass uns zurückgehen. Wolfgang hält anscheinend noch eine Rede.« Ich werfe das Tuch in den Wäschekorb und richte meine Haare.

Im Saal steht mein Chef diesmal vor der Bühne und hält das Mikrofon in der Hand. »... und deswegen bitte ich dich zu mir.« Meine Augen folgen der umwerfenden Frau. Tina gesellt sich wie aufgefordert zu ihm. Ihre Wangen sind entweder vom Tanzen oder vor Aufregung gerötet.

»Jahrelang hast du mich begleitet. Du kennst mich besser als jeder andere. Süße, seit ich dich kenne, ist jeder Tag der schönste in meinem Leben. Du bist die, die mir gezeigt hat, was das Wort Liebe bedeutet. Du bist der Halt, den ich manchmal brauche, und du bist die, die mich liebt. Die mich so liebt, wie ich bin. Ich liebe dich über alles.« Tina wischt sich eine Träne weg und bewegt ihren Mund. Man kann nicht hören, was sie sagt, allerdings kann man es wunderbar von ihren Lippen ablesen. »Ich liebe dich auch.«

Mike steht hinter mir, seine Hände ruhen auf meinem Becken. Bei dem Anblick der beiden Liebenden erwärmt es mir mein Herz. Auch mir rinnt eine Träne an der Wange entlang. Inständig hoffe ich, dass ich so etwas auch einmal erleben darf. Dass mich ein Mann liebt, auch wenn ich ihm keine Kinder schenken kann. Zugegeben, ich hoffe, dass Mike dieser Mann ist.

»Ich möchte dir alles geben und noch so viel mehr. Ich will dich zum glücklichsten Menschen machen, den es auf der Welt gibt. Ich möchte mit dir alt und grau werden ...« Plötzlich kniet er vor Tina nieder. »Ich möchte dich fragen ... Willst du meine Frau werden?«, fragt er und klappt vor ihr eine rote Schmuckschatulle auf.

»Oh mein Gott ... Ja ... Ja, ich will.« Tina fächert sich mit der Hand Luft zu und nickt nebenbei. Von der Decke fliegen Glitzerkonfetti und rote Rosenblätter herab. Die Band beginnt, einen langsamen, romantischen Song zu spielen.

Ich weiß nicht, wie es den anderen geht, aber ich zittere am ganzen Körper. Jana, Aaron, Luc und Sina gesellen sich zu uns.

»Wahnsinn, oder?«, flüstert mir Sina zu. Ich nicke.

Die Mädels und ich warten, bis das Lied zu Ende ist und beide fertig getanzt haben. Danach laufen wir direkt auf Tina zu. Wir kreischen, was das Zeug hält, und reißen uns um ihre Hand. Jeder will den Ring an ihrem Finger betrachten. Vermutlich werden wir von allen Seiten angestarrt, als wären wir nicht von dieser Welt, allerdings ist es uns mehr als egal.

»Zeig ... zeig ... zeig ...«, rufen wir gleichzeitig. Stolz präsentiert Tina uns ihre Hand. In ihren Augen schimmern immer noch die Tränen.

»Ich freu mich so für dich. Herzlichen Glückwunsch.« Ich nehme sie in den Arm und drücke sie ganz fest. Sobald ich Tina wieder frei gelassen habe, tun es mir die anderen nach. Inzwischen gehe ich zu Wolfgang, der sich ebenfalls vor Glückwünschen kaum retten kann.

Auch ihn umarme ich. »Glückwunsch.«

»Danke ... Danke für alles.« Ich weiß, wofür dieser Dank ist.

Nachdem die Aufregung nachgelassen hat, genießen wir den Abend. Wir tanzen, quatschen und feiern.

Mike weicht mir tatsächlich nicht mehr von der Seite und wenn uns wirklich ein paar Meter trennen, bleiben seine Augen immer auf mich gerichtet. Und ich muss zugeben, ich fühle mich wohl dabei und beschützt.

Zu meinem Übel packt Luc ein paar Jugendsünden von Jana und mir aus, was für mächtig Gesprächsstoff sorgt. Jana und ich kontern allerdings gekonnt.

»Wegen dir mussten wir eine ganze Nacht in der Schule verbringen. Also reg dich nicht auf«, blafft sie Luc an und ich beginne zu lachen. Oh Gott, die alte Leier.

»Wie lange willst du mir das noch vorhalten?«, beklagt Luc sich.

»Bis du ein alter Sack bist. Das verzeihe ich dir nie. Ich hatte einen Monat Hausarrest. Ein ganzer Monat ging von meiner wertvollen Jugend flöten und das nur wegen dir.« Sie wirft ihm einen vielsagenden Blick zu, kann jedoch nicht ernst bleiben.

»Wieso wurdet ihr in der Schule eingesperrt? Und das nachts?«, fragt Wolfgang erstaunt.

»Sophie hatte die geniale Idee, einzubrechen.«

»Hey! Das stimmt doch gar nicht. Ich habe nur Spaß gemacht. Ihr habt in der Nacht vor meinem Fenster gestanden und es fast mit Steinen eingeschlagen«, verteidige ich mich selbst.

»Ich habe also eine kriminelle Freundin?«, amüsiert sich Mike.

»Nein«, antworte ich ihm. Luc und Jana werfen »Ja« ein und ich rolle mit den Augen.

»Es war so ...«, beginne ich zu erzählen. »Wir hatten einen schweren Test. Am Tag vor der Prüfung haben wir zusammen gelernt, na ja, mehr oder weniger ... Schlussendlich warfen wir dann das Handtuch und gaben auf. Ich habe spaßeshalber gemeint, wir sollten in die Schule einbrechen und eine Kopie von den Fragen machen. Die beiden allerdings haben mich ernst genommen.« Ich deute auf Luc und Jana. »Wir sind dann wirklich zur Schule und Luc löste den Alarm des Schranks aus, der direkt die Aufmerksamkeit des Nachtportiers weckte.«

»Woher sollte ich denn bitte wissen, dass der alarmgesichert war?«, beschwert sich Luc.

»Weil ein riesiges Schild darauf klebte mit der Aufschrift *›Achtung Alarmgesichert!‹*«, knurrt Jana ihn an. Alle brechen in Gelächter aus.

»Wir versteckten uns und waren die ganze Nacht in der Schule eingeschlossen. In der Früh wurden wir dann erwischt, weil wir im Lehrerzimmer eingeschlafen sind«, erzähle ich fertig. Erneut bricht am Tisch schallendes Gelächter aus.

Kurz bevor die Feier zu Ende ist, brechen Mike und ich auf und fahren direkt in seine neue Wohnung. Seit dem Vorfall mit Herrn Schaller behandelt er mich wie ein rohes Ei. Selbst als ich ihn im Bett förmlich besteige, bleibt er konsequent, obwohl ich sein Verlangen deutlich spüre.

ACHTZEHN

Ich werde von warmen, weichen Lippen geweckt. Mike verteilt hauchzarte Küsse auf meinem gesamten Gesicht. Es fühlt sich so toll an, wie sein warmer Atem meine Wange einhüllt. Unwillkürlich muss ich lächeln.

»Guten Morgen meine Schönheit. Langsam musst du aufstehen.«

Ich schnurre vor mich hin. »Wirklich? Es ist aber so schön hier.« Ich habe mich gerade gegen das Treffen entschieden. Er soll sich lieber wieder neben mich kuscheln.

»Mhm, wirklich. Komm, ich habe dir eine Kleinigkeit zum Essen gemacht.« Sein wundervoller Mund verschwindet wieder. Neben mir höre ich, wie er etwas in ein Gefäß gießt. Daher öffne ich die Augen einen kleinen Spalt, um nachzusehen, was er tut. Mike schenkt Orangensaft in ein Glas.

Ich setze mich auf und lehne mich an das lederne Kopfteil des riesigen Bettes. So gut habe ich schon lange nicht mehr geschlafen. In Mikes Bett schläft man wie auf einer Wolke.

»Hier.« Er überreicht mir das Glas und beobachtet mich, wie ich einen Schluck nehme, dann reicht er mir eine Scheibe Toast.

»Bist du nervös?«, frage ich ihn. Brösel fallen auf die Decke, als ich in den Toast beiße. Mit der Hand wische ich sie weg.

»Nein.«

»Überhaupt nicht?«

Er schüttelt den Kopf. »Nein. Muss ich denn?«

»Na ja. Du lernst immerhin meine Familie kennen. Und dann gleich noch alle auf einen Schlag. Also ich wäre nervös.« Ich wäre so was von nervös, wenn ich heute seine Familie kennenlernen würde. Vermutlich hätte ich kleine Panikattacken oder auch große. Er jedoch bleibt ganz cool und gelassen.

»Mein Dad wird dich ganz schön unter die Lupe nehmen«, informiere ich ihn. Ich weiß nicht, warum, allerdings will ich, dass Mike nervös ist. Ich will, dass es etwas Besonderes für ihn ist.

»Dann werde ich mich von meiner besten Seite zeigen und einen guten Eindruck hinterlassen.« Mike beugt sich zu mir hinüber und küsst mich. Stück für Stück zieht er mich nach vorne und drückt mich dann sanft nach hinten, bis er auf mir liegt.

»Was machst du da?«, frage ich spielerisch.

»Mich von meiner besten Seite zeigen.« Er grinst an meinen Lippen und schiebt seine Hand unter mein Shirt, hinauf zu meiner nackten Brust. Ich will gerade meine Beine um seine Hüften schlingen, da ertönt sein Handy. Kurz halten wir inne, machen dann doch weiter und ignorieren das Klingeln gänzlich. Als es aufhört, ertönt es sofort wieder aufs Neue.

»Heb ab. Vielleicht ist es ja was Wichtiges. Ich muss sowieso unter die Dusche«, sage ich, während er meinen Hals küsst.

»Niemand ist wichtiger als du.« Er küsst mich weiter und mein Herz geht auf wie eine wunderschöne Blume. Dennoch drücke ich ihn weg von mir. Genervt, weil sein Handy erneut klingelt, stößt er die Luft aus und rollt sich schlussendlich von mir runter.

»Manchmal hasse ich dieses Ding«, murrt er. Oh wie recht er hat.

»Geh du ran. Ich hüpfe schnell unter die Dusche.« Ich nehme meinen Morgenmantel vom Haken und verschwinde ins Bad. Ich drehe das Wasser auf und stelle mich dann unter den riesigen Duschkopf, der von der Decke hängt. Mit dem gut riechenden Shampoo von Mike wasche ich meine Haare und verteile sein Duschgel auf meinem gesamten Körper.

Nachdem ich fertig geduscht habe, föhne ich meine Haare, putze meine Zähne und trage leichtes Make-up auf. Nur mit meinem Morgenmantel bekleidet, verlasse ich wieder das Badezimmer. Die Tür zum Büro ist angelehnt. Dumpf höre ich Mike reden. Als ich hineinschaue, sehe ich ihn hinter seinem Schreibtisch mit dem Handy am Ohr.

»Hey. Alles okay?«, frage ich Mike leise.

Er blickt auf. »Natürlich« formt sein Mund. Ich gehe zu ihm hinüber und setze mich auf den Tisch. Mit meinem Fuß fahre ich an seinem Oberschenkel auf und ab. Seine Augen folgen meiner Bewegung.

»Ja, ich werde kommen. Versprochen ... Ja ... Vielleicht.« Mike versucht, die Person auf der anderen Seite der Leitung abzuwimmeln. Seine Augen sind dunkel vor Lust und Verlangen. Seine Stimme bekommt die gewisse Rauheit.

Langsam lasse ich meinen Fuß zu seinem Schritt wandern und öffne währenddessen meinen

Morgenmantel. Dann gleite ich vom Tisch und gehe zwischen seinen Beinen auf die Knie. Er beobachtet mich. Ich bin mir nicht sicher, ob er die Person am Handy überhaupt noch wahrnimmt, so sehr fixiert er mich. Etwas unbeholfen versuche ich, seinen Gürtel zu öffnen. Abrupt setzt er sich auf.

»Ähm, Mum, ich ruf dich später wieder an. Ciao«, sagt er ins Telefon und legt blitzschnell auf. Oh verdammt, das war seine Mum.

»Es tut mir leid. Hätte ich gewusst, dass es ...« Ich kann es nicht aussprechen, zu sehr schäme ich mich. Selbst die Hitze steigt mir auf, sodass meine Wangen zu glühen beginnen.

»Sie hat nichts mitbekommen. Keine Sorge«, sagt er und beruhigt mich ein wenig. Wieder fange ich an, seinen Gürtel zu bearbeiten. Gerade als ich den Knopf aufmachen will, hält er mich auf.

»Sophie. Ich weiß nicht, ob das so eine gute Idee ist. Ich meine, nach gestern?« Ich rolle mit den Augen. Mikes Sorgen sind unnötig, weil es mir gut geht.

»Du fasst mich seit gestern mit Samthandschuhen an. Ich will dich genauso wie gestern. Also, bitte hör auf, dir Sorgen zu machen.«

»Bist du dir sicher?«

»Jap. Definitiv!« Mike lässt meine Hand wieder los und ich bearbeite erneut seinen Jeansknopf. Sobald ich ihn offen habe, hebt er sein Becken und ich ziehe ihm die Hose hinunter. Ich umgreife seinen prächtigen Schwanz und lecke vom Anschlag bis zur Spitze. Dann nehme ich ihn vollständig in meinen Mund. Mike zieht scharf die Luft ein und presst sie knurrend wieder aus. Ich ziehe mich zurück, umspiele mit der Zunge seine Eichel und sauge fest daran. So weit ich kann, nehme ich ihn wieder auf. Erfolgreich unterdrücke ich den Würgereiz. Mehrmals wiederhole ich das Spiel. Mal quälend langsam, dann wieder schnell und hart. Mal presse ich meine Lippen fest zusammen, dann lasse ich sie wieder lockerer. Um die Reibung intensiver zu machen, unterstützt meine Hand meinen Mund.

Mike umklammert die Armlehne so stark, sodass man deutlich seine weißen Fingerknöchel sieht. Seine Lippen sind aufeinandergepresst, die Augen geschlossen. Erneut sauge ich an seiner Spitze, bis ich den ersten salzigen Lusttropfen wahrnehme. Danach nehme ich seine Erektion wieder ganz auf und bewege meinen Kopf schneller auf und ab. Laute voller Lust gebe ich von mir, um Mike in den Abgrund zu treiben, der gerade auf dem besten Weg dorthin ist. Sein Schwanz schwillt immer mehr in mir an.

»Fuck, Sophie. Ich komme gleich«, flüstert er angestrengt. Er macht eine Andeutung, dass er aufstehen will, doch diesmal will ich zu Ende bringen, was ich angefangen habe. Also drücke ich ihn wieder zurück auf seinen Stuhl und quäle ihn weiter. Ich presse erneut meine Lippen fest um sein steinhartes Glied und schiebe es so weit es geht hinein. Ich schiele zu ihm hinauf und beobachte ihn. Als er seinen Kopf in den Nacken wirft und laut aufknurrt, spüre ich Sekunden später auch schon die warme Flüssigkeit in meinem Mund.

»Komm her«, bittet Mike mich, nachdem ich ihn vollständig ausgesaugt habe. Stolz wische ich mir meinen Mund ab. Er hilft mir auf und zieht mich auf seinen Schoß.

»War es gut?«, frage ich ihn.

»Gut? Ich glaube, das ist das falsche Wort dafür.«

»Also kann man es fürs erste Mal gelten lassen?« Ich weiß nicht, warum es mir so wichtig ist, dass er weiß, dass es das erste Mal für mich war. Zugegebenermaßen hatte ich ein wenig Angst davor, wurde jedoch eines Besseren belehrt.

»Das allererste Mal?« Verblüfft starrt er mich an und ich nicke lächelnd. Dann küsst er mich, was mir die Bestätigung gibt, die ich brauche. Gedanklich klopfe ich mir selbst auf die Schulter.

»Ach komm schon ... Bitte!« Wir biegen gerade ab Richtung Einkaufszentrum. Dort treffen wir die anderen und fahren zusammen zu meinen Eltern. Die Sonne scheint, weit und breit ist keine einzige Wolke zu sehen und die Temperaturen sind angenehm warm. Ein perfekter Tag zum Grillen. Endlich sehe ich meine Familie wieder. Ich muss zugeben, ein bisschen bin ich aufgeregt, immerhin lernt Mike heute meine Leute kennen. Allerdings bin ich mir sicher, dass sie ihn willkommen heißen werden. Mein Dad und Hannes werden ihn ein wenig unter die Lupe nehmen, aber schlussendlich werden auch sie ihn mögen.

»Weißt du eigentlich, wie viel PS das Auto hat?« Will er mir gerade weismachen, dass ich mit mehr PS unter der Haube nicht fahren kann?

»Mike, ich kann fahren. Egal, wie schnell der Wagen fährt!«, protestiere ich und rolle mit den Augen. Irgendwie ist unsere kleine Diskussion witzig.

Er schnauft lautstark aus. »Okay, du darfst fahren. Aber pass auf und halte dich an die Begrenzungen. Nicht, dass was passiert. Dass dir was passiert«, willigt er schlussendlich ein und ich setze ein fettes Honigkuchenpferdgrinsen auf. Sobald wir am vereinbarten Treffpunkt ankommen, parkt Mike den Wagen neben Lucs Audi. Als wir aussteigen, fahren im selben Moment Aaron und Jana vor.

»Na? Freust du dich schon?« Ich umarme meinen besten Freund zur Begrüßung.

»Ja und wie. Gerlinde hat bestimmt wieder groß aufgetischt.« Typisch Luc. Ich bemerke, wie nervös Sina ist, daher gehe ich zu ihr und frage ich sie, ob alles in Ordnung sei.

»Ja«, antwortet sie mir viel zu kurz und knapp.

»Sicher?« Sina spielt mit ihren Fingern, das tut sie nur, wenn etwas nicht stimmt.

»Ich bin ein wenig aufgeregt. Luc hat mir gestern erzählt, wie wichtig ihm deine Eltern sind. Ich habe das Gefühl, dass sie die Elternrolle übernommen haben. Kann das sein?«

»Ja, ein wenig«, gebe ich zu.

Jana gesellt sich zu uns und beginnt gleich zu jammern. »Warum sind wir gestern so lange auf der Feier geblieben? Ich bin immer noch hundemüde.«

»Du hättest ja früher gehen oder zumindest gleich nach dem Heimkommen schlafen gehen können«, tadele ich sie spielerisch. Ich kann ihre Augen wegen der dunklen Sonnenbrille nicht sehen, weiß jedoch, dass sie die gerade verdreht.

»Geht´s los?«, fragt uns Luc. Gleichzeitig nicken wir. Ich gehe zu Mike und halte ihm meine offene Handfläche hin. Triumphierend lächle ich ihn an. Etwas unsicher schaut er zwischen den Aston und mir hin und her. Anfangs denke ich, er überlegt es sich wieder anders, doch dann überreicht er mir den Schlüssel. Auch wenn es ein wenig widerwillig ist.

Kaum sind wir eingestiegen, erklärt er mir alles ins kleinste Detail. Ich versichere ihm, schon mehrmals hinter einem Lenkrad gesessen zu haben, und schnalle mich an. Es ertönt ein brummendes Geräusch, als ich den Motor starte. In meinen Fingerspitzen kribbelt es und ich spüre, wie sich das Adrenalin langsam aufbaut. Ich kann meine Freude darüber nicht verstecken. Ich liebe schnelle Autos.

Wir fahren auf die Autobahn Richtung Süden. Ich halte mich an die Geschwindigkeitsbegrenzung und fahre sogar ein paar km/h darunter. Mike scheint zufrieden zu sein. Ich weiß, dass ihm der Wagen egal ist, es geht ihm mehr um mich.

Nach einer Weile hupt Luc hinter mir und blendet mehrmals mit den Scheinwerfern auf. Dann überholt er, gefolgt von Aaron. Noch immer halte ich die Begrenzung mit 130km/h ein. Es ist kaum Verkehr, die beiden anderen sind schon außer Sichtweite. Luc lacht sich bestimmt halb tot. Er weiß, dass ich mich eigentlich nicht wirklich an so was halte.

Langsam, aber sicher steige ich stärker auf das Gaspedal. Der Aston reagiert prompt. Man spürt sofort den Druck, als ich in den Sitz gedrückt werde. Der Zeiger am Tacho wandert immer weiter hinauf. 140 ... 150 ...

Mike neben mir wird ein wenig unruhig, doch das Adrenalin schießt nur so durch meine Adern. Inzwischen sehe ich den Audi von Luc und den BMW von Aaron. Diesmal bin ich die, die hupt und an beiden vorbeirauscht. Tolles Gefühl!

»War es so schlimm?«, frage ich Mike, als ich den Aston vor dem Haus meiner Mutter geparkt habe. Noch immer spüre ich den Nervenkitzel. Mike wirft mir unterdessen einen vielsagenden Blick zu. Okay, vielleicht habe ich wirklich ein wenig übertrieben.

»Es hätte was passieren können.«

»Ach komm schon, Mike. Ich fahr nicht jeden Tag mit einem Aston und es ist ja nichts passiert. Sei nicht sauer«, schmolle ich an seiner Schulter.

»Ich bin nicht sauer, nur ein wenig überrascht.« Er küsst mich, damit ist das Thema erledigt. Wir steigen aus und gesellen uns zu den anderen. Sinas Nerven liegen wirklich blank und auch ich werde Sekunde um Sekunde immer nervöser. Auch wenn ich mir sicher bin, dass sie Mike mögen werden, habe ich dennoch ein wenig Angst.

Zusammen gehen wir in den Garten. Gerade als ich das Tor öffne, biegt Dad um die Ecke.

»Hallo Dad.« Ich lasse Mikes Hand los und eile zu ihm hin. Es fühlt sich an, als hätte ich ihn schon jahrelang nicht gesehen. Ich umarme ihn so stark, dass ich mir Sorgen machen müsste, ihn zu erdrücken.

»Hallo meine Kleine«, erwidert er. Ich lasse ihn wieder los und stelle ihm den neuen Mann an meiner Seite vor. »Dad, das ist Mike. Mike, das ist mein Dad, Frank.« Dad mustert ihn kurz, reicht ihm dann die Hand und heißt ihn willkommen.

Luc und Jana begrüßen ihn auf dieselbe Art und Weise. Als wir mit unserem Begrüßungsmarathon fertig sind, gehen wir zu den anderen. Es sind wirklich alle da. Meine Schwester sitzt mit ihrem Mann am Tisch und redet mit Helena, unserer Stiefmutter. Meine Mum und Hannes stehen am Grill.

»Da sind sie endlich. Hallo Kinder.« Mum kommt auf uns zu und begrüßt uns herzlich. »Nehmt doch schon mal Platz. Das Essen ist gleich fertig.« Sie stellt Salatschüsseln auf den Tisch und verschwindet dann im Haus. Wie aufgefordert setzen wir uns an den Tisch. Ich biete Mum an, ihr zu helfen, allerdings lehnt sie ab, also bleibe ich bei den anderen. Wie vermutet wird der Neuzugang herzlichst aufgenommen, aber ich weiß, dass es für Mike und Aaron noch nicht vorbei ist. Dad und Hannes werden die beiden ausgiebig ausfragen. Sina hat es wesentlich leichter, sie ist eine Frau und wird schneller von den Männern akzeptiert.

Wenn man meine Familie so betrachtet, sieht es für Außenstehende vermutlich seltsam aus. Meine Eltern sind seit fünfzehn Jahren geschieden und doch feiern wir oft zusammen. Aber wir sind glücklich damit und nur das zählt.

Nachdem der Tisch mit Essen vollgestellt ist, greifen alle genussvoll zu.

»Mmmh, Gerlinde. Einfach nur lecker. Du bist die beste Köchin«, schmeichelt Luc meiner Mum. Wie immer freut sie sich darüber.

»Hast du die Kartoffeln schon gekostet?«, fragt sie und hält ihm die Schüssel gleich darauf unter die Nase.

»Erzählen Sie doch mal. Was machen Sie beruflich?«, fragt mein Dad Mike. Runde eins. Das Verhör kann beginnen.

»Ich bin Gründer von Spenc Investment. Gerade eröffne ich einen Sitz in Graz«, antwortet er ihm gelassen. Wie selbstsicher er doch ist. Keine Spur von Nervosität, nicht einmal ein kleines bisschen.

»Kurz gesagt, er ist mein Chef«, wirft Luc ein.

»Dachte ich mir doch, dass ich den Namen irgendwoher kenne. Dann sind sie also aus Seattle?«

»Ja.« Mein Dad nickt und gibt sich fürs Erste zufrieden. Somit ist die erste Befragung vorbei.

»Boa. Ich bin pappsatt.« Luc lässt sich an die Stuhllehne zurückfallen. Mittlerweile hat auch er fertig gegessen. Mum tätschelt ihn am Kopf und sagt: »Später gibt es noch Nachspeise.« Worauf er sich jetzt schon freut.

»Liebes? Was gibt es bei dir Neues?«, fragt mich Mum, nachdem endlich ein wenig Ruhe eingekehrt ist. Alle Augenpaare richten sich sofort auf mich. Ich weiß, was sie eigentlich wissen will. Allerdings wissen auch alle, dass ich es nicht sagen werde.

»Eigentlich nichts. Außer, dass ich befördert wurde. Wolfgang hat mir eine Stelle als Büroleiterin angeboten und ich habe angenommen«, sage ich begeistert. Ich kann es immer noch kaum fassen. Ich werde tatsächlich Leiterin von Design Müller.

»Oh mein Gott. Das sind tolle Neuigkeiten. Gratuliere.« Mum kommt zu mir und drückt mir einen Kuss auf die Wange. In den Gesichtern meiner Familie lese ich Stolz. Stolz darauf, was ich in meinen jungen Jahren schon geschafft habe. Auch wenn mein Leben nicht nach Plan läuft und mir was Wichtiges genommen wurde, läuft es wenigstens beruflich besser als erwartet.

»Mike, mögen Sie Zigarren und Scotch?« Die Befragung geht weiter. Hannes mustert ihn erwartungsvoll.

»Schwierig zu sagen. Aber ja, manchmal genehmige ich mir so was.« Ach? Das wusste ich gar nicht.

»Dann habe ich was für dich.« Hannes, mein Dad und Luc entführen Aaron und Mike. Sobald sie außer Hörweite sind, lehnt sich Mum zu mir hinüber. »Mike scheint mir ein anständiger Kerl zu sein«, sagt sie und erwischt mich dabei, wie ich ihm hinterherstarre.

»Ja. Er ... Ich mag ihn sehr.« Mögen ist noch untertrieben.

»Das sieht man. Er macht dich glücklich.« Ich fixiere das große Gartenhaus, in das sich die Männer zurückgezogen haben. Wahrscheinlich rauchen sie gerade eine von Hannes liebsten Zigarren und trinken einen klassischen Scotch. Mein Stiefvater hat eine riesige Sammlung davon.

Mike sieht bestimmt verdammt sexy aus, wenn er in einem der Polstersessel sitzt, einen Fuß auf dem Knie abgelegt, in einer Hand die Zigarre, in der anderen ein Glas Scotch. Mit seinen feurigen Augen mustert er mich. Mit Sicherheit wird ihn das arroganter wirken lassen, als er sowieso manchmal schon wirkt.

»Sophie?«

»Ja?« Etwas irritiert wende ich mich meiner Mum zu.

»Kann ich auf dich zählen? Jana und auch Sina helfen mir beim diesjährigen Dorffest«, fragt sie mich erwartungsvoll.

»Natürlich. Solange ich nur Gemüse schnippeln muss.«

»Perfekt. Das wird fantastisch.« Mum klatscht vor Freude in die Hände. Wenn sie ihre Leidenschaft teilen kann, freut sie sich immer. Während wir Frauen über das anstehende Dorffest, das im Sommer stattfinden soll, reden, lassen die Männer auf sich warten. Ich bin unheimlich neugierig, wie Dad Mike findet. Ich hoffe, er ist zufrieden. Warum es mir so wichtig ist, weiß ich nicht, allerdings war es das schon immer.

Nach einer gefühlten Ewigkeit kommen sie endlich zurück. Mike setzt sich neben mich und küsst mich. Der Gesichtsausdruck meines Dads ist ... zufrieden? Als er mich dann anlächelt, weiß ich, dass er Mike mag. Ich bin erleichtert. Ich spüre direkt, wie mir ein Stein vom Herzen fällt. Ehrlich gesagt, wüsste ich nicht, was ich gemacht hätte, wenn es anders gekommen wäre. Gott sei Dank ist das nicht eingetroffen.

»War es sehr schlimm?«, frage ich Mike.

»Nein. Alles okay. Hannes hat eine hervorragende Zigarrensammlung.« Auf seinen Lippen erscheint ein spitzes Lächeln.

Den restlichen Tag verbringen wir zusammen. Mum holt alte Fotoalben raus und zeigt sie Mike. Selbst von Luc hat sie ein Album, das sie Sina zeigt. Sie ist regelrecht verzaubert von den beiden. Gegen acht Uhr fahren wir dann nach Hause. Diesmal habe ich nicht darum gekämpft, mit dem Aston zu fahren. Ich bin hundemüde und schlafe auf halbem Weg ein.

Kräftige Hände greifen nach mir, dann werde ich aus dem Sitz gehoben. Ich kann nicht protestieren. Ich kann nicht einmal reden, geschweige denn die Augen aufmachen, so erschöpft bin ich. Es war ein verdammt langes Wochenende voller Highlights und Glück. Mike hat meine Familie kennengelernt, was meiner Meinung nach das Beste des ganzen Wochenendes war. Die Beförderung war zusätzlich noch das Pünktchen auf dem »i«. Ich bin wirklich gespannt, wie es morgen in der Arbeit werden wird. Ob wir alles besprechen werden? Auf jeden Fall wird mich mein Chef nicht einfach so ins kalte Wasser werfen. Zumindest hoffe ich das.

Oben angekommen, trägt mich Mike sofort ins Schlafzimmer und legt mich ins Bett. Ich muss feststellen, dass er mich wieder mit zu sich nach Hause genommen hat. Behutsam zieht er mir die Schuhe und Socken aus, gefolgt von meiner Jeans. Für einen Augenblick verschwindet er aus dem Zimmer. Minuten später legt sich ein warmer, muskulöser Körper zu mir ins Bett. Ganz nah kuschelt er sich an mich, sodass zwischen uns kein Millimeter frei ist. Seinen Herzschlag spüre ich an meinem Rücken. Ein wunderschönes Gefühl. Seine Hand streichelt mir durch mein Haar. Ich liebe es, wenn er das tut. Dann gibt er mir einen Kuss auf die Schulter.

Bevor ich vollständig einschlafe, flüstert mir Mike noch etwas zu. Ich kann es nicht ganz verstehen, jedoch weiß ich, dass es etwas Gutes ist.

NEUNZEHN

Als ich meine Augen wieder aufmache, ist Mike nicht mehr im Bett. Auf der Nachtkommode liegt ein kleiner Zettel, darauf steht, dass er schon zur Arbeit ist und ich mir zum Frühstück was bestellen soll. Ausgeschlafen gehe ich ins Badezimmer, richte mich für die Arbeit her und trinke lediglich einen Kaffee. Heute ist Montag, da esse ich sowieso immer in der Firma mit Sina. Sobald ich fertig bin, fahre ich mit dem Aufzug nach unten in die Lobby und werde dort komischerweise von der Rezeptionistin aufgehalten.

»Frau Mayer!«, ruft sie mir hinterher.

»Ja?«

»Es wurde für Sie etwas abgegeben.«

»Für mich?« Ich bin verwirrt. Wer soll hier für mich was abgeben? Ich wohne nicht einmal hier. Das kann nur Mike gewesen sein. Mein Herz macht vor Freude einen Satz.

»Ja, ein Brief.« Sie kramt kurz herum und überreicht mir dann ein Kuvert. Ich mache ihn sofort auf, doch was ich darin lese, kann nicht von Mike sein. Mein Puls beschleunigt sich, fassungslos lese ich ihn nochmals.

Du bist nur eine schnelle Nummer!
Du wirst schnell vergessen sein, schneller als du dir denkst!

Sobald er dein Geheimnis weiß, bist du weg vom Fenster!
Es wird eine andere deinen Platz einnehmen!
Bleib weg von ihm!
Verschwinde!
Oder ich sorge dafür!
Du hast dich mit der Falschen angelegt!

»Entschuldigung, wissen Sie vielleicht, wer den hier abgegeben hat?«, frage ich die Frau, die mir den Brief gerade eben gegeben hat.

»Nein. Der war schon hier, als ich meine Schicht begonnen habe. Stimmt was nicht?«

»Ähm ... Nein. Alles okay. Danke. Auf Wiedersehen.«
Ich gehe Richtung Ausgang, als ich eine dunkel gekleidete Frau wahrnehme, die mich anstarrt. Plötzlich bin ich wie erstarrt. Irgendwoher kenne ich sie. Man sieht ihr Gesicht nicht richtig. Ihre dunklen Haare verdecken einen Großteil davon und sie trägt noch dazu eine dunkle Sonnenbrille. Aber ich weiß, dass ich sie schon mal gesehen habe. Nur wo?

Nachdem sie erkannt hat, dass ich sie entdeckt habe, huscht sie schnell nach draußen. So schnell ich kann, folge ich ihr, aber als ich draußen ankomme, ist sie verschwunden. Verdammt, wer war das?

Ich rufe mir ein Taxi an den Straßenrand und fahre in die Arbeit. Währenddessen lese ich den Brief erneut. Er macht mir Angst. Große Angst.

»Guten Morgen«, begrüßt mich Sina hinter ihrem Pult. »Wir müssen unser Frühstück für eine halbe Stunde verschieben. Wolfgang will dich gleich sprechen, er ist schon im Büro.«

»Hey. Ja okay. Ich hol dich dann einfach.« Schnell lege ich meine Sachen in meinem Büro ab, dann gehe ich zu meinem Chef. Die Tür ist geschlossen, also klopfe ich an und warte, bis er mich hineinbittet.

»Guten Morgen. Du wolltest mit mir reden.« Auf dem Stuhl vor seinem Tisch nehme ich Platz.

»Guten Morgen. Ja.« Er tippt etwas in seinen Computer, bis er dann seine Aufmerksamkeit auf mich richtet. »Erst mal danke, dass du mein Angebot angenommen hast.«

»Ach. Ich habe zu danken. Ich meine, damit habe ich nicht gerechnet.«

»Wirklich nicht?« Mich wundert seine Verblüfftheit.

»Nein, wirklich nicht. Ich kann es noch immer kaum glauben.« Das kann ich tatsächlich nicht. Ich glaube es erst, wenn ich den Vertrag unterschrieben habe. Dann werde ich es langsam realisieren.

»Na ja, dann wird es langsam Zeit«, sagt er und lächelt mich an. »Der Grund, warum ich dich hergebeten habe, ist: Ich will, dass du ab sofort die Leitung übernimmst. Der Auftrag von High Fashion ist fertig. Ich werde in den nächsten Wochen ein geeignetes Bürogebäude in Wien suchen und mich vollkommen darauf konzentrieren.« Wolfgang überreicht mir eine Mappe. Als ich sie aufmache, erscheint der Vertrag als Büroleiterin. Meine Hände beginnen leicht zu zittern.

»Du hast vollkommene Entscheidungsfreiheit, ich vertraue dir blind. Natürlich bin ich nicht aus der Welt und ich werde ab und an auch im Büro sein. Aber fürs Erste liegt meine Priorität auf Wien. Du kannst mich jederzeit anrufen, egal, welche Fragen du hast. Den Großteil der Programme kennst du ja, es kommen nur Kleinigkeiten dazu, die ich dir natürlich alle noch zeigen werde. Ich weiß, vielleicht schreckt dich das alles ein wenig ab, allerdings weiß ich, dass es keinen besseren Ersatz für mich gibt als dich.« Wolfgang hat sich zurückgelehnt und tut so, als wäre es das Normalste auf der Welt. Für mich jedoch ist es überwältigend. Ich meine, wer hat in so jungen Jahren schon so eine Chance? Ich muss mehrmals schlucken, bevor ich überhaupt was sagen kann.

»Bist du dir sicher, dass ich die Richtige dafür bin?«, frage ich ihn. Vielleicht überlegt er es sich doch noch anders. Nicht, dass er seine Entscheidung später bereut.

Mein Chef legt seinen Kugelschreiber vor mich hin. »Zu hundert Prozent.«

Als ich den Vertrag fertig gelesen habe, nehme ich den Stift in die Hand. Nochmals schaue ich zwischen Wolfgang und dem Papier hin und her, dann unterschreibe ich. Oh Gott, es ist vollbracht.

»Perfekt.«

»Danke nochmals für dein Vertrauen.«

»Nichts zu danken, Sophie. Und keine Angst, du hast in der letzten Zeit nichts anderes gemacht, als das Büro geleitet. Ich war ja so gut wie nie da und es ist alles gut gegangen.« Ich verabschiede mich von Wolfgang und gehe dann zu Sina, um sie abzuholen.

»Hast du es ihm schon gesagt?«, fragt mich Sina, nachdem ich ihr von dem Brief erzählt habe. Noch immer läuft mir ein unguter Schauer über den Rücken, wenn ich daran denke.

»Nein. Mike war schon weg und ich bin gleich zur Arbeit. Ich schwöre dir, ich habe sie schon mal wo gesehen, nur weiß ich nicht, wo.«

»Mhm. Du musst es ihm auf jeden Fall erzählen.« Sina nimmt einen Schluck von ihrem Kaffee, dann redet sie weiter. »Geheimnisse sind nie gut und vielleicht kennt er sie ja.«

»Sina, ich habe echt Angst. Ich meine, sie weiß anscheinend Bescheid ... dass ich ... na ja, du weißt schon ...« Obwohl ich es ihr schon erzählt habe, dass ich keine Kinder bekommen kann, vermeide ich es, auszusprechen. Zurzeit geht es mir gut und um ehrlich zu sein, habe ich Angst, dass es mich wieder runterzieht, wenn ich es ausspreche.

»Mike weiß noch immer nicht Bescheid?« Ich presse meine Lippen zusammen und schüttle betroffen den Kopf. »Nein, er weiß es noch nicht.« Verdammt, ich weiß, dass es falsch ist. Aber ich weiß auch, dass ich nichts sage, weil ich mich schützen will. Ich habe einfach Angst, dorthin zu kommen, wo ich schon einmal war. In ein tiefes Loch. Allein!

»Irgendwann musst du es ihm jedoch sagen. Besser früher als zu spät.« Ihre hübschen Augen sind auf mich gerichtet. Sina verurteilt mich nicht, begeistert ist sie allerdings auch nicht.

»Zeig mir den Brief doch mal.« Wie aufgefordert hole ich das Kuvert aus meiner Tasche und überreiche es ihr. Sie macht es sofort auf und nimmt das Papier raus. Während sie liest, ist mein Kopf wie leer. Ich habe keine Ahnung, was ich machen soll.

»Wer das geschrieben hat, ist echt verrückt.« Kopfschüttelnd legt sie ihn mir vor die Nase. »Wie krank muss man sein? Und die Frau am Empfang weiß echt nichts?«

»Nein, die hat erst ihre Schicht begonnen, da war der Brief schon da. Selbst wenn ich die Dame frage, die ihn angenommen hat, weiß sie sicher nicht, wer ihr den gegeben hat. Die sehen laufend neue Gesichter, da ist es unmöglich, sich jedes Detail zu merken.« Sina nickt, bestimmt weiß sie, wovon ich rede.

»Sophie, rede mit Mike. Es wird sich dann bestimmt aufklären und er kann dir sicher helfen. Er würde nicht zulassen, dass dir was passiert«, sagt sie. Danach verlässt sie mein Büro.

Am heutigen Tag habe ich nur eine Besprechung und die war gleich nach dem Frühstück mit Sina. Seitdem ich wieder zurück bin, arbeite ich an Mikes Firmenlogo. Mittlerweile habe ich schon das sechste Motiv erstellt und beginne gerade das siebte. Wäre meine Konzentration allerdings auch bei der Arbeit, hätte ich schon wesentlich mehr geschafft. Immer wieder starre ich den Brief an und durch meinen Kopf sausen Sinas Worte. Ich weiß, dass sie recht hat. Jedoch ist das schwerer, als man denkt. Sina ist auch nicht in meiner Lage und wenn ich es ihm sage, werde ich alles zerstören. Mike könnte das bestimmt nicht akzeptieren, das sagt mir mein Gefühl. Und dennoch muss ich, er hat ein Recht darauf.

Ich speichere das letzte Logomotiv ab, drucke es aus und schiebe alles auf die externe Festplatte. Dann fahre ich den Computer runter. Morgen werde ich den ganzen Tag außer Haus sein, weil die ersten Bauarbeiter in Mikes Firma kommen. Es werden die Wände eingezogen und die Büroräume von Luc und Richard werden eingerichtet. Deswegen muss ich von dort aus arbeiten. Ich sammle die ausgedruckten Motive noch zusammen und lege sie in den Ordner. Danach verlasse ich mein Büro.

In der Lobby verabschiede ich mich von den beiden Sicherheitsleuten. Im selben Moment, als ich an die frische Luft trete, höre ich von Weiten Mikes Wagen schnurren. Sekunden darauf fährt er auch schon vor und steigt aus. Ich freue mich sehr, ihn zu sehen. Heute haben wir uns kaum gehört, was auch eher an mir gelegen hat als an ihm.

»Hallo meine Schöne. Wie war dein Tag?« Noch bevor ich was sagen kann, küsst er mich.

»Viel zu tun. Ich habe deine Logos fertig.« Wenn wir zu Hause sind, werde ich es ihm sagen. Ich muss. Es geht nicht anders.

»Perfekt, schaue ich mir dann gleich an. Essen ist auch schon bestellt. Sushi.« Mike hält mir die Autotür auf und ich gleite auf den sportlichen Ledersitz.

»Wie machst du das? Hast du einen Ordner von mir angelegt und mich heimlich ausspioniert? Du weißt immer, was ich gerne essen würde.« Verblüfft starre ich Mike an. Im Ernst, woher weiß er das immer?

»Das bleibt wohl mein Geheimnis«, sagt er noch und wirft dann die Tür zu. Wie gewohnt liegt seine Hand bei der Autofahrt auf meinem Knie und in mir baut sich das schlechte Gewissen immer mehr auf.

»Musst du mir die Entscheidung so schwer machen?« Mike hat vor sich alle Motive ausgebreitet und schaut sich jedes genau an.

»Mach doch Ene-Mene-Muh«, sage ich abwesend. Meine Augen beobachten ihn zwar, das war es dann auch schon. Ich bin zu sehr damit beschäftigt, mir zu überlegen, wie ich das Gespräch wegen des Briefs und somit auch meiner Diagnose anfangen soll. Einfach drauflos reden? Ihm erst den Brief geben? Verdammt, ist das schwer, oder ich bin einfach nur ein großer Angsthase. Ich tendiere eher zu Letzterem.

Ein weiteres Mal schaut sich Mike jeden einzelnen Logovorschlag nochmals an, bis er sich dann entscheidet.

»Ich nehme das«, sagt er und nimmt den Entwurf in die Hand, um ihn mir zu zeigen. Eine schlichte, aber doch moderne Variante. »Spenc« ist in einem silbergrauen Ton gehalten und ist auch der Hauptbestandteil. Zugegeben, bei der Farbwahl habe ich an den Aston gedacht. »Investment« steht in schwarzer Farbe etwas kleiner darunter. Kein Schnickschnack oder sonst was. Das Logo ist auch einer meiner Favoriten.

»Wirklich?«

»Ja.« Somit ist die Entscheidung gefallen. Ich stelle meinen Teller Sushi auf den Couchtisch und nehme noch einen Schluck Wasser. Für mich heißt es, jetzt endlich Farbe zu bekennen und Mike reinen Wein einzuschenken. Innerlich wappne ich mich schon und baue eine kleine Schutzmauer auf. Wird er gleich davonstürmen?

»Mike?« Prompt legt er seinen Finger auf meinen Mund.

»Psst. Jetzt wird nicht geredet.« Sein perfekt geformter Mund beginnt, mich am Hals zu küssen.

»Aber ...« Wieder verweigert er mir das Reden, indem er seine Lippen auf meine presst. »Ich habe gesagt, es wird nicht geredet. Jetzt gibt es Nachtisch.« Blitzschnell liegt er auf mir und schiebt sich zwischen meine Schenkel. Sofort setzt er mich in Flammen. Dass ich noch mit ihm reden muss, verschiebe ich erstmals auf später.

Mike drückt mir seinen Schwanz gegen mein Becken. Gierig schiebt er seine Hand unter mein Shirt und öffnet meinen Büstenhalter. Danach zieht er mir beides aus. Heute ist er stürmisch und bereit.

»Ich will dich so sehr«, knurrt er. Fest saugt er meinen abstehenden Nippel ein. Jede seiner Berührung bringt mich zum Schmelzen, lässt mein Herz rasen und mich abheben. Ich greife nach seinem Hemdkragen, reiße mit einem Ruck sein Hemd auf. Ich muss seine Haut auf meiner spüren. Vage nehme ich wahr, dass ein paar Knöpfe auf den Boden fallen. Mein Körper will ihn genauso sehr wie er mich. Ich schlinge ihm meine Beine um die Hüften und drücke ihm mein Becken entgegen. Stark ziehe ich an seinen Haaren und lasse meine Zunge mit seiner tanzen.

»Ah ... Nimm mich«, flehe ich ihn an. Das Verlangen nach ihm wird jede Sekunde heftiger. Mike öffnet meine Jeans und zieht sie mir samt Slip und Socken aus.

»Ich liebe es, wenn du nackt bist.« Seine Augen strahlen wie Flammen. »Aber noch mehr liebe ich es, wenn du nackt unter mir bist.« Sein Finger streicht meine Spalte entlang, schiebt ihn in mein feuchtes Loch und ich stöhne auf. Eine Gänsehaut verteilt sich auf meiner Haut. Qualvoll langsam bewegt Mike seinen Finger in mir. Vollständig schiebt er ihn in mich hinein, zieht ihn ganz heraus, verteilt dann meine Nässe und schiebt ihn wieder rein. Als er sich wieder komplett entzieht, nimmt er mein Bein und küsst es vom Innenknöchel hinauf bis zu meiner Scham. Mit kreisenden Bewegungen leckt er meinen Kitzler und ich recke mich immer mehr gegen ihn. Es ist zu viel ... viel zu viel. Stöhnend bäume ich mich auf, weil mich die erste Erschütterung mitreißt.

Sobald ich mich wieder gefangen habe, lässt er von mir ab. »Sehr schön ... Und jetzt dreh dich um« Oh Gott, was hat er vor? Er will doch nicht etwa?

Als könnte Mike meine Gedanken lesen, nickt er. »Hab keine Angst. Du brauchst nur etwas sagen und ich höre sofort auf.« Obwohl sein Finger schon in meinem Poloch war, habe ich Angst. Es ist ein Unterschied, ob sein prächtiger Schwanz oder sein Finger in mir ist. Trotzdem recke ich ihm meinen blanken Po entgegen und stütze mich mit beiden Händen ab. Mike befeuchtet es und bringt sein Glied in Position. Millimeter für Millimeter bohrt er sich in mein enges Loch hinein. Es fühlt sich irgendwie komisch an und zugleich auch reizend. Es ist unbeschreiblich und ganz anders, als ich es mir vorgestellt habe. Es ist, zugegeben, viel besser.

»So ist es gut. Bleib ganz entspannt«, lobt er mich, während er sich weiter in mich drängt. Sobald er vollständig in mir ist, zieht er mich zu sich, sodass ich aufrecht knie. Sein heißer Atem streicht über meinen Nacken und ich lege meinen Kopf an seine Schulter. Behutsam bewegt er sich in mir, damit ich mich an das seltsame Gefühl gewöhnen kann. Währenddessen massiert er meine Brüste, die fester denn je sind. Unsere Körper sind von einer zarten Schicht Schweiß bedeckt, die Luft ist heiß, erregend und voller Spannung. Alles um mich herum verschwindet und ich schreie einen puren Lustlaut aus. Mikes Stöße werden immer härter, williger. Sein Orgasmus ist nicht mehr weit weg. Oh Gott ...

Und dann ist es um ihn geschehen. Über mir sackt er dann zusammen.

In einer Decke eingewickelt liegen wir eng umschlungen nebeneinander auf der Couch. Auf dem kleinen Tisch davor spiegelt sich der tief liegende Vollmond und erhellt leicht den Raum. Von Weitem kann man den nächtlichen Verkehr hören.

Wir liegen bestimmt schon mindestens eine Stunde so, genießen die Zweisamkeit und sind ganz still. Gedanklich versuche ich, den richtigen Satz zu bilden, um Mike von dem heutigen Vorfall zu erzählen, allerdings hört sich alles total bescheuert an. Verdammt, ich sollte es einfach hinausposaunen, auf die Art – Augen zu und durch. Aber immer, wenn ich mir denke, jetzt bin ich so weit, kneife ich dann doch wieder.

»Ich will, dass du mit mir kommst.« Leise erklingt Mikes Stimme im Raum. Verwirrt drehe ich mich um, sodass ich sein Gesicht sehen kann.

»Was meinst du?«

»Begleite mich. Ich fliege Ende dieses Monats nach Seattle nach Hause. Ich will, dass du meine Familie kennenlernst.« Oh mein Gott. Mich trifft gleich der Schlag. Was redet er da?

»Du willst mich deinen Eltern vorstellen?«, frage ich nach, vielleicht habe ich mich ja verhört.

»Um ehrlich zu sein, meine Mum, mein Dad, meine Schwester und meinen Neffen. Bestimmt kommen auch meine Großeltern.« Seine Augen funkeln im Mondscheinlicht und mir hat es die Sprache verschlagen.

»Ich habe ihnen von dir erzählt und sie würden dich unheimlich gern kennenlernen«, spricht er weiter.

»Ich ... ähm ...« So viel schwirrt mir durch den Kopf. Der Brief, diese Frau, meine Diagnose und somit das Geheimnis, das ich mit mir herumtrage. Aber auch das Wochenende, als er meine Familie kennengelernt hat. Meine Gefühle für Mike und die Momente mit ihm. Er gibt mir einen Augenblick, damit ich nachdenken kann, und drängt mich zu nichts. Dennoch bin ich hin und her gerissen. Mein Kopf sagt Nein, zuerst sollte ich mit ihm reden. Mein Herz aber sagt Ja, das Pochen in meiner Brust ist wilder denn je. Und in diesem Moment entscheide ich mich dafür.

»Ja, ich würde sehr gern mitkommen und deine Familie kennenlernen«, sage ich. Derweil gibt mir mein Unterbewusstsein einen Arschtritt. Ich reite mich immer weiter hinein und meine Gefühle für Mike werden immer heftiger. Irgendwann muss ich es ihm sagen und ich weiß, dass es mich zerstören wird, viel mehr, als ich mir eigentlich vorstellen kann. Ich weiß, dass ich es ihm jetzt sagen sollte, kann es jedoch nicht, weil ich ein verdammter feiger Angsthase bin.

»Und wann geht es los?«, frage ich Mike, der mich mit einem umwerfenden Lächeln anstrahlt.

»Am Fünfundzwanzigsten.« Na klar, wegen seines Geburtstags, ich hätte es wissen müssen.

Nachdem Mike eingeschlafen ist, starre ich stundenlang in die Luft. Ich kann nicht schlafen, weil ich so sauer auf mich bin und so feige bin. Irgendwer sollte mich echt ohrfeigen. Gleichzeitig bin ich glücklich. Mike will mich seinen Eltern vorstellen, das ist doch gut? Ich meine, so was macht man doch nur, wenn man es mit jemandem echt ernst meint, oder?

Leise schleiche ich mich in die Küche, lasse mir ein Glas Wasser volllaufen und trinke es in einem Zug aus. Danach gehe ich rauf auf die Dachterrasse. So gern ich neben Mike auch schlafe, muss ich dieses Mal alleine sein. Ich mache es mir auf dem Liegestuhl bequem und beobachte die Sterne. Auch der Mann aus meinen Träumen taucht auf und erinnert mich an das, vor dem ich am meisten Angst habe. Von Mike verlassen zu werden.

ZWANZIG

Ich schichte gerade die letzten Sachen in meinen Koffer und gehe nochmals alles durch. In meinem Trolley, der als Handgepäck dient, stopfe ich noch meinen Laptop hinein. Auch wenn ich nach Seattle fliege, will ich für meine Kollegen erreichbar sein. Wobei ich eher glaube, dass ich ihn nicht brauchen werde. Erneut schaue ich durch mein Zimmer, um sicherzugehen, dass ich auch alles mithabe. Als meine Augen das Wichtigste überhaupt erblicken. Mikes Geschenk. Es ist nichts Großes, nur etwas Persönliches. Ein Foto von ihm und mir, als wir auf der Firmenfeier waren. Wir sind auf der Tanzfläche und sehen uns innig an. Jana hat damals das Foto geschossen und es mir vor wenigen Tagen gezeigt. Sofort hatte ich Schmetterlinge im Bauch und da wusste ich, es ist das richtige Geschenk für Mike. Der kleine Uhrturm, den ich noch dazugekauft habe, dient als Symbol, denn dort hat alles begonnen, dort haben wir uns das erste Mal geküsst.

»Hast du alles? Wir müssen gleich los.« Mike biegt um die Ecke, rasch verstecke ich sein Geschenk hinter mir.

»Ähm ... Fünf Minuten.«

»Was hast du da hinter deinem Rücken?« Er lehnt sich mit der Schulter an den Türrahmen und mustert mich. Verdammt, er ist so sexy, wenn er das macht.

Ich zucke mit den Schultern. »Nichts.«

»Ist das etwa für mich?« Sexy stößt er sich ab und kommt auf mich zu. Sein blaues Shirt spannt an seinen muskulösen Schultern.

»Vielleicht.«

»Ich habe doch gesagt, du sollst mir nichts kaufen. Es reicht, wenn du an meinem Geburtstag bei mir bist.« Mittlerweile spüre ich die Wand hinter mir, halte sein Geschenk jedoch weiterhin verdeckt hinter meinem Rücken.

»Ja, hast du.«

»Zeigst du es mir?« Er stupst mich mit seiner Nase an.

»Willst du es denn schon haben?«, frage ich ihn. Irgendwie möchte ich es ihm jetzt schon geben. Ich bin gespannt, wie er es findet.

»Zugegeben, ich bin schon neugierig.« Okay, jetzt will ich wirklich wissen, wie er es findet.

»Gut, dann setz dich. Du bekommst es jetzt schon.« Bevor er sich umdreht, küsse ich ihn. Wie aufgefordert setzt sich Mike auf das Bett und ich stelle mich vor ihn.

Prompt bin ich aufgeregt. Hoffentlich mag er es.

Ich überreiche Mike das unverpackte Geschenk sowie den Uhrturm. Ich hoffe, er versteht, was ich damit meine.

»Es ist nur eine Kleinigkeit. Als ich das Bild sah, wollte ich es dir so sehr schenken und ...«

»Sophie. Es ist perfekt. Das ist das schönste Geschenk überhaupt. Danke«, bedankt sich Mike. Er legt das Bild auf die Seite und steht auf, um mich zu küssen.

»Ich weiß auch schon, wo ich es hinstellen werde.« Verschmitzt grinst er mich an.

»Ach? Und wo?«

»In mein Büro, damit ich dich immer bei mir habe.«

Mike hat für uns die First Class gebucht. Während der Wartezeit durften wir in einer eigenen VIP-Lounge warten mit vorzüglichem Service, und als wir das Flugzeug betreten haben, wurden wir mit einem Glas Champagner begrüßt. Die Sitze sind breit und bequem, man kann sie sogar zu einer Liegeposition umstellen. Das Essen ist viel köstlicher als in der Economyclass und die Stewardessen sind viel freundlicher. Es ist beeindruckend und dennoch kann ich mich nicht entspannen. Ich bin verdammt aufgeregt bei dem Wissen, Mikes Familie kennenzulernen, und hoffe zugleich, dass sie mich mögen. Mike versucht, mich zu beruhigen, und redet mir gut zu, allerdings hilft es nur für kurze Zeit, danach fange ich wieder an zu grübeln. Selbst einschlafen kann ich nicht, obwohl wir schon mehrere Stunden fliegen. Aber der Fluglärm und meine Gedanken hindern mich daran. Auf meinen eigenen kleinen Fernsehbildschirm stelle ich mir einen Film ein und stecke mir die Hörer ins Ohr. Vielleicht lenkt mich das ja ab.

Lautes Klatschen ertönt, als das Flugzeug wieder den Boden berührt und zum Stillstand kommt. Die First Class darf die Kabine als Erstes verlassen. Die anderen First-Class-Passagiere hinterlassen ihre Sitze wie einen Saustall und gehen schnurstracks hinaus. Ich dagegen falte die Decke, schüttle das Polster auf und bedanke mich bei jeder Stewardess und verlasse erst dann das Flugzeug.

Mike hat mir meinen kleinen Trolley abgenommen, den er hinter sich herzieht.

»Müssen wir denn nicht zur Gepäckabholung?«, frage ich ihn, weil wir gerade daran vorbeigehen.

»Nein, ich habe dafür gesorgt, dass unsere Koffer nach Hause geliefert werden.« Mike nimmt meine Hand und geht mit mir zur Passkontrolle, wo wir gründlich durchgecheckt werden, und dann in Richtung Ausgang. Dort wartet ein dunkel gekleideter Mann mit Fahrermütze auf uns. Er hält ein Schild mit der Aufschrift »Spenc« in der Hand.

»Carlos, schön dich zu sehen«, begrüßt Mike ihn auf Englisch und klopft ihm auf die Schulter.

»Die Freude ist ganz meinerseits«, antwortet dieser.

»Darf ich vorstellen, das ist Sophie. Sophie, das ist unser treuer Fahrer und ewiger Begleiter.« Ich halte ihm die Hand hin und er ergreift sie. Obwohl ich Englisch nicht allzu oft brauche, bin ich froh, dass einiges von der Schule hängen geblieben ist.

»Herzlich willkommen in Seattle. Ich hoffe, Sie hatten einen angenehmen Flug.«

»Ja, vielen Dank.«

Carlos verstaut unser Handgepäck im Kofferraum. Mike und ich gleiten auf die Rückbank.

Die Stadt ist überwältigend. Ich starre aus dem Fenster und bin sprachlos. Die Hochhäuser sind so hoch, dass ich Angst haben müsste, mir meinen Nacken zu verrenken, wenn ich hinaufschaue. Die Straßen sind vollbelegt mit Autos und Hunderte von Menschen tummeln sich nur so auf dem Bürgersteig.

Wir fahren eine Weile, bis wir dann in einen Vorort kommen. Um genau zu sein, einem sehr wohlhabenden Vorort. Villen reihen sich nur so aneinander. Eine größer als die andere. Einfach wow. So was habe ich noch nie gesehen.

Am Ende der Straße biegen wir rechts ab und zum Vorschein kommt noch eine größere Villa als die zuvor. Carlos hält den Wagen an, wartet, bis das Tor offen ist, und fährt dann hinein. Sofort ist mir bewusst, dass hier Mikes Familie leben muss. Oh verdammt.

»Hier wohnst du?« Ungläubig und mit offenem Mund starre ich das Gebäude an.

»Meine Eltern wohnen hier. Und ja, auch wir während unseres Aufenthalts.« Er nimmt meine Hand und küsst sie.

»Du hättest mich echt besser vorbereiten können. Ich meine, lerne ich vielleicht den Präsidenten von Amerika kennen?« Ich werfe ihm einen vorwurfsvollen Blick zu. Natürlich weiß ich, dass ich nicht den Präsidenten kennenlerne, das hätte er mir bestimmt gesagt, aber wenn man das Haus so anschaut, könnte man echt davon ausgehen.

»Sophie, mach dir keine Sorgen. Meine Eltern werden dich mögen, daran habe ich überhaupt keinen Zweifel.« Mike steigt aus dem Wagen und ich glotze ihm hinterher. Ich versuche, meinen Atem zu kontrollieren, allerdings könnte es passieren, dass ich gleich hyperventiliere. Zittrig wische ich mir meine schwitzigen Hände an meiner Jeans ab. Gott, gleich ist es soweit.

Carlos öffnet mir die Tür. Etwas unsicher steige ich aus, im selben Moment geht die große Eingangstür auf und eine wunderhübsche Frau kommt zum Vorschein. Dass es sich um seine Mutter handelt, sieht man aus weiter Entfernung. Sie hat noch immer dasselbe blonde Haar wie auf dem Foto und ist genauso zierlich.

»Bradley ... komm. Sie sind endlich da!«, ruft sie noch ins Haus, eilt dann auf ihren Sohn zu und wirft sich in seine Arme. Sie hat Mike sehr vermisst, das sieht man sofort.

»Und du musst Sophie sein. Herzlich willkommen. Mike hat mir schon sehr viel von dir erzählt«, begrüßt sie mich plötzlich auf Deutsch und drückt mich ebenfalls an sich. Ich versuche, meine Verblüffung im Zaum zu halten, allerdings glaube ich, dass Mike sie mitbekommen hat.

»Danke. Es freut mich sehr, hier zu sein, und vielen Dank, dass ich hier übernachten darf, Mrs. Spenc«, bedanke ich mich bei ihr ebenfalls in meiner Muttersprache.

»Ach, papperlapapp, ich bin Blaire. Komm, wir gehen ins Haus. Der Flug muss ja furchtbar anstrengend gewesen sein.« Sie nimmt mich am Arm und führt mich ins Haus. Darin werden wir von seinem Dad begrüßt. Bradley und Mike sehen sich ziemlich ähnlich, nur dass sein Dad graue Haare hat. Es ist so, als würde eine ältere Version von Mike vor mir stehen.

»Habt ihr Hunger? Ihr seid bestimmt am Verhungern. Auf was hättet ihr denn Lust? Sandwich?«, fragt uns Blaire total aufgeregt.

»Liebes, die beiden sollten sich erst einmal ausruhen«, sagt Bradley herzlich zu seiner Frau.

»Dad hat recht. Es war ein langer Flug. Sophie ist bestimmt müde und ich zugegeben auch«, sagt Mike zu seine Mutter und legt seinen Arm auf meinen Rücken. Er weiß, dass ich nie Nein gesagt hätte, obwohl ich tatsächlich hundemüde bin.

»Okay. Dein Zimmer ist oben für euch schon hergerichtet. Und du, Sophie, fühl dich wie zu Hause. Wenn du was brauchst, sag einfach Bescheid.« Ich bedanke mich noch bei seinen Eltern, dann werde ich von Mike in den ersten Stock geführt.

»Wow. Was versteht deine Mutter unter Zimmer? Das ist eine totale Untertreibung. Das hier ist eine eigene Wohnung.« Ich staune nur so. Hier ist alles offen gehalten. Wohn-, Schlaf- und Arbeitsbereich. Der Raum ist bestimmt größer als meine Wohnung und wie es aussieht, ist das noch nicht alles.

»Hier ist das Badezimmer«, erklärt er mir und öffnet die dazugehörige Tür. Auch dieser Raum gleicht eher einer Entspannungsoase. Ein Whirlpool, eine große Regendusche, zwei Waschbecken und eine große Sauna. Wer hat bitte eine Sauna im Bad?

»Wow, das Haus ist der Wahnsinn«, sage ich erstaunt. Dabei habe ich nicht einmal alles gesehen.

»Es ist seit vier Generationen im Besitz der Familie Spenc«, informiert mich Mike. Ich gehe zum großen Bett und setze mich darauf. Er hatte recht damit, ich bin total erledigt und könnte sofort einschlafen. Dabei scheint draußen noch die Sonne.

»Unsere Koffer werden bald hier sein. Möchtest du derweil ein Shirt von mir oder nackt schlafen?«, fragt er mich und zuckt mit seinen Brauen.

»Ein Shirt bitte. Immerhin sind wir nicht alleine im Haus.« Mike lacht über meine Antwort und geht zum Kleiderschrank. Verblüfft stelle ich fest, dass dieser noch jede Menge Kleidung enthält. Ich frage mich selbst, für was er einen Koffer mitgenommen hat.

Mike überreicht mir ein weißes Shirt von sich und ich ziehe mich rasch um. Dann lege ich mich ins Bett und beobachte ihn, wie er die Vorhänge zuzieht und sich ebenfalls entkleidet. Nur mit Boxershorts legt er sich neben mich.

Sekunden später schlafe ich in seinen Armen ein.

Ein dumpfes Geräusch weckt mich. Als ich meine Augen öffne, sehe ich, wie Mike unsere Koffer hereinträgt.

»Es tut mir leid. Ich wollte dich nicht wecken«, entschuldigt er sich.

»Macht nichts. Wie spät ist es?« Ich reibe meine Augen, um die kleinen Schlafkörner loszuwerden. Mike kommt auf mich zu und setzt sich zu mir ans Bett.

»Neun Uhr«, informiert er mich und küsst mich innig.

»So spät? Uff, jetzt kann ich die ganze Nacht sicher nicht schlafen.« Plötzlich bricht er in lautes Lachen aus und ich habe keinen blassen Schimmer warum. Er steht auf, geht zu den Vorhängen und schiebt sie auf. Sofort verteilt die Sonne ihre Strahlen im Raum.

»Du bist echt süß, Sophie. Es ist neun Uhr morgens.« Ungläubig blicke ich auf mein Handy. Mike hat tatsächlich recht.

»Oh mein Gott. Was werden deine Eltern von mir denken? Das ist total unhöflich. Ich komme her und schlafe mehrere Stunden am Stück. Oh Gooott!«

»Jetzt beruhige dich. Mum und Dad wissen, wie anstrengend Langstreckenflüge sind. Mach dir darüber keine Gedanken«, versucht er, mich zu beruhigen. Mike hat ja auch leicht reden.

»Hast du Hunger?«

»Um ehrlich zu sein, habe ich richtig Kohldampf«, antworte ich ihm.

»Gut, dann gebe ich unten Bescheid. Ich lasse dich mal allein, damit du dich frisch machen kannst. Die Koffer sind ja schon hier und wo das Bad ist, weißt du ja. Wenn du sonst was brauchst, sag es einfach.« Erneut küsst er mich und schlendert dann zur Tür.

»Warte mal kurz«, rufe ich ihm hinterher. Wie aufgefordert bleibt er stehen und dreht sich um.

»Wenn ich solange geschlafen habe und die Tatsache ist, dass es neun Uhr morgens ist ... Dann ist heute dein

Geburtstag.« Ich habe nicht einmal den Satz beendet, da stehe ich auch schon auf, renne zu ihm und schlinge meine Arme um seinen Hals sowie meine Beine um seine Hüften. »Alles, alles Gute, Mike. Happy Birthday«, gratuliere ich ihm und verteile Küsse auf seinem gesamten Gesicht. Mike trägt mich zum Bett, lässt sich mit mir nieder und unsere Küsse werden inniger.

»Das Schönste ist, dass du bei mir bist, Sophie.« Sofort stehe ich in Flammen. Gierig streift er mein Shirt nach oben und umgreift meine Brust.

So kann der Tag beginnen.

Nachdem Mike und ich es endlich aus dem Bett geschafft haben, war ich duschen und habe mich für ein luftiges Kleid entschieden. Mit seiner Familie haben wir dann zusammen gefrühstückt und ich konnte seine Schwester Shila und seinen vierjährigen Neffen Troy kennenlernen. Danach haben wir den Vormittag genutzt und sind spazieren gegangen. Mike hat mir die Plätze gezeigt, an denen er sich als Jugendlicher aufgehalten hat. Die Schule, eine Bar, ein Café und den Footballplatz. Währenddessen erzählt er mir Geschichten aus seiner Kindheit. Der Vorort ist einfach wunderschön. So schöne Häuser habe ich noch nie gesehen und die Vorgärten sind einfach der Wahnsinn. Im Park machen wir dann Halt und essen ein Eis.

»Sag mal ... warum kann deine Familie so gut Deutsch?«, will ich von ihm wissen. Seit unserer Ankunft frage ich mich das.

»Die Eltern meiner Mum waren ursprünglich Deutsche und sind vor vielen Jahren nach Amerika ausgewandert. Ihnen war immer wichtig, dass ihre Kinder Deutsch können und deswegen sind meine Mum und mein Onkel zweisprachig aufgewachsen. Shila und ich sind sogar dreisprachig aufgewachsen. Neben Deutsch und Englisch sprechen wir noch Französisch, allerdings nicht so gut. Mein Dad, tja der hat es sich nach und nach beigebracht«, erklärt er mir.

»Ach, deswegen. Das erklärt einiges«, sage ich, als wäre es die Erleuchtung des Jahres. »Vermisst du dein Zuhause?«, frage ich ihn und lecke an meinem Zitroneneis.

»Meine Familie ja. Den Rest ... eher nicht, nein.«

»Warum? Es ist doch wunderschön hier.« Irgendwas stimmt nicht. Mike versteift sich plötzlich und ist total abwesend.

»Ich habe meiner Familie unrecht getan. Es wurden Sachen herumerzählt und ...« Mike bricht ab und spricht nicht mehr weiter. Irgendwas ist vorgefallen, nur will er nicht darüber reden. Da ich selbst weiß, wie es ist, über etwas nicht reden zu wollen, akzeptiere ich es. Allerdings weiß ich jetzt, wie sich die anderen gefühlt haben, als ich nichts gesagt und wie sich meine Familie noch immer fühlt. Mike legt seinen Arm um mich und ich kuschle mich ein seine Beuge.

Sobald wir unser Eis fertig gegessen haben, ergreife ich wieder das Wort. »Langsam sollten wir nach Hause gehen. Ich will deiner Mum noch beim Kochen helfen.«

»Du willst kochen helfen?«, zieht Mike mich auf und lacht.

»Hey!« Gekünstelt wütend werfe ich ihm einen Blick zu und gebe ihm einen Klaps auf den Arm. »Ich kann kochen. Ich werfe nur ab vier Personen das Handtuch und ich habe nur gesagt, dass ich helfen will. Das heißt, Gemüse schnippeln, Tisch decken und den Vorkoster spielen«, verteidige ich mich.

»Na gut, dann gehen wir.« Hand in Hand spazieren wir wieder nach Hause.

»Na warte, gleich habe ich dich«, brüllt Mike wie ein Monster und rennt Troy hinterher. Währenddessen schreit der Vierjährige: »Du kriegst mich nicht. Du kriegst mich nicht.«

»Kinder, Kinder! In der Küche wird nicht gerannt. Raus mit euch«, tadelt Blaire die beiden, daraufhin laufen sie wieder raus in den Garten. Mikes Mutter und ich richten gerade die letzten Sachen her. Blaire verfeinert die Soße und ich schneide die Tomaten für den Salat in kleine Stücke.

»So, der Tisch ist gedeckt. Dad hat die Getränke bereitgestellt und den passenden Wein aus dem Weinkeller geholt. Jetzt müssen nur noch Granny und Grandpa eintreffen.« Shila stellt das Tablett auf der Küchenarbeitsplatte ab und hilft mir dann, das restliche Gemüse zu schneiden.

»Erzähl doch mal. Wie haben du und Mike euch kennengelernt?«, fragt seine Schwester mich neugierig. Prompt lässt mich ihre Frage zurückdenken. An die Nacht im Club, als mich Jana mitgeschleppt hat. Er behandelte mich wie ein Kind und war so arrogant, dabei war es nur seine Fassade. Jetzt bin ich froh, mich auf Mike eingelassen zu haben. Er zeigt mir so viel Neues und weckt Gefühle in mir, die ich davor noch nicht kannte. Ich bereue keine Sekunde mit ihm und alleine der Gedanken an Mike lässt meinen Puls höher werden und mein Herz beginnt zu rasen. Ich bin nicht nur in Mike verliebt, nein. Ich liebe ihn. Jawohl, ich liebe Mike.

»So spannend, ja?«, lacht Shila und reißt mich aus meiner Erkenntnis.

»Ähm, nein ... Also. Das erste Mal haben wir uns in einem Club getroffen. Doch eigentlich kennengelernt habe ich ihn danach. Er hat meine beste Freundin nach meiner Adresse ausgequetscht und stand dann am nächsten Tag vor meiner Tür. Wir haben den Tag miteinander verbracht und ich habe ihm Graz gezeigt. Danach haben wir uns regelmäßig getroffen«, erzähle ich den beiden.

»Du hast mit ihm Sightseeing gemacht?« Shilas Frage kommt irgendwie merkwürdig rüber.

»Ja. warum?«

»Mein Bruder hasst Sightseeing. Wenn wir im Urlaub waren, musste ich ihn an Händen und Füßen mitschleppen. Er hat dich anscheinend echt gern«, sagt sie und lacht in sich hinein. Ich werfe einen Blick nach draußen in den Garten und erwische Mike dabei, wie er mich beobachtet. Verschmitzt lächelt er mich an. Soso, er hasst also Sightseeing.

»Es ist schön, endlich wieder eine Frau an Mikes Seite zu sehen. Seit dem Vorfall mit seiner Ex und ...«

»Shila!«, schneidet Blaire ihr das Wort ab und seine Schwester verstummt. Ich lasse meine Augen zwischen den beiden Frauen hin und her wandern, allerdings schauen sie stur auf das Gemüse. Was ist mit seiner Ex? Hat das was damit zu tun, was Mike im Park angedeutet hat?

»Was ist passiert?«, frage ich, weil ich es wissen will.

»Ach Liebes. Manchmal sollte man die Vergangenheit ruhen lassen«, antwortet seine Mutter mir ausweichend und gießt die fertige Soße in ein edles Porzellangefäß. Auch Shila sagt kein weiteres Wort dazu. In der Küche herrscht sozusagen Funkstille. Gleich darauf poltert Mike herein.

»Kann ich euch irgendwie behilflich sein? Granny und Grandpa sind gerade eingetroffen.«

»Nein. Es ist alles schon fertig. Wir kommen sofort.« Blaire überreicht ihm die Porzellanschüssel mit der Soße und schickt ihn wieder raus. Shila folgt ihm. Danach kommt sie zu mir.

»Sophie. Das, was passiert ist, ist Vergangenheit. Ich sehe, wie gern dich mein Sohn hat und nur das zählt. Und jetzt komm, sonst wird das Essen noch kalt.« Sie zwinkert mir zu, dann gehen wir gemeinsam raus zu den anderen. Trotz ihrer beruhigenden Worte frage ich mich, was passiert ist.

Das Essen und Grannys selbst gemachte Torte waren einfach hervorragend. Eine Variation aus Schokolade und Erdbeeren. Einfach köstlich. Es ist außergewöhnlich, wie normal die Familie lebt und das, obwohl sie sehr wohlhabend sind. Natürlich wohnen sie in einer Villa, haben Personal und tragen teure Klamotten, die sich ein Normalverdiener nicht leisten kann, aber gewisse Sachen machen Blaire und Bradley selbst. Mikes Mum ist die Köchin im Haus und geht auch selbst dafür einkaufen, während Bradley sich um den Garten kümmert. Er hat ein richtiges Händchen dafür. Der Garten ist wunderschön. Und genauso normal fallen auch Mikes Geschenke aus. Ich dachte da eher an ein Auto oder vielleicht auch an ein Boot, allerdings habe ich mich da sehr geirrt.

Von seinen Großeltern bekommt er eine Krawatte, natürlich ist es kein Billigmodell, aber dennoch normal. Von seinen Eltern hat er ein extra angefertigtes Namensschild für sein neues Büro bekommen und von Shila hat er ein Kugelschreiberset bekommen, auf dem sein Name eingraviert ist. Selbst Troy hat ihm ein selbst gezeichnetes Bild geschenkt.

»Das hier bin ich und das hier bist du«, sagt der Vierjährige und zeigt mit seinem kleinen Finger darauf.

»Du hast mich sehr gut getroffen«, lobt Mike ihn.

»Hängst du das auf?«

»Natürlich, sobald ich nach Hause komme«, versichert Mike ihm.

»Und Sophie, Sie kommen aus Österreich?«, fragt mich Granny und lenkt meine Aufmerksamkeit von Mike und Troy zu ihr.

»Ja, aus Graz.«

»Mmmh, Österreich ist wunderschön. Vor fünf Jahren waren wir in Salzburg. Sehr schöne Stadt und die Oper war wunderbar. Waren Sie auch schon mal dort?«

»Nur frühere Schulausflüge. Ich bin eher in Wien.« Schon irgendwie peinlich, wenn eine Amerikanerin mehr von Salzburg weiß als ich.

»Wir sollten wieder mal hinfliegen, dann können wir euch besuchen. Nicht?«, begeistert stupst sie Grandpa an, der daraufhin nur nickt. Er ist eher in sich gekehrt und beteiligt sich nicht so an den Gesprächen, die wir untereinander führen.

»Ihr seid immer herzlich willkommen. Wir haben genügend Platz«, sagt Mike und lächelt mich an. Was meint er mit wir? Ich wohne ja nicht bei ihm. Okay, in letzter Zeit habe ich tatsächlich die meiste Zeit bei ihm geschlafen, aber ich habe immer noch meine eigene Wohnung.

Nachdem alle in ein Gespräch vertieft sind, räumen Shila und ich die restlichen Teller in die Küche. Seitdem sie mit Mikes Ex begonnen hat, geht es mir nicht mehr aus dem Kopf. Ich weiß, ich sollte es einfach akzeptieren und darauf hoffen, dass Mike es mir einmal verrät, aber ich kann nicht. Was ist, wenn es was Schlimmes ist? So schlimm, dass ich es wissen sollte. Ich muss es einfach wissen, es geht nicht anders.

»Shila, was meintest du vorhin damit? Was ist mit Mikes Ex vorgefallen?«

»Sophie, bitte mach das nicht. Das war alles vor deiner Zeit und hat absolut gar nichts mit dir zu tun«, versucht sie, mich abzuwimmeln, allerdings ist meine Neugier größer.

»Bitte, Shila«, flehe ich sie weiter an. Sie setzt sich auf den Barhocker und starrt aus dem Fenster. Ich tue es ihr nach und setze mich ebenfalls auf einen der braunen Hocker.

»Okay, ich sag es dir. Aber nur, weil ich dich mag und weil ich finde, mein Bruder sollte keine Geheimnisse vor dir haben.«

EINUNDZWANZIG

Mein Herz beginnt zu rasen. Plötzlich bin ich mir nicht sicher, ob ich es überhaupt wissen will. Mike sollte derjenige sein, der es mir erzählt. Jedoch wird er das nicht tun und ich brauche einfach Gewissheit.

»Mike hatte bisher nur eine richtige Freundin«, beginnt Shila.

»Ernsthaft?« Ich bin verwirrt. Wie kann er bisher nur eine Freundin gehabt haben? Mike ist der reinste Frauenmagnet. Ich sehe doch, wie er von Frauen angestarrt wird, dann kann es doch nicht sein, dass er erst eine Freundin vor mir hatte. Er braucht ja nur mit dem Finger schnippen und die Frauen würden sich um ihm reißen.

»Ja ernsthaft. Mein Bruder war bisher nur mit seiner Highschoolliebe zusammen. Alles andere waren nur One-Night-Stands oder Affären, mehr nicht. Nach ihr wollte er keine feste Beziehung mehr und ich dachte wirklich, dass es noch länger so bleiben wird. Mike hat sich regelrecht in die Arbeit vergraben. Hat mit niemandem geredet. Nicht einmal mit mir.«

»Und warum hat es nicht gehalten?« Shila beobachtet ihren Bruder, der gerade mit Troy spielt.

»Ich weiß nicht, Sophie. Ich glaube, es ist keine gute Idee, wenn ich es dir sage. Es ist ja auch nur ein Gerücht.

Ich glaube ehrlich gesagt nicht, dass es stimmt, und mein Bruder hat uns nie aufgeklärt«, lenkt Shila ein. Mein Herz hüpft mir gleich aus der Brust, jetzt sind wir schon so weit. Sie kann nicht einfach mitten drin aufhören.

»Bitte, Shila«, flehe ich sie erneut an. Ich sehe, wie sie hin und her gerissen ist.

»Okay. Allerdings kann ich dir nur sagen, was ich gehört habe«, sagt sie und ich nicke.

»Ich habe gehört, dass sie keine Kinder bekommen kann und deswegen hat er Schluss gemacht. Ich zweifle wirklich daran, dass das der wahre Grund war. Vor allem, weil ich sie kenne. Ich hasse sie. Aber, wenn ja, wenn das wirklich die Wahrheit ist, dann kann ich meinen Bruder echt gut verstehen. Schau ihn dir doch mal an. Er liebt Kinder.« Sie deutet nach draußen, wo Mike mit seinen kleinen Neffen spielt.

Shila redet weiter, allerdings habe ich schon längst aufgehört, ihr zuzuhören. Ich hätte mir so viel vorstellen können. Dass er sie betrogen hat. Sie von ihm angelogen wurde. Gott, vielleicht sogar, dass er sehr eifersüchtig war oder dass sie ihn betrogen hat. Ich hätte mit wirklich allem gerechnet, aber mit dem bestimmt nicht. Ich kann nicht glauben, dass er sie deswegen verlassen hat, das kann einfach nicht sein. Seine Schwester hat allerdings recht. Mike liebt Kinder. Wie er mit Troy umgeht. Ich hätte es wirklich wissen müssen. Ich sehe es ja mit eigenen Augen.

Ich bekomme nur noch mit, dass mich Shila an der Schulter berührt und mir sagt, dass sie nach draußen geht. Jedoch kann ich mich nicht vom Fleck rühren.

»Ich ... ich komme gleich nach.« Ich brauche noch einen Moment oder vielleicht auch mehr? Verdammt, wieso musste ich Shila so drängen. Sie hätte es mir besser nicht sagen sollen.

In meinem Kopf spielt sich die Situation ab, als ich nach dem Krankenhaus in die leere Wohnung kam und nur einen Brief vorfand. Wie ich mich fühlte und wie es mir tagelang ging. Ich war ein kompletter Trümmerhaufen und bin gerade wieder auf dem besten Weg dahin. Mein Herz beginnt zu bröckeln. Ich hätte mit allem leben können, aber damit ... Mike ist genauso wie Stefan.

»Hey. Alles okay?« Jemand küsst mich auf die Wange und umarmt mich von hinten. Mikes Wärme hüllt mich ein.

Ich räuspere mich, versuche, mir nichts anmerken zu lassen. »Ja natürlich. Ich brauchte nur einen Moment für mich. Der Tag ist schon lang.« Als ich ihm ins Gesicht schaue, sehe ich nicht ihn, sondern Stefan und seinen Gesichtsausdruck, als ich ihm erzählt habe, was bei der Operation rausgekommen ist. Sein Blick war voller Schmerz, Angst und vielleicht Hass, aber vor allem konnte ich Enttäuschung darin sehen.

Mit viel Willenskraft kann ich meine Tränen zurückhalten. Mike darf nicht erfahren, was los ist. Er wäre bestimmt wütend auf seine Schwester und das will ich auf keinen Fall. Vor allem, weil ich sie dazu gedrängt habe, mit der Sprache rauszurücken. Hätte ich es nicht gemacht, wäre alles in Ordnung.

»Wirklich alles okay?«

»Ja. Komm, lass uns wieder rausgehen.« Ich versuche wirklich, mich zusammenzureißen. Also stehe ich auf und gehe mit Mike raus. So gut es geht, beteilige ich mich an den Gesprächen und meide den Mann, den ich eigentlich so gern betrachte. Immer wenn ich ihn sehe, sehe ich Stefan und das zerreißt mich innerlich.

Als die Sonne sich längst verabschiedet hat und der Mond hoch oben ist, verabschieden sich Granny und Grandpa. Shila trägt Troy in eines der Gästezimmer und macht ihn bettfertig. Ich helfe Blaire, die restlichen Sachen in die Küche zu räumen. Die letzten Stunden sind nur so an mir vorbeigezogen. Ich konnte mich auf nichts konzentrieren und habe versucht, meinen Kopf freizubekommen. Ohne Erfolg.

Seitdem Shila mir das Geheimnis von Mikes Vergangenheit erzählt hat, meide ich Mike. Nicht weil ich es will, sondern eher, weil ich nicht anders kann. Jedes Mal, wenn er mich anfasst, fällt in mir etwas zusammen. Weil ich einfach weiß, ich habe keine Zukunft mit ihm. So sehr ich es mir auch wünsche. Aber Mike wird abhauen, sobald er von meiner Diagnose erfährt. Und ich werde wieder dort sein, wo ich nicht mehr hinwollte. Heulend in meinem Bett und in einem tiefen Loch. Vielleicht sogar noch tiefer.

»Liebes, geh nach oben. Den Rest mache ich schon«, sagt Blaire. Am liebsten würde ich widersprechen. Wenn ich ihr helfe, kann ich mich wenigstens ablenken. Doch Mike wartet schon bei der Tür auf mich.

»Bist du dir sicher? Ich kann dir ruhig beim Zusammenräumen behilflich sein.«

»Nein. Schon okay und jetzt geh.« Sie ist so eine warmherzige Person. Ich habe sie schon längst in mein Herz geschlossen. Nur widerwillig gehe ich zu Mike hin und ergreife seine Hand. Sobald wir im Zimmer angekommen sind, drängt er mich zum Bett.

»Endlich sind wir alleine«, knurrt er an meinem Hals und küsst mich gierig. Auch wenn Mike mich immer noch zum Schmelzen bringt, kann ich das Ganze nicht.

Obwohl ich es will. Ich will es wirklich. Ich liebe Mike und trotzdem kann ich es nicht.

Behutsam schiebe ich ihn von mir weg. »Mike, bitte hör auf.«

»Was ist denn los?« Er stützt sich auf seinen Ellbogen, damit er mich ansehen kann. Seine Lippen sind so verführerisch nah und doch kann ich ihn nicht küssen.

»Nichts.« Ich schiebe ihn ganz von mir runter, einfach weil ich seine Nähe nicht ertrage. »Ich will nur duschen gehen.« Blitzschnell schnappe ich mir meine Schlafsachen und verschwinde ins Badezimmer. Dieses Mal sperre ich sogar die Tür hinter mir zu, nur damit Mike nicht rein kann.

Unter der Dusche sinke ich zu Boden und lasse meinen Tränen freien Lauf. Mein Körper wird vom heißen Wasser bedeckt und jeder Tropfen bohrt sich in mich hinein, als wäre es Säure. In mir bricht alles zusammen. Ich ziehe meine Knie an und schließe meine Augen. Der Mann aus meinen Träumen kommt zum Vorschein. Er lacht. Sein Lachen hallt in meinen Ohren. Sein Lachen ist voller Triumph. Er wirft mir vor, dass er recht hatte. Plötzlich keimt in mir Hass auf. Ich hasse mich selbst dafür, Gefühle aufgebaut und mich schlussendlich Hals über Kopf in Mike verliebt zu haben. Und jetzt wird erneut meine Zukunft zerstört. Ich hätte mit ihm nie mitfliegen dürfen, ganz im Gegenteil. Ich hätte ihm von dem Brief erzählen müssen. Danach von meiner Diagnose und dann hätte ich einfach gehen müssen. Ich hasse mich dafür, dass ich das nicht getan habe. Wenn ich gleich mit offenen Karten gespielt hätte, hätte es vielleicht nicht so geschmerzt wie jetzt.

Nachdem ich schon eine gefühlte Ewigkeit im Bad bin, klopft Mike an die Tür.

»Sophie?«

»Ich bin gleich fertig«, rufe ich ihm entgegen. Rasch gehe ich zur Kommode, wo ich meine Jeans abgelegt habe, nehme mein Handy aus der Hosentasche und google nach einem Rückflug. Ich habe einen Entschluss gefasst, ich kann nicht länger hierbleiben. Wie ferngesteuert tippe ich alles in die Suchmaschine ein. Kurz darauf werden mir die frühesten Flugzeiten angezeigt. Der erste geht morgen früh um fünf. Obwohl er nicht gerade billig ist, tippe ich auf ›buchen‹, gebe meine Kreditkartendaten ein und schließe die Buchung ab. So sehr ich Mike auch liebe und mir eine Zukunft mit ihm wünsche, muss ich gehen. Mit dem, was er getan hat, kann ich nicht leben. Weil genau mir dasselbe passiert ist. Ich weiß, wie sich seine Ex gefühlt hat und wie ich mich wieder fühlen werde, wenn er mich verlässt, sobald er davon erfährt.

Als ich die Tür öffne, sehe ich Mike mit hängenden Schultern auf dem Bett sitzen. Sofort richtet er seinen Blick auf mich.

»Sophie. Was ist los?«, fragt er mich und erneut zerreißt es mich.

»Es ist nichts. Ich bin nur total erledigt.« Seinen Augen weiche ich aus und gebe meine Sachen in meinen Koffer.

»Sicher?« Er kommt auf mich zu und umarmt mich von hinten. Erneut kämpfe ich mit den Tränen und mein Körper verspannt sich.

»Ja.« Lüge. Alles nur gelogen. Wie sehr ich mich hasse. Wie sehr ich mein Leben hasse. Er dreht mich zu sich um und küsst mich. Seine Lippen fühlen sich so wundervoll an. So perfekt und weich. Das letzte Mal lasse ich seine Zunge in meinen Mund. Das letzte Mal lasse ich meine Zunge mit seiner tanzen und das letzte Mal kann ich ihn schmecken. Ich stecke alle meine Gefühle in diesen einen Kuss. Ich versuche, ihm zu sagen, wie sehr ich ihn liebe, wie stark meine Gefühle für ihn sind und wie sehr ich mir mit ihm eine Zukunft wünsche. Für einen kurzen Moment ist alles vergessen. Ich vergesse Mikes Vergangenheit. Ich vergesse mein Geheimnis. Den Brief. Den Mann aus meinen Träumen. Ich vergesse, dass Stefan einfach abgehauen ist. In diesem kurzen Moment ist alles perfekt. Ich habe ein Bild vor meinen Augen, dass wir glücklich sind. Wir uns langsam eine Zukunft aufbauen. Wir heiraten und Kinder kriegen. Ich sehe ein Bild vor mir, das zeigt, wie wir gemeinsam alt werden. Und doch ist das alles nur eine Wunschvorstellung. Die Realität ist weit davon entfernt. Weiter geht es eigentlich nicht mehr. Sie ist grausam und hart. Sie ist dunkel. Dunkler als die Nacht.

»Ich weiß nicht, was los ist, aber irgendwas hast du, Sophie«, sagt er, als sich unsere Münder trennen. Ich wende mich von ihm ab und krieche ins Bett. Ich spüre, wie sich seine Blicke in meinen Rücken bohren. Sie sind wie Messerstiche und schieben sich tief in mich hinein.

Schmerzvoll. Qualvoll. Zerstörend.

Fest kneife ich meine Augen zusammen und verdränge die Tränen, während Mike ins Bad verschwindet. Erst als ich die Tür ins Schloss fallen höre, hole ich wieder Luft. Ungewollt habe ich den Atem angehalten.

Als Mike mit dem Duschen fertig ist und zu mir ins Bett kriecht, tue ich so, als würde ich tief und fest schlafen. Ich könnte es nicht noch einmal ertragen, in seine Augen zu sehen. Zu groß ist der Schmerz. Deshalb warte ich ab, bis Mike eingeschlafen ist. Sobald ich seine gleichmäßige Atmung höre, drehe ich mich zu ihm um und starre sein Gesicht an. Seine Augenlider bewegen sich hektisch, anscheinend träumt er. Ob es in seinem Traum um mich geht? Irgendwie hoffe ich es.

Vorsichtig fahre ich mit meinem Finger von seiner Stirn, zur Schläfe bis hin zur Wange und hinab zu seinem Mund. Jedes noch so kleine Detail präge ich mir in meinem Kopf ein. Ich hasse mich dafür, dass ich einfach abhauen werde. Mike hätte eine Erklärung verdient, doch die Angst, das Gleiche aus seinen Augen zu lesen wie damals aus Stefans, ist viel zu groß. Noch einmal ertrage ich diese Verachtung nicht.

Ebenfalls hasse ich mich dafür, dass ich nicht von Anfang an ehrlich war, denn dann wäre es nicht so weit gekommen. Wir hätten nie was miteinander angefangen und ich hätte mich nie in Mike verliebt.

Und ich hasse mich dafür, dass ich Mike so sehr vermissen werde. Seinen Geruch, seine raue sexy Stimme, seine Hände, seine seidenweichen Haare, seine dunklen Augen und seine Lippen. Dass ich nicht mehr mit ihm reden kann. Ihn nicht mehr küssen kann. Weil er mich nicht mehr zum Höhepunkt bringen wird. Ich werde nie mehr so fühlen wie bei ihm, weil ich weiß, niemand wird Mike das Wasser reichen können. Er hat mir so viel gezeigt, so viel gegeben und mit einem Mal, wie aus dem Nichts, ist alles zerstört.

»Ich liebe dich, Mike. Ich hatte bei keinem so starke Gefühle wie bei dir und zu niemandem habe ich mich je so hingezogen gefühlt. Du bist einmalig«, flüstere ich so leise, dass selbst ich es kaum hören kann.

Sanft lege ich ihm die Hand auf die Stelle, wo sein Herz schlägt. Es ist ein gleichmäßiges Pochen und schön zu fühlen. Am liebsten würde ich die Zeit anhalten, nur um mit ihm noch ewig hier liegen zu können. Um weiterhin seinen männlichen Duft einatmen zu können und um ihn weiterhin berühren zu können. Aber die Zeit rückt immer näher und ich muss bald verschwinden.

Leise schließe ich den Koffer und hoffe, dass ich Mike nicht wecke. Ich weiß, er würde mich aufhalten und auf einer Seite will ich genau das, auf der anderen wiederum nicht. Die letzten Stunden habe ich mir eingeredet, dass wir keine Zukunft miteinander haben. Was eigentlich auf klaren Tatsachen beruht. Mike könnte nie akzeptieren, dass ich ihm kein Kind schenken kann. Und bevor er mich genau deswegen verlässt, verlasse ich ihn. Noch nie ist mir etwas schwerer gefallen als das. Aber ich muss mich schützen, obwohl es sich anders anfühlt.

Ich trage meinen großen Koffer raus in den Flur und hole dann meinen kleinen Trolley und stelle ihn ebenfalls raus. Bevor ich das Zimmer verlasse, gehe ich noch mal zu Mike. Mit Tränen in den Augen betrachte ich den Mann, der friedlich auf dem Bett liegt. Stück für Stück werden die Risse in meinem Herzen größer und es droht, auseinanderzubrechen. Ich kann nicht beschreiben, wie weh es tut. Es ist das Schmerzvollste, was ich je empfunden habe. Plötzlich will ich, dass Mike weiß, wie sehr ich ihn eigentlich liebe und wie leid es mir tut, dass ich einfach abhaue, ohne richtig Tschüss zu sagen. Ich gehe zum Schreibtisch und hole einen Notizblock aus der Schublade.

Ich hoffe, du kannst mir irgendwann verzeihen.
Ich liebe dich, Mike.
S.

schreibe ich darauf und lege es auf die Seite des Bettes, wo ich geschlafen habe. Eigentlich hätte er viel mehr verdient als diese kleine Nachricht. Doch genau das sagt viel mehr aus, als ich eigentlich in Worte fassen könnte.

Ein letztes Mal mustere ich ihn und verschwinde dann.

Mein Taxi wartet schon auf mich, als ich unten ankomme. Der Fahrer hilft mir mit den Koffern, danach sage ich ihm, wo ich hin will, und steige ein. Mit jedem Meter, den wir zurücksetzen, bleibt ein Teil von mir hier. Der Teil ist Mike.

Am Flughafen mache ich alles wie ferngesteuert. Als wäre ich eine Maschine, die dafür programmiert ist, einzuchecken und zu warten, während sie versucht, nicht ganz zusammenzubrechen. Selbst als ich mit voller Wucht angerempelt werde, spüre ich nichts. Ich entschuldige mich nicht, genauso wenig wie der andere und es ist mir egal. Mir ist alles egal. Bei der Sicherheitskontrolle wird alles gründlich durchsucht. Obwohl es zeitig in der Früh ist, ist schon jede Menge los auf dem Flughafen. Es dauert eine Weile, bis ich an der Reihe bin.

»Haben Sie Urlaub gemacht oder waren Sie geschäftlich in Seattle?«, fragt mich die Security.

»Weder noch.« Kurz und knapp. Ich will einfach nur weg.

»Hatten Sie eine schöne Zeit?«, fragt er mich wieder. Verdammt kann er mich nicht einfach in Ruhe lassen? Sieht er nicht, wie elend es mir geht? Sieht er meine roten Augen nicht? Vermutlich würde sie ein Blinder erkennen, er anscheinend aber nicht. Will er mich quälen? So wie mich das Schicksal quält?

»Keine Ahnung«, sage ich und nehme das Handgepäck vom Förderband. Ohne mich noch einmal umzudrehen, gehe ich Richtung Terminal. Im Wartebereich nehme ich Platz. Ich starre die Glasscheibe an und beobachte die

Menschen auf der anderen Seite. Sie sehen alle so fröhlich und gut gelaunt aus. Ganz anders als ich. Mein Körper sitzt zwar hier, alles andere ist aber wie tot. Ich versuche, nicht an den Mann zu denken, den ich so sehr liebe. Jedoch funktioniert es nicht. Mein Kopf hat einen eigenen Willen. Alles, was ich mit ihm erlebt habe, alles, was ich mit ihm gehabt habe, sehe ich in meinen Gedanken. Wie ein Film spielt es sich darin ab und es gibt keinen Ausschaltknopf dafür.

Erst seit einer Stunde bin ich hier und ich vermisse Mike schon so sehr. Als hätte ich ihn schon eine halbe Ewigkeit nicht mehr gesehen und doch ist es ganz anders. Ich kann nur ahnen, wie schwer es sein wird, wenn ich erstmals zu Hause bin. Der Gedanke alleine reicht, dass mein Herz zu bröckeln beginnt. Ich habe mich noch nie so leer gefühlt.

Sobald mein Flug aufgerufen wird, stelle ich mich an der Warteschlange an. Hinter der Glasscheibe herrscht Unruhe. Sicherheitsmänner laufen herum und durch deren Funk wird irgendwas Unverständliches durchgesagt.

»Sophie.« Jemand ruft meinen Namen und hämmert gegen die Scheibe. Sofort erkenne ich die Stimme und mein Herz beginnt genauso wild gegen meinen Brustkorb zu hämmern und droht förmlich rauszuspringen. Als ich mich umdrehe, sehe ich ihn. Mike. Erneut breche ich in Tränen aus. Diesmal ist es mir vollkommen egal, wo ich bin. Mir ist egal, dass Leute um mich herumstehen und mich anstarren.

»Bitte, Sophie. Bleib«, fleht er. Das letzte Mal schaue ich ihm tief in die Augen, dann drehe ich mich um. Mit der letzten Kraft, die ich noch aufbringen kann, zwinge ich mich, in das verdammte Flugzeug zu steigen. Ich höre nochmals, wie er meinen Namen ruft, bittet mich zu bleiben und mein Herz zerbricht wie Glas, das zu Boden fällt.

Ich danke ...

... meiner besten Freundin, Slagiana. Ohne dich würde es dieses Buch nicht geben. Ich bin so froh, dich zu haben. Danke für alles. Ich hab dich lieb. ❤

... meiner lieben Claudia. ❤ Danke, dass du immer für mich da warst. Du hast mich so oft motiviert und das, obwohl wir uns erst seit Kurzem kennen. Ich habe dich wirklich lieb gewonnen.

... den drei Mädels, die mich durch die erste Korrektur begleitet habe. Liebe Anja Zurmahr, Susanne Krajan und Stefanie Schubert, ohne euch wäre »Berühr mich« nicht das, was es jetzt ist. Ich danke euch so sehr.

... Claudia Heinen von SKS Heinen. Du hast meiner Geschichte den Feinschliff gegeben und ich bin verdammt froh, dass du mir empfohlen wurdest. Ich hoffe sehr, dass ich auch bei Teil 2 auf dich zählen kann.

... ganz besonders meinen Testlesern und meinen Likern. Mit jedem Like, mit jedem Kommentar und mit jeder Privatnachricht habt ihr mich motiviert. Danke, dass ihr meine Updates gelesen habt.

... jeder Autorin, die mir mit Rat und Tat zur Seite stand. Die mir weitergeholfen haben, wenn ich fragen hatte. Vielen, vielen Dank!

14674919R00190

Printed in Poland
by Amazon Fulfillment
Poland Sp. z o.o., Wrocław